女性作家アンソロジー

ミステリア

Mysteria

結城信孝編

篠田　節子
新津きよみ
加納　朋子
牧村　　泉
明野　照葉
桐生　典子
近藤　史恵
山岡　　都
菅　　浩江
皆川　博子

文庫

ミステリア　目次

水球

篠田節子

篠《しの》田《だ》節《せつ》子《こ》

東京都生まれ。東京学芸大学教育学部卒業。八王子市役所に勤務するかたわら小説講座に通う。90年『絹の変容』で第3回小説すばる新人賞を受賞し、作家デビュー。96〜97年に『夏の災厄』『カノン』で直木賞候補。96年『ゴサインタン』で第10回山本周五郎賞、97年『女たちのジハード』で第117回直木賞受賞。

階下の茶わんを洗う音を聞きながら、中沢英彦《ひでひこ》は透明なガラスの表面を布で撫《な》でた。直径二十センチほどのガラス球は水で満たされ、歪《ゆが》んで拡大された深緑の藻の間を、グッピーに似た魚が一四、泳いでいる。

中沢が部下である女性社員の結婚式に出た折、二次会で行なわれたビンゴで当てたものだ。球の内部は安定した生態系が維持されている。昼間に数時間窓際に置いておけば、藻が光合成を行ない酸素を水に供給し、魚がその酸素を吸い、吐き出す二酸化炭素は光合成に使われ、糞《ふん》は藻の養分となる。

その小さな世界の完全性に中沢は驚き、感動を覚えた。たぶんこんなものを景品として選んだのは、二次会の幹事となった阿部理子なのだろうと中沢は思う。いかにも理子の趣味だった。

理子はみちこと読む。しかし社員のほとんどはそんな読み方があることを知らない。だから中沢のいる本店法人営業部では「リコちゃん」で通っていた。

「みちこってちゃんと読んでくださったの、課長が初めてです。担任の先生でさえ、よし子とか、さと子としか読んでくれなかったから」と理子は、入社したての頃、中沢に言った。そのとき、小さく痩《や》せていて、小顔というよりは小猿だと陰口を叩《たた》かれていた理子の、まっすぐに自分をみつめてくる瞳《ひとみ》に、中沢は奇妙な心のたかぶりを覚えた。

「どうだ、高校しか出てなくても、漢字くらい、ちゃんと読めるんだぞ」と中沢はそのとき笑ってみせた。

「高卒組」と呼ばれる幹部社員が、中沢の勤める中堅証券会社にはいる。高度成長の時代に営業の最前線で働き、「株屋」という蔑称《べっしょう》で呼ばれていた証券会社を、市中銀行に匹敵する金融機関に育て上げてきた男たちだ。

六五年入社の中沢は年代的には、その栄《は》えある「高卒組」の最後尾にあたる。もちろん社長や、副社長といった人々は、旧帝大の卒業者でしめられているが、そのことは彼ら高卒組幹部にとっての「自分たちは、四年間マージャンとナンパで明け暮れてきたあの連中を、立派な証券マンに育て上げてきた」という自負につながっている。

しかし旧帝大卒とはいっても、八〇年代も終わり間際に入社してきた理子は、四年間を無駄に過ごしてきた男たちとは違った。情報工学を専攻して、一般職として入社してきたにもかかわらず、高い事務処理能力を持っていたし、窓口業務も完璧《かんぺき》にこなし、顧客の信用も得ていた。

長時間の残業と深夜に及ぶ接待の中で、一日の大半を同僚や部下と過ごし、その中でも常に理子が近くにいるという時期が続いていたから、いつから理子との個人的なつきあいが始まったのか、中沢には特定できない。

ただ、初めて理子のマンションに泊まった夜の記憶だけは鮮明だ。つけっ放しのテレビから、ニュースが流れていた。英語とそれにかぶせるような同時通訳の声が、絡《から》み合いながら聞こえていた。

中沢はときどきつかえる聞き取りにくい日本語に耳を傾け、理子は英語の方を聞いている。ときおりはっとして画面に目をやるタイミングが、理子と微妙にずれることに中沢は劣等感をいだき、そのたびに理子の頭を自分の方に向けた。

バグダッドからクウェートに向かって飛び立っていく戦闘爆撃機の映像が映し出され、明かりを消した寝室のベッドの上に、青白く忙《せわ》しない影を投げ掛けていた。片手で理子の固い腰骨を抱きながら、中沢は自分と社の行く末に漠然とした不安を感じていた。

翌日から株価は急落したが、それでも三年持ちこたえれば、と中沢は踏んでいた。自分たちが悲観論に傾けば、顧客の不安をあおる。

ニクソンショック、二度の石油危機、超円安。これまでいくつもの試練を乗り越えてきた。こんなときこそ攻めの姿勢を、動きの軽い銘柄が必ずあるからそれを短期で回せ。客の苦情の殺到する中で、各支店にそんな言葉をかけながら中沢の仕事はさらに忙しさを増していく。

バブルの最盛期に西武線沿線に建てた家は、オフィスから地下鉄と私鉄を乗り継ぎ、片道二時間半かかる。週末しか自宅に戻れない生活は、それまでも二年あまり続いていた。

門前仲町《もんぜんなかちょう》にあった理子のマンションに泊り、彼女と時間をずらせて出勤することが頻繁になってきたのは、そんな時期のことだった。

バブル崩壊から七年経《た》った現在、一時は一万人に迫った社員数は、新規採用の手控えとリストラによって八千人近くにまで減った。強い逆風の中で中沢は部次長に昇格し、理子は昨年、関連子会社である経済研究所に出向した。中沢が手を回したものだが、決して不当な人事ではないと彼は信じていた。情報処理とシステム管理に高い能力を持つ理子に、いつまでも水色の制服を着せて窓口業務をさせるのは人材の無駄使いであるし、理子にとってもそこにいる方が専門能力を生かせる。

何より中沢からすれば、同じ課内に愛人がいたのでは具合が悪かった。その名の通り聡明《そうめい》な理子は、決して同僚や上司にばれるような真似《まね》はしなかったが、それでもどこに人の目があるかわからない。

不景気の最長記録が、毎年塗り替えられていく中で、中沢の収入も残業も、一頃に比べずいぶん減った。しかしバブルの末期から続いている理子とのつきあいだけは、そのままだ。もともと理子はバブルには無縁の女だったのだから当然だろう。高価な物を欲しがるでもなければ、華やかな場所に出ることも好まない。仕事を終えた後、理子のマンションで短い時を過ごし家に戻る。共にビデオを見て、彼女の好きなフュージョンを聞きながら、どうということもない話をする。

突発的で燃えるような恋愛関係を終えてしまった男女が、日常的な関係に落ちていった先で出会う事態について、危惧《きぐ》の念を抱かなかったのは、明らかに中沢の不覚だった。

理子は、いつのまにか三十を過ぎていた。浅黒い顔に化粧気はなく、胸の膨らみもほとんどない。恋愛指向も上昇指向もなく、与えられた仕事と自分との関係を誠実に間違いなく続ける理子に対し、中沢が結婚の可能性を考えたことはない。自分より二十近く若い女との穏やかで甘い関係は永遠に続くはずだった。しかし向こうは十分に結婚の可能性を考え、いつくるかわからない別れに不安を抱いていたのだった。

「奥さんと別れて、私と結婚して」とは、理子は言ったことがない。「今夜は帰らないで」とも言わない。年末年始や休日に会いたがって、中沢を困らせることもしない。ただ「仕事が辛《つら》い」と愚痴を言う。「近ごろマンションで強盗事件があったので、一人で住むのが恐《こわ》い」と訴える。

こうした言葉の裏にある意図を遅ればせながら読みとったこの日、中沢はすかさず言った。

「母が癌《がん》なんだ……」と。

それだけで十分だった。家庭内に波風を立て、老い先短い母親を悲しませることだけはできないというのは、中沢の譲れない倫理観だった。

「これから頻繁に病院にも顔を出さなければならないし、運よく退院できたらできたで、けっこう手がかかる。今までのように頻繁には会えなくなるかもしれない」

事実だった。夫を早くになくし、女手ひとつで中沢を育てた母は、四年前から胃癌で入退院を繰り返している。嫌な顔もせずにその母の看病をし、一時、下の世話までしてくれたのは、妻の治子《はるこ》だ。

　高校の同級生であった治子との結婚は、二十三歳のとき、母の一言で決められた。五年もつきあい、すっかり治子に飽きていた頃、中沢には他に好きな女ができた。中沢が胸苦しいほどの恋の思いの中で暮らしていたとき、母は中沢を呼んであらがいようのない調子で言ったのだった。

「治子さんにしなさい。五年もつきあっておいて、人の心を裏切るものじゃありません。何よりあの子なら安心して家庭をまかせられるわ」

　母の言葉通り、大柄でほがらかな治子は理想の妻だった。世間でよくある嫁姑《よめしゅうとめ》の葛藤《かっとう》もなく、仕事に追われて父親不在となった家の中で、難しい年ごろの息子たちがまっとうに育ったのも、妻のおかげだと中沢は認めている。

　つい先程も、高校生の次男が帰ってきた父親をごろりと横になったまま迎えたとき、治子はぴしりとした調子で言ったものだった。

「お父さんが会社から帰ってきたのよ。ちゃんと座って、『お帰りなさい』くらい言ったらどうなの」

　次男はのそりと座り、「どうも……。お勤めご苦労さんです」とぺこりと頭を下げた。

「なんですか、ご苦労さんとは」と叱《しか》りつけている妻の声に苦笑しながら、中沢はその場に長男がいなかったことにほっとした。

帰ってくるつい三時間ほど前、彼はこの春、大学の二年生になったばかりの長男に、銀座の真ん中で出くわしたのだった。

慎重な中沢は、理子と町中を連れ立って歩くようなことは滅多にしない。しかしたまたまこの日に限って、理子と一緒だった。

ちょうど「母が癌で」と理子に向かい自分には彼女と結婚する意志がないことをそれとなく告げた後だったのだ。後ろめたさを感じ、ちまたの普通の恋人同士のような時間を持つことでその埋め合わせをしようと考えていた。

不況と住宅ローンのためにすっかり軽くなった財布の底を叩《はた》くようにして、築地《つきじ》で会席料理をおごり、銀座に出てウィンドーショッピングした。しかし理子は終始無口で、物をねだるようなこともしなかった。機嫌を取るように中沢は「理子ちゃん、理子ちゃん」と顔を覗《のぞ》きこみながら歩いていた。

長男、孝夫とすれ違ったのは、ちょうどそのときだった。目が合ったような気もしたが、まったく気づかれていないかもしれない。

もし見られていたとしたら、孝夫はそのことを治子に話しただろうかと考えた。娘ならいざしらず、大学生にもなった息子がそんなことをいちいち母親に報告するわけはない、とも思う。それでも心配だった。

中沢が帰ってきたとき、治子にはかくべつ変わった様子はなかった。

もし夫が若い女と銀座の裏通りを歩いていたと息子から聞かされたとしても、治子は夫が帰ってくるなりヒステリックに問い詰めるような女ではない。そのことがむしろ不安をかきたてる。

中沢は球形の水槽の表面を磨き終え、サイドボードの上に置く。

体長三センチほどのしなやかな体をした淡水魚は、神経質な動作で体の向きを変えた。

ふと、この魚は成長しないのだろうか、と思った。この閉じられた球形の水槽に息苦しさを感じることはないのだろうか。魚が成長し、藻がさらに繁茂したらどうなるのだろうか。それともこの中のエネルギー消費量は、ぴったりとバランスが取れていて崩れることはないのだろうか。魚が死んだらどうなるのだろうか。

球形水槽の管理はただひとつ、午前中の二、三時間、ガラス越しの光を当ててやることだ。それを治子はきちんと実行している。

「嫌だわ、こんなもの」と、三年前、中沢がその水槽を持ち帰ったとき、治子は言った。

もしや理子との関係を感付かれたのではないか、とひやりとした。しかし考えてみれば、その水槽は理子の個人的なプレゼントではなく、あくまで結婚式の二次会の幹事として、彼女が選んだものにすぎない。そう思い直し、気を落ち着けようとした。

事実、治子はそこに女の影を感じたわけではなかった。

「何だか、悲しくならない？」と球をいじりまわしながら、治子は言った。

「こんなふうに出口もないガラス玉に閉じこめられてしまって。死ぬまで出られない魚の身になってごらんなさいよ」

「そうかなぁ」と中沢は苦笑した。

「かわいそうだから、割って別の水槽に移してやったらどうかしら。ちゃんと餌《えさ》もあげて」という妻を中沢は慌ててとめた。

「ばかだな、こういう環境に慣れた魚なんだから、そんなことをしたら死んでしまうかもしれないじゃないか」

「そんなことわからないわよ。このままじゃ育つことだってできないし、この魚、空も見られないし、だいいち水面さえないのよ」

「他の水槽に移したって、魚が水から出られないってことは、同じだろ」

「でもねえ」と治子は納得のいかない顔をした。

壁を通して、OAチェアのきしる音が聞こえてくる。孝夫がパソコン通信を始めたらしい。中沢は度胸をきめ、ソファから立ち上がった。

部屋のドアを開けると、孝夫はキーボードから手を離して振り返った。

「どうしたの？」

「ちょっと、話しておくことがある」

冷静な調子で言ったつもりが、声がうわずっていた。

「ああ、さっきのね」

父より二回りも大きくなった息子は、ジーンズに包まれた長い足を組んで鷹揚《おうよう》に笑った。理子と一緒のところを見られていた、とわかったとたん、かえって緊張が解けた。

おまえも男だから、言っておこう。行きつけの店の女の子でね。感じのいい娘だ。二十歳を過ぎたら、その店におまえも連れていってやる。約束しよう。

そんなふうにごまかすつもりだったのだが、「俺も男だからね」と息子が言う方が早かった。

「おふくろに報告する気はないよ」と、孝夫は真顔で言った。あからさまな軽蔑《けいべつ》の色がそこに見えて、中沢はたじろいだ。

「でもさぁ、親父《おやじ》……」

「なんだ」

できるかぎりの平静さを装い、中沢は言った。

「趣味、良すぎない？」

中沢は絶句した。

悪すぎる、という皮肉だ。軽蔑の表情は、父の不道徳への非難ではなく、女の趣味に対してのことだったのだ。

化粧の濃い、体にぴっちりしたラメのセーターを着た、一目で場末のバーのホステスとわかる女と歩いていたわけではない。豹柄《ひょうがら》セーターにミニスカートという私服姿のOLや、真っ黒な顔に白っぽい口紅を塗った高校生と歩いていたわけでもない。

小さなフリルのついたブラウスに膝小僧《ひざこぞう》のわずかに見えるスカート、淡い色のカーディガンという、この日の理子の服装が流行かどうかなどということは中沢にはわからない。しかし十分に清楚《せいそ》だった。理子の薄い胸にブラウスの生地があまり、細すぎる肩から袖《そで》が落ちて、かっこうがよくなかったのは確かであるにしても。頰《ほお》がこけ、鼻の穴が正面を向いている理子の顔立ちが、美人と言い難いことも、中沢は十分意識していた。

「おかめにはおかめの愛敬《あいきょう》があるものだ。子供にはわからないだろう」と中沢はことさら豪快に笑って見せた。そうして「男同士」の会話を取り繕うことしか中沢にはできなかった。

「まあね」と息子は片方の口元だけ引き上げて笑った。

息子の部屋を出たとたん、怒りが込み上げてきた。

ローンをあと十五年残した家の二階の廊下は広い。そのバルコニー部分から吹き抜けになった階下のリビングが見渡せる。ソファの上に次男はまだ寝転がっており、妻はガラスのテーブルの上で、さやいんげんの筋取りをしている。

引っ越しを手伝いに来た会社の人間に言わせると、ここは豪邸らしい。

二人の息子はそれぞれ独立した八畳の洋間を持ち、孝夫の部屋には四十万もするパソコンが居座っている。

都心から離れているからこそ建てられた「豪邸」でもある。自分一人が、満員電車に揺られ、長い通勤時間を耐えれば済む。そう思って買った土地だった。

「おまえにわかってたまるか。高卒男の三十年が」

中沢は、つぶやいた。

本社から押しつけられた投信を一人で月三千万売り、首つり覚悟で一任勘定も行なった。無理難題を押しつけられながら、いくつもの支店を回り、とうとう本店に戻ってきて部次長にまで出世した。豪邸を建て、親の面倒を見て、息子二人を育てた。

孝夫の部屋から、爆撃音が漏れてくる。パソコン通信をやめてゲームを始めたらしい。

自分に青春はなかった、と中沢は思う。母子家庭に育ち、奨学金を受けて高校を卒業し、証券会社に入った。四大証券や銀行では、高卒者に出世の目はない。しかし中堅の会社なら実力次第では役員も夢ではない。そう考えたのだった。

十八で本店の法人営業部に配属された中沢の一日は、電話営業から始まった。

「社長、N発条、ご存じですか。一般的な知名度はないんですが、これがバネの国内シェアの七十パーセントをしめてまして。先週末、四百八十円まで付けてまして、今、初押しの絶好のチャンスなんですよね。たぶん五百二十くらいまでは確実に行くと思います。ご資金？　昨年暮れにお持ちになったK電鉄の動きがいまひとつですから、乗り換えのチャンスじゃないかと思うんですが」

台詞《せりふ》はほとんど同じだ。名簿をめくりながら片端から電話をかけ、本社から指定された推奨銘柄を客にはめこんでいく。

大引けの後は、外回りで顧客の新規開拓を行なう。夕方に戻ってくるとノルマのチェックをされてたいてい怒鳴られる。そして深夜まで再び電話に張りつく。

同期の社員が、きついノルマに耐えきれずにつぎつぎと辞めていった。そうでなくても支店に飛ばされていった。そうした中で、中沢はなんとかぎりぎりのところでノルマを達成した。その一方で、わずかな時間をみつけては、新聞や経済誌に目を通した。必要な記事を切り抜き、市場分析や銘柄研究に精を出す。

大卒の社員に、専門知識と能力ではひけを取らないのだということを示したかった。

まだ十代で泣き言ももらさず、前向きに仕事に取り組む中沢は、直属の上司からは可愛がられた。しかし可愛がられ、期待されるということは、次回はなおさらきついノルマを背負わされることでもある。

仕事に忙殺される中で、結婚した。気心の知れた治子との結婚を中沢は後悔したことはない。しかしそこには青春にふさわしいみずみずしい恋の感情はなかった。

家庭と母と息子を妻に預け、ひたすらに働いた。単身赴任した地方都市の支店で、本社株式部から割り当てられる無理なノルマをこなし、ようやく本店に戻ってきた。理子はそんな中沢が四十も過ぎてようやく得た恋人だった。貧弱な体と顔に、社内の男がだれも振り向かないのはわかっている。「才色の片方だけ」などと陰口を叩かれている。今まで理子が結婚しなかったのも、決して自分との関係が原因だったとは思えない。

しかし理子はいまどきめずらしく生真面目《きまじめ》な娘だった。そして若かった。あばらが透けて見えようと、肌が浅黒かろうと、そこにあるのは間違いなく二十代の体だった。

何より理子は、自分を尊敬してくれていたと中沢は思う。一流の国立大学を卒業し、そこで「情報工学」などという学問をしてきた理子は、彼から証券に関する知識や、顧客への応対、物事の処理の仕方一般を学ぼうとしていた。まっすぐに自分を見上げる熱意のこもった視線に、中沢はからめとられた。

脇目《わきめ》もふらずに働き、長い通勤時間もいとわず妻子のために郊外に「豪邸」を建てた男に与えられたささやかな褒美《ほうび》、それが理子だ。それを息子に「趣味、良すぎない？」と嘲笑《ちようしよう》されるいわれはない。

「あなた」

そのとき妻の声がした。階下の居間から妻が見上げていた。視線が合って中沢はたじろいだ。

「ちょっと」

「わかった」と中沢は足早に階段を下りていく。

「私、パートに出ようかと思っているんだけど」

妻はさやいんげんの筋とりをする手を止めずに言った。

「だって、結婚以来三十年、外に出なかったおまえがどうやって働く気だ」

病気のおふくろはどうする気だ、という言葉を中沢が飲み込んだのを察したように、妻は「緑が丘団地よ」と言った。母の入院先から歩いても行ける場所だ。工務店を経営している治子の兄がそこに支店を作ったので、手伝いに来てくれ、と言われたという。

「住宅ローンが、厳しいのよね。再来年は、大学生二人だから。それに子供の手がかからなくなったから、私も自分の口ぐらい自分で養えるようにならなくちゃ」

中沢は、返す言葉もなく無言でうなずいた。確かに妻と息子たちのために建てた豪邸だ。西の空に星をいただいて家を出て、深夜の乗り換え駅で三十分もの待時間を耐えれば、家族を自然環境に恵まれた土地の広い家に住まわせてやれる。自分一人が、がまんすれば、と思って建てた家だったのが、バブルの弾《はじ》けた今、がまんしても持ちきれなくなりつつある。

返せなくなれば売ればいいさ、というのは、土地価格が半値以下になった今、根拠のない楽観論だったと痛感させられる。だから妻がパートに出たいと言い出す気持ちはわかる。それは素直にありがたく受け取るべきなのだろうが、「自分の口ぐらい自分で養えるようにならなくちゃ」という言葉が、ひっかかる。だいいち妻のパート収入くらいでは、いざとなったらローンなど払えない。いつかは景気も上向き、悪化の一途を辿《たど》っていた業績も上向く日が来る。そんな淡い思いに水を浴びせかけるような調子で治子は続けた。

「で、大丈夫なんでしょうね、あなたの会社」

「当たり前じゃないか」

いきなり言われて、中沢は憮然《ぶぜん》とした。夫が子会社に出向させられるのではないか、地方都市の支店に転勤させられるのではないか、という不安を抱くのは、しかたないとしても、会社が大丈夫か、とは何事かと思った。

「大蔵省が潰《つぶ》すわけがないだろう。うちが潰れるときは、日本の金融システムが崩壊するときだ」

「だって、お隣のご主人、M銀行じゃない。あなたの会社のメインバンクだけど、支援はしないらしいって、奥さんに言ったらしいわよ」

「そんなこと、いちいち女房に報告する銀行員がどこにいる」

「だって、そうなんだって。お隣、ご夫婦で会社の話なんかけっこうするらしいわ」

中沢は苦笑した。

「それにあなたの会社、業界の中では、唯一赤字だって、新聞に書いてあったじゃないの。株もどんどん下がってきているし」

「ばかなことを言ってるんじゃない」と中沢は一喝した。

「経常利益が一時的に落ち込んだだけだ。つまらない噂《うわさ》に振り回されないで、しっかり家計を管理するのが主婦の役目だろう」

株式市場の長期の低迷によって、証券業自体がかなりの痛手を受けていることは確かだ。そこにバブルの時代に膨張した系列ノンバンクの融資がほとんど焦げ付き、不良債権の山ができている。「危ない」という噂は、二、三年前からある。しかし一応は免許業者であり大蔵省の管轄《かんかつ》下にある会社がつぶれるわけはないと、社員のだれもが信じていた。バブルの最盛期に、二千八百円をつけた自社株が、つい最近二百円を割り込んだ。そのとき社員のほとんどが、その株を買った。安値で摑《つか》んで、二、三円戻したら売り抜けよう、という魂胆ではない。みんなで買い支える、という意識だった。生き馬の目を抜くと言われる業界にあっても、どこか家族的な一体感がある会社だと、中沢は自負している。そして彼自身も社内ローンを組んで三百万円を借り、自社株を買った。一旦《いったん》景気が上向けばたちまち何倍にもなるはずのものだ。みんなで買い支えて、危機を乗り切らなければ、という義務感もあった。

会社が外資系証券会社に身売りするかもしれない、という話が本社内でささやかれたのは、中沢が妻とそうした「縁起でもない話」をしてから一週間後のことだった。身売りの噂と一緒に、以前本社にいて、現在、経済研究所に出向している理子が手首を切った、というニュースが入ってきた。

「あの人でも、男の問題とかあったりしたのかしらね」と湯沸室《ゆわかししつ》で声高に話している女子社員の声が耳に入ってきたとき、中沢の心臓が一つ、大きく打った。何気ない風を装い、詳しいことを尋ねてみると、その日の未明に理子が自宅で自殺をはかったことがわかった。どうやら途中で血が止まり、死にきれずにいたところを、たまたま訪れた母親に発見されて病院に連れていかれたらしい。

本人の休暇届けによれば、調理中に包丁で誤って切ってしまったということだったが、添付された診断書からすると、故意に手首を切っての自殺未遂以外は考えられない、そんな話がやはり経済研究所に出向させられた庶務担当の女性から、本店の女性たちに流れたのだった。

しかし主に異性関係を取り沙汰《ざた》する女性社員に対して、男たちの反応は少し違う。

「会社が危ないときは、特定のポジションにいる社員に、病気や自殺者が出るんだ。たとえば、経理部長が病気で倒れたり、企画課長が自殺したり。つまり良くない情報を真っ先に摑んだけれど、同僚には言えない。自分の力ではどうにもならないし、会社に見切りをつけて、一人で転職準備を始めるほどドライになれない。それで悩んでいるうちに胃に穴が開いたり、ビルから飛び降りたりするってわけだ。彼女の場合、経済研究所にいるってことは、ひょっとすると、外から何かよくない情報が入っている可能性がある」

「やはり海外の証券会社に吸収合併ってことか」

「そのくらいならいいが」

彼らは理子が色恋沙汰で手首を切るとははなから思っていないし、そもそも理子が色恋に縁があるとも思っていない。彼女が得たと思われる情報を想像し危機感を強めている。

自殺未遂の動機を知っているのは、中沢一人だった。

三日前、中沢がいつになく定時で仕事を切り上げ、母の見舞いに行こうとすると、本社のロビーに理子が立っていたのだった。

「よっ、どうしたんだい、めずらしいじゃないか」

他の女子社員に対するように、中沢はことさら快活に挨拶《あいさつ》した。経済研究所の封筒を抱えた理子は、報告書を本社の証券部に届けにきたのだと答えた。そして「ちょうど、今終わったところです」と付け加えた。

しかし中沢には理子の相手をしている暇も、心理的余裕もなかった。

手術後いったん回復したかに見えた母の容体が、再び悪化していたのだ。

体力が回復して、再手術に耐えられるようになったら開いてみるが、今のところなんとも言えない、という医者の言葉を治子から伝えられたばかりだった。そしてこの日、仕事をなんとか切り上げ、見舞いに行こうとしていたところだったのだ。

しかし理子が自分を待っていたことはその様子から明らかで、物言いたげな顔で見上げられると無下に帰すわけにはいかない。かといって近所の喫茶店で話をするのも人目が気になる。結局、一時間だけと断り、理子の部屋に行った。

その夜、八時過ぎに中沢が病室にかけつけると、母はこれまでにないくらい、小さく干涸《ひから》びてベッドにいた。寝返りをうつのさえ大儀なはずなのに、中沢の顔を見るなり、手を伸ばしてポットを取ろうとする。

「あ、いいよ。自分でやる」と中沢は慌てて自分でお茶を入れた。

母は「これ」と枕元《まくらもと》の和菓子の箱を指差す。だれかが見舞いに来て置いていったものらしい。

中には、中沢が幼い頃好きだったきんつばが入っていた。食べろ、という意味なのだろうが、母は弱っていてその言葉さえおぼつかない。

「いいんだよ、母さん、俺のことなんか」

中沢はこみあげてくる涙を飲み込んだ。

自分が会社から真っすぐに病院に来ないで、理子と会っていて、面会終了時間ぎりぎりに病院に着いたことに、ひどい罪悪感を覚えた。

母は静脈の浮いた手を伸ばして、中沢の腕をしっかりと握り、目を閉じた。

「こんなに立派になったんだもの、お母さんは何も思い残すことはないよ」という母の一言は辛く心に響いた。その辛さが、中沢の目を覚まさせた。

会社がたいへんなときに若い女にうつつを抜かし、そのうえ目撃した息子に言い訳までしたことがひどく恥ずかしかった。いい歳《とし》をしていったい自分は何をしていたのだろう。理子とはきっぱり手を切ろう、とそのとき決意した。自分からは二度と連絡すまい。向こうから連絡がきたら、はっきり別れの意図を告げる。母の手の暖かさを感じながら、中沢は心の中で母にそう約束していた。

理子からは思いのほか早く、電話が来た。それなりの分別を持っていて、自分からは滅多に連絡をしてくることのなかった理子は、実母の病気を理由に、中沢が彼女との結婚の可能性のないことを言明したとたん、焦りを見せ始めた。考えてみれば、本社ロビーで会ったのも偶然ではなさそうだ。彼女は自分の用事が終わった後に、中沢を待っていたわけではなく、必要もないのに本社にやってきたのだろうと、中沢はそのときになって気づいた。

そして以前なら、用があれば中沢が秘《ひそ》かに持っている携帯電話の留守電サービスにメッセージを残していた理子は、このとき大胆にも会社の電話に取引先企業名を名乗ってかけてきた。内容は、会いたいという意図を暗に秘めた、どうでもいい用件だった。

仕事を終えた中沢は、その夜、理子のマンションを訪れた。そして靴を脱ぐこともせず、玄関先で「しばらくは会えない」と宣言したのだった。「しばらくは会えない」が中沢にとっては別れの言葉だった。営業マンとしての押しは強くても、引きは弱い方なのかもしれない。「これきりにしよう」などという言い方を彼はもとよりできなかった。

理子は落ち着いていた。うなずいて「そうですよね。親が危ないときに、こんなことしてられないですよね」と表情も変えずに言った。中沢は黙ってうなずき「じゃ」と言って、理子の部屋をあとにした。「すまなかった」でも「さようなら」でもない。「じゃ」で、別れを告げた。それに対する理子の返事は「どうも」だった。

まさかその後、手首を切られるとは思っていなかった。

家にいるのか、病院にいるのかは、噂話からはわからない。それでも見舞いくらいには行くべきか、と迷った。しかし別れを告げた後に再び顔を出すのは、理子にとってむしろ残酷だ。何より今は、明日もわからぬ自分の母親の命の方が大事ではないか、と中沢は考えた。

本当のところは、危ないことからはなるべく遠ざかりたかったのだ。経営立て直しのための大規模な人員整理が、いよいよ始まるという噂があった。社では多少の金のトラブルについては、業績を上げている限りさほどうるさく言われないが、職場における異性問題には、それなりの制裁が加えられる。片道切符を持たされて子会社に出向させられるのも嫌だが、今、地方の支店に飛ばされる事態だけは、病気の母親を抱えた身としてはなんとしても避けなければならない。

「つまらない噂には、振り回されないように」と噂話をしている部下に言い、中沢は自席に戻る。

そのとき机上の直通電話が鳴った。品川にある電気部品製造会社の社長からだった。中沢が入社した当時に担当した客だが、彼が本店に戻ってきてからは、現在担当している若い営業マンではなく中沢を指名して電話をかけてくる。

「あんたとは長いつきあいだし、私もあんたの判断だけは信用してる。だからこの際、率直に聞くんだが、どうかね、そちらの会社は。いろいろかんばしくない噂を聞くのだが」

「やめてくださいよ、社長」と中沢は笑った。

「どこかの三流夕刊紙の記事じゃあるまいし。安心してください。しかし転換社債の方もここのところ、ちょっと動きが鈍いことは確かですね」

中沢は、落ち着いた口調で言った。

「それよりどうですか、うちの株なんですがね、先週末に比べて、前引けで一挙に五円上げているんですよ。相場自体に嫌気がさしているだけで、根拠も何もないムード的な安値でしたからね、来年には確実に二百円には乗せると私は見ています。え、一万株、冗談でしょう？ せめて五万いかなければ、面白みはないですよ。ご資金ですか。心配ありません。香港債(ホンコン)が順調に上げてますから、今売っても、手数料を差し引いてプラスが出ます」

オフィスのあちらこちらから、電話に張りついている営業マンが同じことを言っているのが聞こえてくる。

「大丈夫です、ご安心ください」

電話を切ったとたん、ひどい疲労感を覚えた。

少し前、中沢はこの社長の株売買で負った損失分を自分の金で補塡《ほてん》した。「絶対大丈夫」と保証してしまい、引っ込みがつかなくなったからだった。

その日、中沢は七時過ぎにオフィスを出て、病院に行った。妻はすでに帰った後で、母は蛍光灯に照らされ、青白い顔で眠っていた。じっと見下ろしていると、小学生時分に彼のために夕飯を用意して、町工場に出掛けていったまだ若い母親の背中が思い出された。暮れの繁忙期で、残業に次ぐ残業が続く中、母は短い休憩時間に息子のために家に戻ってきていたのだった。夜、幼い子供を一人家に残していくことが心配だったのか、母はなんどもなんども振り返り、家を出ていった。あの頃よりも一回りも二回りも小さくなった母の寝顔にしばらく見入った後、中沢は病院を後にした。

家に帰ると、治子が沈鬱《ちんうつ》な表情で待ち受けていた。

「お母さん、再発している可能性が高いそうよ。肺への転移かもしれないって。開けてみて……それで、もしそうだったら、もって二ヵ月ですって」

自分の母でもないのに、涙を浮かべて、治子は言った。半ば覚悟はしていたものの、二ヵ月という具体的な期限を知らされると体が震えた。

「どうせだめなら痛い思いをさせるだけ、かわいそう。この前だって、抗癌剤《こうがんざい》でさんざん苦しめられたんですもの。四六時中そばについている私としては、見るに耐えないこともあるのよ」

治子は重いため息をもらした。

中沢は首を振った。寒気が首筋から忍び込んでくるような気がする。十一月だというのにやけに冷える。

「素人《しろうと》判断でいろいろ言うのはよそうじゃないか。医者にまかせよう、こういうことは。彼らだってとにかく精一杯やってるんだし」

絞りだすようにそれだけ言った。

治子は納得がいかない顔をしたが、すぐに気を取り直したように立ち上がり、サイドボードの上の書類を持ってきた。

「こんなときに悪いけど」と、中沢に向けて見せる。

手術の承諾書か何かだと思ったが違った。

住宅ローンの返済予定表だった。

「冬のボーナス、ちゃんと出ないと破綻《はたん》するわ。私もやりくりはしているけど、どうにもならないの。お母さんの差額ベッドだけで、一日二万円よ。病人を抱えていると、節約したくてもできないことがたくさん出てくるわ。病院から呼び出しがあったりするんで、タクシー使うこともあるし」

「ああ」

中沢の視線は、返済予定表の上にはない。見ることができなかった。

「何かやけに寒いな」

そう言うと、治子はソファの上の膝掛《ひざか》けを取り、黙って手渡した。

「エアコン切ったのよ。二十畳の吹き抜けのリビングを暖めていたら、電気代だけで、うち、破産するわ」と言いながら、治子は台所に消えた。

中沢は膝掛けを担《かつ》ぐようにして、二階に上がった。階下に比べるとこちらの方がかなり暖かい。

そのとき次男が、バイクのヘルメットを手に部屋から出てきた。

「どこ行くんだ？」と声をかけると、「バイト」というぶっきらぼうな答えが返ってきた。

「おい、こんな時間に何のバイトだ」と尋ねると、階段を下りながら、「コンビニ」と答える。

「合宿代、出せないんだって。おふくろが言ってた」

玄関のドアが閉められた。

石油のにおいが漂ってくる。治子が古いストーブを物置から出してきて、居間に置くのが見えた。確かにエアコンよりも、こちらの方がランニングコストが安い。

5LDKの豪邸、引き取った母親、若い愛人、そして毎月の給料天引きと社内融資で買い集めた自社株……。成功の証《あかし》と思ったもの一つ一つが、人生の重荷に変わっていくのを中沢は感じている。

中沢は目を閉じて、ガラスの水球に触れた。手触りといい、重さといい、占いに使われる水晶玉とよく似ている。明日の相場がこれで見られたら、銘柄の明日の値動きが一つでもわかったらどんなにいいか、と中沢は思った。我ながらばかばかしい空想に苦笑する。いや、もしたった一つ教えてくれるというなら、相場でなくて母の本当の容体を知りたい。知るだけではなく、良いほうに変えられるなら、どんなにいいだろう。

しかし目を開けばそれは、水草と魚一匹を包含したガラスの器だった。

その内部だけはいつもと変わらない。グッピーに似た魚は格別元気が良いわけでもなく、弱っているわけではもちろんなく、退屈したように泳いでいる。永遠に変わらない、平和な小世界がそこにある。

「お父さん、起きて」

妻の低い声が聞こえる。

肩を揺すられる。

「お父さん」

闇《やみ》の中にデジタル時計の文字が見えた。五時四分だ。

痙攣《けいれん》的《てき》な震えが来た。

いよいよ母親がだめなのだ、ととっさに悟った。跳ね起き、パジャマの上着を脱ぎすてる。

「お父さんの会社、潰れたわ」

治子は言った。何の感情もこもらぬ声だった。

「へ?」

縁起でもない想像をして慌てたことに腹を立てながら、中沢は言った。

またろくでもない噂に惑わされたのか、と舌打ちした。危ないという噂は、もう半年も前からささやかれているが、昨日も何の動きもなかった。緊急の役員会が開かれるという話も聞いていない。

「今、英次から電話がかかってきて」と妻は次男の名前を言う。

「コンビニでバイトしてたら、ラジオのニュースで言ってたんですって」

「ばかな……」

妻が寝室のテレビを点《つ》ける。アニメのキャラクターが画面に現われる。妻は忙しなくチャンネルを変える。

何度か画面が切り替わった後、紛れもない、中沢が通い慣れた本社の玄関が見えた。

嘘《うそ》だろ、嘘だろ、と中沢は独り言のようにつぶやいていた。ボリュームをさほど上げていないにもかかわらず、「今日にも会社更生法の適用を申請する可能性」という言葉だけがやけにはっきりと聞きとれた。

買収でも救済合併でもない。倒産だ。噂のあった外資系の証券会社は逃げ出したのだろうか。

中沢は傍らの受話器を取り上げた。マスコミ発表があったということなのだから、情報の出所は広報だ。そこの直通番号を押す。しかし話し中だ。

「でも、会社更生法ってことは、やり直しできるってことよね」と治子が言っているのを背後に聞きながら、中沢は無言でスーツに着替え、そのままオフィスのある大手町に向かった。

私鉄と地下鉄を乗り継いで、二時間半かけて本店にたどりついたとき、玄関前には人垣ができていた。

カメラのフラッシュが直撃してくる。客と新聞記者とテレビのレポーターに腕をつかまれ、詰問される。

中沢は唇を噛《か》んでうつむいたまま、彼らを振り切って通用口から中に入った。

まだシャッターがしまったままの本店の店頭では、出勤してきた社員が茫然《ぼうぜん》として突っ立っている。

電話が鳴る。

「まことに申し訳ありません。まだ我々もどういうことになっているのか、把握しておりませんので、わかり次第、こちらからご連絡させていただきますので」

課長が額の汗を拭《ふ》きながら、受話器を置く。別の電話が鳴る。たちまち回線がふさがる。そのとき社内放送のチャイムが鳴った。

「社員のみなさま」

いくぶん震えているような細い声が聞こえた。年頭のあいさつ等で何度か耳にしたことのある社長の声だ。玉音放送だ、と中沢は瞬時に悟った。

「はなはだ残念ながら、当社は、現在から六ヵ月後、平成十年五月三十一日を持ちまして、解散することに決定いたしました。経営陣としてお詫《わ》びのしようもございません。なお投資家からの預かり金は全額保護されます」

解散？　と耳を疑った。ニュースの内容とは若干の相違があった。

再建の可能性はないということだ。取締役会は会社更生法の申請を断念し、解散の決定をしたらしい。

「次長……どうしましょう」

二年前に入社し、投資相談部で投資アドバイザーをしている女性社員が、青ざめた顔でつぶやくように言った。いずれはファンドマネージャーにと、夢を語っていた総合職の女性だった。

中沢は昨日、店頭の女性社員やパートの営業ウーマンたちを前にして言った、自分の言葉を思い出していた。

「現在、相場は決して良くない、これは事実です。しかし諸君らが心配そうな顔をしたら、投資家のかたがたはもっともっと心配します。笑顔、笑顔でいきましょう」

何が笑顔だ、とつぶやいた。

シャッターの下りた玄関前に並んだ人々の数は膨れ上がり、車道まで埋め尽くした。まもなく開店時間だ。

消滅か、と中沢は、吹き抜けのロビーにかかる社章に目をやった。十八歳で入社してからの三十三年間のできごとが、流れるように脳裏に浮かぶ。しかし感慨にふける暇はなかった。すべての外線電話がふさがり、社員は右往左往していた。

中沢も手元にあった受話器を取った。そして相手の声が聞こえた一瞬後には、深く頭を下げていた。

「もうしわけございません。……はい、預かり証と、ご印鑑でございます。いつでもお戻しできます。投信ですか？　もちろんです、それは信託銀行が預かっている商品ですから、まったく問題はありません。はい、株券もお持ちですか。他の証券会社にお持ちになれば、いつでも売買可能です。まったく弊社の倒産とは関係ありませんので」

「だから、株券だよ」

電話の向こうで顧客は興奮した口調でどなっている。

「ええ、ですから、当社でお取り扱いできないというだけのことで、現物でお持ちなのですよね、それなら日興さんでも、野村さんでも……はい」

「だから、言ってるだろ、お宅の株なんだよ」

頰《ほお》の辺りが、熱くなった。

「は……弊社の株式……」

「おととい、お宅の社員に買わされたあれだよ。今が、買いどきだって。前に四万株持っていたんだが、ナンピンしろって、五万株買い足しさせられたんだ」

とっさに電光掲示板に目をやる。一円とあった。

「まことに申しわけございません」

怒号とののしりの言葉が鼓膜を叩く。そしてばかのひとつ覚えのように、「まことに申しわけございません」と繰り返す。

開店時間だ。まだ上がり切ってないシャッターの隙間《すきま》から、警備員の制止を振り切って客がなだれ込んでくる。

嘆き悲しむ余裕はない。明日の生活を憂《うれ》う暇もない。中沢の前にあるのは、山のような残務処理だけだ。まるで家族の葬式だ、と中沢は思った。

そして開店の二時間後、膨れあがった清算業務のためにコンピュータがダウンした。

今にもカウンターを乗り越えてなだれ込んできそうな客の間に、警察官とともに入り、中沢は「まことに申し訳ありません。一般投資家の皆様の預かり金は全額、戻りますので、なにとぞ安心を」と声をからして叫び続け、気がつくと土下座していた。

バブルの再来を思わせる忙しさが続いた四日後、母は手術をした。

中沢は仕事を休むことができず、妻と長男の孝夫が手術に立ち合うことになった。

手術の開始は、午前十一時と聞かされている。結果が気になっていたが、妻からの電話はオフィスの外線がふさがっているので受けられない。自席の専用電話も同様の状態だ。

夕方、病院にかけつけたとき、待合室にいた息子二人と治子は、奇妙にくつろいだ様子で紙コップのコーヒーを飲んでいた。

「再発なんかしてなかったわよ」

治子は微笑して言った。

「異物性肺炎だったのよ。ピーナツの甘かわみたいなものが、入っていたんですって」

「それじゃ……」

「だいじょうぶ、すぐ元気になってまだまだ長生きするって。先生が保証してくれたわ。おばあちゃん、ようやく七十三になったばっかりなんですもの」

小さく息を吸い込んだきり、中沢は言葉もなかった。

人生は悪いことばかりではない。いや、自分の三十三年勤めた会社が無くなるのと引き替えに、大切な母の命は救われた。

「ありがとう」と声にならない声でつぶやき、妻の手を握ろうとしたとき、妻は、ついっとその手を引っ込めた。息子の手前だった、と気づき、中沢は苦笑した。

その十日後、店頭の騒動も一段落し、若い社員たちがようやく次の就職先について話せるようになった頃、母に退院の見込みが出てきた。あと二週間くらい、と医者は治子に言ったらしい。

命をとりとめた母は順調に回復しつつあり、その一方で、中沢は住宅ローンを支払える見込みがなくなった。先取り特権があるので、一応社員の給与は保証されているが、会社が解散した後はもう何もない。

今、家と土地を売っても、不動産価格が下がりきっているから、なお二千万近い借金が残る。さらに中沢は、自社株を買うために社内融資を受けている。会社は消滅しても借金は消えて無くならない。

治子は何も言わない。中沢に相談することもなく、兄の経営する工務店に事務員として通い始めた。

「おばあちゃんの退院だけど、迎えには、悪いけど、あなた行ってね」と治子は言った。

「いくら倒産したからといって、仕事は山積みなんだ。おまえ、パートなんだから、行ってくれ」

そう言いかけて、中沢は言葉を飲み込んだ。

治子が引き出しから書類を取出し、テーブルの上に広げた。そしてそれを中沢の方に向けた。離婚届けだった。

中沢は、言葉もなくその一枚の紙切れをみつめていた。

そして「ま……確かにな」とつぶやいた。住宅ローンと客への損失補塡を埋めたための借金を抱えた社員が、すでに何組か離婚している。給料運搬人がその役を終えたのだからしかたない。夫婦というのは、所詮《しょせん》その程度のものなのかと、怒りよりも、失望が来た。妻を恨む気はない。治子は妻としての役割をとりあえず全《まっと》うしてくれた。

そのとき治子は黙って、離婚届けの上に一通の手紙を置いた。見覚えのある字だった。

中沢は冷たい汗が、額のあたりにわきだしてくるのを感じている。汗は流れ、顎《あご》から落下し、その達筆ではないが、きちんとしたボールペン文字の上にしみを作った。

理子からの手紙だった。ただし宛名《あてな》は妻だ。

「待ってくれ」と中沢は叫んだ。

「誤解しないで」

穏やかな口調で治子は言った。

「会社が倒産しようとしまいと、私は別れるつもりだったのよ」

「いつ来た手紙だ?」と尋ねながら、答えを待つのももどかしく、中沢はとっさに消印を調べた。

二ヵ月あまり前、中沢が理子に結婚の打診をされて、その可能性がないことを告げた直後だ。

「それじゃ、ずっと知ってたわけか、知ってて黙っていたわけか」

それには答えず、抑揚のない声で治子は言った。

「足掛け八年も続いていたそうね」

「いや……その」

「年が明ければ三十二になるんですって、この人」

皮肉な調子もなく、治子は言う。

「だれが、そんな……やめてくれ、いい歳《とし》をして」

中沢は首を振った。

「一度、二度なら見逃したかもしれない。でも八年、続いたってことは、もうやり直せないってことなのよ。おばあちゃんがあんな調子だから、ずっと待っていたの。よけいな心配させて容体が悪くなっても困るし。もし手術をして癌が再発していたら、私も離婚する気はなかったのよ。でもなんでもなくて、順調に回復したから、もう大丈夫ね」

「何を言ってるんだ」

「おばあちゃんも元気になったし、孝夫たちは私が引き取るわ。あなたは、この阿部よし子さんというお嬢さんと人生をやり直して」

「みち子だ」と、とっさに心の中につぶやいてみる。

「ばかなことは言わないでくれ。別れたんだ、彼女とは。もうとうに切れてる」

「ちょっと、調子いいんじゃないの。親父」

そのとき背後で声がした。孝夫が二階から下りてきていた。

「あんたはいいの、あっち行ってなさい」

治子が毅然《きぜん》とした調子で言った。

「よくないね。俺たちがどっちと暮らすかって話にもなるんだろ」

「孝夫」

治子が叫んだ。

長男は、すごすごと引き上げていく。階段を上りかけて、こちらを振り返った。軽蔑の表情が見えた。

「趣味、良すぎない？」と言ったときと同じ顔だった。

「少し、頭、冷やせ」

中沢は治子に向かい、吐き捨てるように言って立ち上がった。しかしそのときになって、自分の居場所がないことに気づいた。5ＬＤＫのどこにも、自分が落ち着く場所がない。

吹き抜けのリビングにおさまっていたのは妻だ。二階の住人は二人の息子で、自分は、あちらこちらの部屋をさ迷っていた間借人だったような気がする。

中沢は財布をズボンのポケットにつっこみ、コートを羽織った。外に出ると冷たい風が肌を刺す。

治子の頭は十分に冷えている。冷えきって取りつくしまもない。頭を冷やさなければならないのは、こちらの方だった。

タクシーを拾って、駅に出た。鈍行に乗り、途中駅で急行の池袋行きに乗り換える。さらに地下鉄を乗り継ぎ、本社のある大手町駅のホームに電車が滑り込んだとき、無意識に腰を浮かせた。はっとして、再び座り込む。そのまま門前仲町まで行った。

どの面《つら》下げて、とつぶやきながら、理子のマンションに向かう。

エントランスにあるオートロック解除の五桁《けた》ナンバーは、すでに指が覚えていて、何も考えずに押すことができる。エレベーターで、七階に上がりドアの前に立ったとき、妙な感じがした。インターホンを押しても返事はない。鉄の扉を通し、内部のひんやりした空気が伝わってくる。別れたはずだったが、合鍵《あいかぎ》はまだ中沢の小銭入れに入っていた。どこかに未練があったか、あるいは状況が変わったらまたよりを戻そうという虫のいい魂胆があったのかもしれない。

「本当は禁止されてるのよ、こういうの」といたずらっぽく笑って理子が、この合鍵を渡してくれたときのことを中沢は鮮やかに思い出した。このマンションのドイツ製の鍵は、本来なら複製ができないのだが、たまたま専門の職人のいる店に行ったところ、手作りしてくれたということだった。

「東急ハンズでもダイエーでも、できなくて、すごく苦労したの」と理子はうれしそうに笑った。

その当時は二人の関係もこじれていなかった。バブルは弾けていたが、まだ会社が倒産する気配などどこにもなかった。

鍵を差し込むとドアはあっけなく開いた。

暗い。中沢は電灯のスイッチをつけた。しかし玄関の白熱球は点灯しない。上がり込み手探りで居間の灯《あか》りのスイッチをつける。天井に張りついた蛍光灯が二、三度またたいてついた。

室内には何もなかった。淡いベージュの壁と、ブルーグレーのカーペットだけがそのままある。ベッドも机も、パソコンも、小さな鏡台も、籐《とう》のタンスも何もない。天井近くまであった本もブルーグレーのカーテンもない。玄関やダイニングを照らしていた白熱灯もない。アルミサッシの窓枠が蛍光灯の光を跳ね返して、白く光っているだけだ。

「理子」と小さな声で呼んだ。冷たく淀《よど》んだ空気がわずかに震えた。

引っ越してしまったのだ。それもほんの少し前に。理子の体のぬくもりと湿り気、生活臭といったものが、家財道具一切を運びだした部屋に、淡い影のように残っている。

中沢は、ぼんやりと突っ立ったまま、カーペットについたベッドの跡を足の指でなぞっていた。

しばらくそうしていた後、中沢は外に出てドアをロックした。それから合鍵をそっと新聞受けにすべり落とす。軽やかな音を立てて、鍵は部屋の内部に戻っていった。

たのかと思った。

「じゃ」という言葉で自分が彼女の前から立ち去ったのが、二ヵ月前だった。これで完全に別れ

本社や支店の社員の就職先がなかなかみつからない中で、子会社であるデータ管理会社や研究所の社員の行き先が次々に決まっているという話を中沢が聞いたのは、その翌日のことだった。「手首切り」で有名になってしまった理子も話題に上った。彼女の新しい職場は外資系の信用調査会社だった。年俸制で、現在よりも高い給与を提示され、残務整理が山積みになっている中で真っ先に引き抜かれていったという。

勤務地はシンガポールとのことで、すでに一週間前から、向こうに行っていた。

本店の管理職で、五十を過ぎてしまった中沢の再就職先はまったくない。いや、連絡をとってきた弱小証券会社はあった。ただし前の会社の顧客を連れてこい、という、ホステスと同様の条件を出されていた。

しかし中沢は未《いま》だに、この先のことを考えられない。残務処理で手いっぱいだ。今しか見えない。明日が来ることなど思いもよらない。明日などないのかもしれない。

一週間後、妻は息子二人を連れて引っ越していった。実家の持ち物であるマンションの一部屋に住むという。貴重品や割れ物の類《たぐい》を持ち出すために、家に戻ってきた妻に中沢は尋ねた。

「この先、いったいどうする気だ」

自分がそんなことを尋ねられる立場でないことはよくわかっていた。

慰謝料の支払いはもとより、今の段階では財産分与さえできない。

「兄のところの仕事、フルタイムですることになったから」と治子は屈託なく答えた。

「大学をやめて就職すれば、お母さん一人くらい養えるよ」と孝夫も胸を張る。

「ばかね、せっかく入ったんだから、卒業くらいしなさいよ」という治子に、長男は「どうせ、三流私学だしさ、大学の勉強なんか、社会に出れば何も役に立たないもんだからね」と肩をすくめた。

その言葉を聞いたとたんに、中沢の心に泥のようにたまっていた怒りが堰《せき》を切ってあふれだした。

「ふざけるんじゃねえ」と中沢は、息子に摑みかかった。

「だれが入れてやった三流私学だ。何が役に立たないだ。てめえの頭の悪さ、棚に上げやがって、高卒の俺がどれだけ苦労したかわかってるのか？　俺みたいになりたいのか、俺を見ろ、俺を」

孝夫はぱっくりと口を開けて、父の顔を見ている。

中沢は自分より頭一つ分大きい息子の襟首を背伸びして摑み揺すり続けた。

息を切らしながら中沢が手を離すと、孝夫は「すいません」とつぶやくように言った。

「ま、大学出たからって、偉くなれるわけじゃない。ただし世の中、ナメるんじゃないぞ」

中沢は息子から視線を外し、ようやくそれだけ言った。世の中も家族もナメてはいけないのだと、自分自身のことを思った。

黙って突っ立っていた次男が、居住まいを正し、「どうも、ご苦労さんっす」と父親にあいさつした。

「ご苦労さんって口の利《き》き方はないって、言ったでしょ」と治子が咎《とが》める。

外で、治子が呼んだ迎えのタクシーが短くクラクションを鳴らした。

「はあい」と、ドアを開けて返事をした治子に、中沢は「母さん」と呼びかけた。

「俺の生命保険、受取人は母さんだからな」

治子は笑いながら少しの皮肉の調子もなく言った。

「よし子さんに変えてあげなさいよ」

「みち子だ」と中沢は言い、それからつぶやくように付け加えた。

「もう逃げられたよ」

「何言ってるんですか」と治子は小さく笑った。

そのとき手元で電話が鳴った。

「じゃ」と、妻が靴を履く。じゃ、で終わりか、と舌打ちして中沢は受話器を取る。ふと、電話の相手を予想し、小さく痛切な期待を抱いた。「中沢です」と名乗らず、息を詰めて待った。

運び切れなかった小物をつめた紙袋を両手に下げ、妻が小走りでタクシーの方に行く。息子たちが続く。次男がくるりと振り返り手を振った。

「もしもし」

男の声だ。期待は裏切られた。不動産屋だった。少し前に、家と土地を売却したいと言っておいたのだが、買いたいという客が現われたと言う。三千八百五十万。思ったよりは高い値段で売れそうだ。借金も多少は軽くなる。日曜日に、内部を見せる約束をして電話を切り、中沢はゆっくりと階段を上がっていく。

二階の窓を開けると、遠ざかっていくタクシーのテールランプが見えた。角を曲がってその小さな灯りが視野から消えると、まだ畑の残っている一帯は闇に沈んだ。遥《はる》か彼方《かなた》に点々と灯りのともった団地が見える。築二十年の公社住宅で、灯りがまばらにしかともっていないのは、ここ五、六年、つぎつぎに住人が出てしまい、空き家が目立っているからだ。そんな事情もあって最近、単身者の入居も認めるようになった。中沢も手続きが整い次第、月の家賃が四万六千円のその団地に移ることになっている。

今、家族の消えた5LDKは、体育館ほどの大きさに感じられた。

何気なく本棚に目をやった。二人の息子の小中学校時代に買ってやった図鑑や辞典、全集のたぐいはなくなり、背後の壁の無機質な肌が見える。しかし下二段だけは、ぎっしりつまっていた。スクラップブックだった。

景気動向、企業情報に関する切り抜きが、会社解散の決定する前日分まで、几帳面《きちょうめん》に整理され、張り付けられている。三十数年間の彼の軌跡だった。

中沢はそれを引抜き、処分する気になれないまま、元に戻した。

まもなく母が退院して戻ってくる。そのとき治子がなぜこの家からいなくなったのか、説明しなければならない。そのことを思うと気が重い。

しんと冷えきった部屋の中で、何かが動いた。目をやると、サイドボードの上の水球だった。魚がゆらりと泳いでいる。

両手で持って、そっと取り上げる。ここ一ヵ月ばかり、妻も家事に手が回らなかったのだろう。ガラスの表面に埃《ほこり》がうっすら乗っていた。

中の魚はいつもとまったく変わりない。格別弱りもせず、かといって生気も感じさせず、閉じた生態系の中でゆらり、ゆらりと動いている。

突然、この魚を「かわいそう」と言った妻の気持ちが理解できた。

中沢は水球を持って階段をかけおりた。物置に行き、小さなバケツと工具箱を持ってきた。

バケツの中に水球を入れ、工具箱から金槌《かなづち》と五寸釘《くぎ》を出す。そしてガラスの上に五寸釘をあてがい、注意深く金槌で叩いた。

二、三度叩くと、びしりという音とともに、水球は一瞬にして割れた。

水がはね、糸のように細い魚が躍り出た。

おっ、と中沢は声をあげた。魚のあまりの小ささにあっけにとられた。水球は、魚を閉じこめると同時に、それを実物より遥かに大きく見せていたのだ。

まるで俺だ……。

中沢はつぶやき、バケツの中のガラスのかけらをそっと取り除《の》けてやる。すると魚は驚くほど俊敏な動作で、泳ぎ始めた。

明日、忘れずに水槽を買って来なければと思った。水草もよけいに入れ、餌《えさ》もやろう。ひょっとすると魚は新しい環境に適応できずに死んでしまうかもしれない。それでもあの球の中の長い生よりはましかもしれない。

「さあ、自由だ、大きくなれ」

中沢は呼びかける。

とりあえず一人ではない。老いた母と閉鎖生態系から救い出してやった魚とは、この先、死ぬまで一緒だ。一回り小さくなった家族を抱え新たな人生を歩み出すのかと、中沢は魚の動きとともに揺れている水面をみつめていた。

返しそびれて

新津きよみ

新津《にいつ》きよみ

長野県生まれ。青山学院大学仏文科卒業。旅行代理店、人材派遣会社などに勤務。87年、小説講座在籍中に応募した「ソフトボイルドの天使たち」で第7回横溝正史賞候補。翌88年『両面テープのお嬢さん』で作家デビュー。98年「殺意が見える女」で第51回、99年「時効を待つ女」で第52回日本推理作家協会賞短編部門候補。

1

さっきから岡部真理子は、壁の時計に目をやってはため息ばかりついていた。早く今日という日が終わればいいと思う。今日を乗り越えれば、少なくとも一年間はゆったりとした気分で過ごせる。

いまの真理子には、ただ待つことしかできない。

今朝早く、夫の直紀は、居間にいた真理子に「じゃあ」と声をかけて出かけて行った。行き先を告げずに。真理子は、玄関まで送る気にはなれなかった。行き先は聞かずともわかっていた。去年と同じなのだから。いや、去年ばかりではない。一昨年も、その前の年も、その前の前の年も同じだった。直紀が行き先を告げずに出かけたのもいままでと同じだった。

——今年で五回目……。

真理子は、時計から壁のカレンダーへ視線を移した。

二月十一日。

その日付けの欄には、「建国記念日」と祝日を表す赤い字で印刷されているが、真理子にはそれが違う文字に見える。「定点撮影記念日」という文字に。

家で直紀の帰りを待っていても落ち着かず、いらいらが募るばかりだ。ベランダから見る限り、外は風もなく日差しは暖かそうだ。散歩にでも出れば気が紛れるだろう。そう思って、コートをはおり、マフラーを首に巻いたとき、電話が鳴った。

「いま、いい?」

かけてきたのは、美大時代からつき合いの続いている森山千恵だった。

「ああ、いいわよ。ちょうど一人だから」

「あら、直紀さん、どうしたの?」

「出かけたわ」

「一人で?」

「まあね」

出かけたときは一人だったが、いまごろは、あちらの三人と合流して総勢四人になっているだろう。それも、毎年のことだ。

「へーえ、珍しいわね。真理子一人を残して出かけちゃうなんて。どこへ行くにも、大体、二人で行くんじゃなかった?」

真理子と直紀は、千恵の言うとおり、休日は大概、一緒に過ごしている。子供がいないドライブが趣味の夫婦は、土曜日の昼に家を出て箱根や日光まで車を飛ばし、そのままふらりと旅館やホテルに泊まってしまうこともある。去年の秋の紅葉シーズンには那須《なす》までドライブし、一部屋だけ空《あ》いていたリゾートホテルで贅沢《ぜいたく》な気分を味わったものだ。バーのカウンターで直紀と並んでオリジナルのカクテルを飲みながら、子供がいないまま二人で老いていくのも悪くないかもしれない、と真理子は思ったりした。

「今日は、特別って言うか……」

何と説明したらいいのかわからない。

「ふーん。珍しいわね」

千恵はちょっと訝《いぶか》しげな声を出したが、「ねえ、聞いてよ」とすぐに声に勢いと怒気をこめた。

仕事の愚痴か私生活の愚痴だろう、と真理子は直感した。用件はメールで、愚痴は電話で、と通信手段を自分なりに使い分けている千恵である。

「大家が敷金を返してくれないのよ。ひどいと思わない？」

「ああ、そういうことね」

千恵は、美大を卒業してアパレルメーカーに就職してからもずっと自宅から通っていたが、兄の結婚を機に実家を出る決心をした。最初は、一人暮らしを単純に楽しんでいたものの、真理子がマンションを購入して賃貸生活から脱出したのに刺激されたらしく、「わたしもいつかは自分の城がほしい」が口癖になった。夢が実現したのが昨年の秋。ついに、千恵はローンを組んで世田谷区内に2LDKのマンションを購入した。年末に引き渡し業務が完了し、年があらたまると同時に新居に引っ越したのだった。

「家賃八万円で、敷金十六万円だったでしょう？　こっちは全額は無理だとしても、半分くらいは返ってくるものだと思ってるじゃない。それを期待して、ソファだって新しいのを買っちゃったし。それなのに、修繕費として十九万円も請求されたのよ。送られてきた見積書を見て、びっくりしちゃったわ。敷金じゃまかないきれなくて、わたしが払わなくちゃいけないなんて。大家に問い合わせたら、畳の日焼けがどうの、家具を置いてたところのフローリングのへこみがどうの、冷蔵庫の裏の壁の黒ずみがどうのと、あちこちケチをつけられたわ。『契約書には、原状回復費用は賃貸人の負担とする、と明記されてますから』ってね。それどころか、『敷金の十六万でおまけしときましょう。足りない分はこちらが負担しますから』だって。恩着せがましい言い方でしょう？　頭にきたから、『不動産関係の法律にくわしい人に聞いて、また電話します。納得するまで払いません』って言ってやったの」

「残念だけど、わたしは不動産関係の法律にはくわしくないわ」

「だけど、真理子はマンション購入者の先輩でしょう？」

「そうだけど……」

真理子が渋谷区内にマンションを買ったのは、六年前のことである。美大で工業デザインを学び、自動車メーカーに就職した真理子は、生来の美意識が影響してか、住まいにもこだわらずにはいられなかった。食費を減らしてまでも充実した住空間を得たかったのだ。しかし、こぎれいな賃貸マンションに住んでしばらくたつと、給料に占める家賃の大きさに疑問を抱くようになった。

そんなとき、独身女性がマンションを買い始めている、という記事が新聞や週刊誌で目につき始めた。自分より年収の少ない女性が都内にマンションを買ったケースも出ていた。

——わたしにも買えるかもしれない。

真理子は、にわかにマイホーム取得熱に駆られた。めぼしい物件を探し、ローンを算定してみると、現在の家賃より月々の支払い額が少ないことが判明した。どれほどきれいに住もうと、それが賃貸物件である限り、自分のものにはならない。マンションを買っておけば、将来、自分の資産になる。生活の安定にもつながる。真理子は、思いきってマンションを購入したのだった。

「真理子のときはどうだった？　敷金、返ってきた？」

「はっきりとは憶《おぼ》えてないけど、半額以上は返してもらえたと思うわ」

「じゃあ、良心的な大家だったのよ。たまたま、真理子はラッキーだっただけよ」

「で、どうするの？」

「調べたわよ」

よくぞ聞いてくれた、というふうに千恵は声を弾ませた。「わたしが泣き寝入りするはずないじゃない」

やっぱり、そうか、と真理子は苦笑した。せっかちで行動的な性格の千恵は、電話で不満や愚痴をぶつけてくるときは、決まって自分でその解決方法を見つけたあとなのだ。

「ひと昔前は、『敷金はどうせ返ってこないもの』と泣き寝入りするケースが多かったみたいなの。だけど、こっちも黙ってはいないわ。借り主の味方になってくれる法律の本もたくさん出てるしね。それによると、借り主の明らかな過失で部屋の設備を破損させた場合、たとえば、畳にタバコの焼け焦げを作っちゃったりした場合ね、そういう場合は、敷金から修理代を差し引かれても仕方ないけど、通常の使い方による汚損は『自然損耗』の範囲とされるのよ。どんなにきれいに使おうと、人が住めば、壁紙や畳、フローリングが変色したり消耗したりするものでしょう？　一昨年の四月に消費者契約法ってのが施行されて、借り主の権利が守られるようになったわけ。そこで、どうすればいいか。まず、貸し主に内容証明郵便を送りつけるの。書き方は……。真理子、知ってる？」

「知るわけないでしょう？」

生まれてこのかた、内容証明郵便など送ったことはない。

「余計なことを書く必要はないのよ。『何月何日にお預けした敷金二か月分十六万円を、この内容証明を受け取って十日以内に返還してください』と書いて、振込口座として自分の銀行の口座番号を書き添えておく。ほとんどの貸し主は、それで半額は返してくれるそうよ。書式は郵便局でていねいに教えてくれるっていうし、費用はわずか千四百円」

「それでも、返してくれなかったら？」

いきなり内容証明郵便を受け取って、驚きのあまり払ってしまう善良で気弱な貸し主ばかりとは限らない。ちょっと意地悪な気分になって、真理子は聞いてみた。

するど、千恵は得意げに続けた。

「そしたら、次の手段は裁判よ」

「裁判？」

真理子はドキッとした。この言葉には敏感になっている。

過去に、裁判という言葉を意識した日々があった。直紀が前の妻との離婚を決意したとき、「協議離婚に応じてもらえない場合は、家庭裁判所での調停に持ち込まれるかもしれないな」とつぶやいたからだ。「それでも、だめなら、さらに……」と言ったきり、直紀は黙り込んでしまった。その上の段階の裁判に進まざるを得ないのだ、と真理子は察した。

――二人の娘までいるのに本当にすまない。これ以上、君とはやっていけない。これといった決定的な不満が君に対してあるわけではない。しかし、かなり前から君との生活に違和感は抱いていた。性格の不一致と言えばいいのか、価値観のずれと言えばいいのか……。最初に感じたのは、君が上の娘を地元の公立に行かせるのを嫌がり、東京の私立の小学校に病的なまでに執着したことだった。あれから、日常のちょっとした面で違和感を覚えることが多くなっていって……。そんなとき、自分ともっとも価値観の合う女性に出会ってしまった。彼女といると心が落ち着く。勝手な話だと君は怒るかもしれないが、彼女と人生をやり直したいと思っている。

そんなふうに切り出して、「はい、わかりました」とすんなり別れてくれる女がいるとは思えなかった。

ところが、直紀の前妻は、こちらが拍子抜けするほどあっさりと離婚届に判を押したのだった。別れた妻のもとに十歳と四歳の娘を残して、直紀は真理子と再婚した。母娘三人が住んでいる川口のマンションのローンは直紀が払い続けているし、二人の娘の養育費も毎月きちんと払っている。慰謝料も分割して払い続けている。非はすべて直紀の側にあるのだから、当然だろう。

したがって、直紀は、真理子のマンションにほとんど無一文でころがりこんできたのである。そのときほど真理子は、自分の経済力に感謝したことはなかった。

だが、離婚の条件として前妻が出してきたのが、金銭的な条件のほかに、「年に一度の家族の記念撮影を続行すること」だったのだ。

同じ日に、同じ場所で、同じメンバーで写真を撮る。

定点撮影会。

そもそも、最初に定点撮影会を提案したのは直紀だったという。上の娘が生まれたとき、当時住んでいた大宮市内の神社にお宮参りに行き、写真屋に家族の撮影を頼んだ。それがあまりによく撮れていたので、「来年もそこで撮ろう。同じ場所で同じ位置に立って撮ったら、おもしろいかもな」と、直紀は乗り気になった。二年目は、参拝者に撮影してもらった。ちょうど建国記念日で、毎年祝日にあたる。自然な流れで、三年目も散歩がてらそこへ行った。今度は、生まれた子供のお宮参りに来ていた人に写真を撮ってもらった。三年続いたら、前妻のほうが「娘のためにも、毎年続けましょう」と意欲的になった。四年目からは、前もって写真屋に日時を指定し、記念撮影を申し込んだ。上の娘が六歳のときに妹が生まれ、定点撮影会のメンバーが一人増えた。雨の日は傘を差して同じ場所に立ち、カメラのレンズにおさまった。十年間で一度だけ、直紀に出張が入ったため、撮影会はその週末にずれこんだが、時間はいつもと同じで、撮影した場所は寸分違《たが》わぬ位置だったという。

「これからも定点撮影会を続けること」という条件を前妻から出されたとき、直紀は迷っていた。が、躊躇《ちゅうちょ》していた彼を踏み切らせたのが、「娘たちもそれを望んでいるから」という前妻の言葉だった。

そのとき、真理子は、本当は直紀も長年続いた定点撮影会に未練があるのではないか、と感じた。そこで、「年に一度のことだもの。わたしは全然、かまわないわ」と、理解を示すふりをした。そう、あくまでも〈ふり〉だった。

——離婚しても、家族の歴史は綿々と刻まれていく。

内心では、とてつもない寂しさと疎外感を味わっていた。だが、人のものを奪ったのだから報いを受けるのは当然だ、と真理子は思っている。一年に一日だけ、我慢すればいいのである。

今日がその、寂しさに耐え、疎外感を味わう日というわけだ。

「……ねえ聞いてる？」

千恵に不機嫌そうな声を出されて、真理子はハッと我に返った。

「あ、ああ、裁判でしょう?」

「そう、だけど、裁判と言っても、そんなに大げさなものじゃないのよ。少額裁判ってのはね……」

「ショウガク裁判?」

「小学生が起こす裁判じゃないわよ。額が少ない、の少額裁判よ。平成十年にスタートした少額訴訟制度ってのがあってね、請求額が三十万円以下の民事事件で認められてるの。手続きは簡単。弁護士は不要。書類に必要事項を記入して、簡易裁判所に申し立てをするだけでいいのよ。費用は一万円で済むし、何度も裁判所に足を運ばなくても、審理は一日で終わるのよ。最近は、敷金返還を求めるケースが増えているそうよ。実際に敷金を取り返した事例なども集めてみたんだから。とりあえずは、内容証明郵便を送ってみるつもりよ。それで、相手がどう出るか待つの」

「よく調べたわね。感心するわ」

「それはそうよ。敷金は預けたものってことでしょう? 預けたものは貸したもの。貸したものは、きちんと返してもらわなくちゃ。そういう道理にならない? 返してって声を大にして請求しないと、時効になっちゃうのよ。敷金にだって時効はあるんだから」

——貸したものは、きちんと返してもらわなくちゃ。

千恵の言葉が、真理子の中の眠っていた何かを呼び覚ました。いや、眠っていたのではない。気づいていながら、真理子が起こさないようにしていたのである。

「待っててね。結果はまた、知らせるから」

興奮した口調で言って、千恵は電話を切った。

2

――貸したものは、きちんと返してもらわなくちゃ。

それは、逆に言えば、

――借りたものは、きちんと返さなくちゃ。

ということである。お金でも品物でも、それは同じだ。

真理子にも、借りたまま返さずにいるものがあった。

一冊の本である。

つい先日まで、真理子は、借りたままになっていたその本の存在をすっかり忘れていた。思い出したのは、その本を貸してくれた人物が殺されたのをニュースで知ったからだった。

磯野仁美。

栃木県内の女子高校で、真理子と同期生だった女性だ。クラスや所属していたクラブが違ったので、在学中はほとんど話をする機会がなかった。だが、卒業後十年目に開かれた同窓会で、たまたま同じブランドのバッグを持っていたことから会話が生まれた。いまではもうよく憶えていないのだが、「趣味が似てるね」というような会話から本の話題に発展したのだったと思う。真理子が買おうと思っていた恋愛小説を、すでに磯野仁美が買って読んでいた。当時のベストセラー本だった。

「読みたいんでしょう？　だったら、貸そうか？」

と、磯野仁美は言った。

「でも……」

本一冊のためだけに、また機会を作って会うほどのこともない。それほど親しい仲ではないのだ。かと言って、次の同窓会の場でとなると、いつになるかわからない。

自分で買うからいいわ、と答える前に、「さっき名刺をもらったわよね。そっちに送るわ」と、磯野仁美が真理子の名刺をバッグから取り出して早口で言った。それなら自宅の住所を教えようと思い、何かメモするものを出そうとバッグに手を入れたとき、「お久しぶり」と美術部で一緒だった水沢瑛子に肩を叩《たた》かれた。彼女と話し込んでしまい、磯野仁美とはそれきりになった。

日を置かずに、真理子の会社あてに磯野仁美からハードカバーのその本が送られてきた。表紙をめくると、一筆書きの便箋《びんせん》に書かれたメッセージが挟んであった。

「ゆっくり読んでね。返してくれるのはいつでもいいから。次に会うときにでも」

あんなに読みたかった本なのに、なぜか真理子の熱は冷めていた。会社で仕事上のトラブルがありそちらに気を取られていたせいかもしれなかった。それでも、とページをめくり始めてすぐに、その名前と出会ってしまった。主人公の恋人の名前が「祐介」となっている。偶然、真理子が数年前にふられた男の名前と同じだったのだ。祐介は、真理子がはじめて結婚を意識した男である。ようやく失恋の痛手から立ち直れた、と思えたところだったのだ。とても読み進められそうにない。真理子は、本を閉じて本棚へ差した。当分、手に取るつもりはなかったが、本を送ってくれた磯野仁美には礼状を書かなくてはいけない。だが、うっかりして、本が入っていた書籍小包用の袋を捨ててしまったことに気づいた。裏に磯野仁美の住所が書かれていたはずだ。同窓会では、「ごめんなさい、名刺、切らしてるの」と、勤めているという広告代理店の名刺を渡さなかった彼女である。

ふと、そう考えたが、誰に聞いていいのかわからない。思い浮かぶ共通の友人もいない。

——誰かに聞こうか。

——別にいいじゃないの。返すのはいつでもいい、次に会うときでいい、と言ってくれてるんだし。

真理子は、そう自分の胸に言い聞かせた。次の同窓会のときに返しても遅くはないだろう。催促されてるわけでもないし。ところが、次回の同窓会の通知はなかなかやってこなかった。

二年後、正月に実家に行き、高校時代の同級生に会った。彼女に磯野仁美のことを話すと、

「彼女と同じクラスだった子に聞けば住所がわかるかもしれない」と言われた。後日、同級生から電話がきて、磯野仁美の住所を教えてもらった。が、同級生は声を落として、「磯野さん、自殺未遂したって噂《うわさ》よ。噂は噂だから、はっきりしたことはわからないけどね」と言った。

住所はわかったものの、磯野仁美が自殺未遂したらしいと聞いて、真理子は彼女と接触する気をなくしてしまった。いまは、誰とも話したくない時期かもしれない。そっとしておこう。そういう気持ちもあったが、いちばん強かったのは、自殺しようとするような女性とかかわり合いたくないという気持ちだった。

それきりだ。時間が流れ、磯野仁美は殺され、真理子は彼女から借りた本を返さずに手元に置いたままでいる。そして、磯野仁美を殺した犯人は捕まっていない。

いまさら、という思いがこみあげる。いまさら彼女の遺族に本を返したところで、どうにもならないだろう。本を借りてから八年あまりの時が流れている。

しかも、相手は犯罪の被害者だ。本を遺族に返したことから、警察が被害者の高校の同窓生にまで捜査の手を伸ばすなどという羽目になっては困る。厄介事に巻き込まれたくはない。

——案外、何かを借りたきり返しそびれている人間は、多いのではないか。

そう思うことで、真理子は、自分の中にある罪の意識を和らげようとしているのかもしれなかった。借りたものを返さない。それも、小さな〈犯罪〉には違いないのだから。

そうは言っても、本そのものは気になった。確か、このマンションに越して来たときに、段ボール箱に詰めたまま、本棚に戻さずにいたのではなかったか。段ボール箱に封印したままでは死んだ磯野仁美に恨まれそうな気がして、真理子は背筋が寒くなった。

真理子は何かに取り憑《つ》かれたようになり、クロゼットの奥を探した。そして、ついにその本を見つけ出した。

ほんの数ページ読んだだけで閉じてしまった本を、真理子はパラパラと最後までめくってみた。

3

『サンハイツ』という名前の白い外壁の三階建てのアパートは、細長い公園に面して建っていた。昼下がりの公園には人影もなく、ひっそりとしている。

真理子は建物の前に行ったが、思い直して公園に引き返した。ここに来るのが目的であって、来たら何をするか、明確な考えを持っていなかった自分にいまさらながらに気がつく。

すると、建物のほうから人影が近づいて来た。白いコートに黒いパンツ姿のほっそりした女性だ。真理子は、身体を硬直させた。思わずベンチへ歩み寄り、磯野仁美から借りた本をバッグから取り出す。ベンチに座り、本を読み始める。

「野口さん……じゃない？」

ベンチの前に立った女性が真理子の旧姓を呼んだ。

ドキッとして顔を上げると、高校時代の面影が残った自分と同年代の女性がいた。

「野口真理子さん……でしょう？」

「え、ええ」

「わたしのことは憶えてる？」

真理子は、ちょっと眉《まゆ》を寄せた。憶えてはいたが、思い出すふりをしたのだ。

「永島です。永島法子《のりこ》」

「あ……ああ、永島さん。そうじゃないかと思ったんだけど」

白々しく聞こえないかどうか、不安になる。心臓の鼓動が速まった。

「この辺に住んでるの？」

「わたしじゃなくて、友達がね。さっき訪ねたんだけど、いなかったの。ちょうど公園があったから、本でも読んで時間を潰していようと思って」

葉を落とした木々とペンキの剝《は》げかかったベンチ。何の変哲もない寒々しい冬の公園である。読書熱を高める公園だとは思えない。真理子は本を閉じた。

「こんなところで会うなんて、驚いたわ。偶然ね」

永島法子は、真理子の隣に腰を下ろした。

「え、ええ、ホントに偶然ね」

永島法子の口から「偶然」という言葉が出たことにホッとして、真理子は笑顔を作った。が、顔がこわばった。

「元気？」

「ええ、何とか元気にやってるわ。……永島さんは？」

「まあまあね」

永島法子は肩をすくめて、「野口さん、結婚したの？」と聞いてきた。

「ええ、いまは岡部っていうの。永島さんは？」

「わたしはまだ独身よ。あら、まだ……って言い方も変よね。結婚するのが当然、って前提があるみたいで。ふふふ」

永島法子が独身のままなのは、さっきアパートの郵便受けを見て知っていた。彼女の部屋番号のところに「永島」とプレートがはまっていた。

「卒業以来になるかしら」

永島法子が感慨深げに言った。「十年目に同窓会があったでしょう？　わたし、都合が悪くて出席できなかったの」

「わたしは出席したのよ」

「知ってるわ。そのときに撮った集合写真、水沢さんに見せてもらったから」

真理子と美術部で一緒だった水沢瑛子のことだ。真理子と永島法子と水沢瑛子の三人は、クラスが同じだった。だが、真理子は、永島法子が誰とどれくらい仲がよかったのか、彼女の当時の交友関係をまったく思い出せなかった。それだけ、彼女についての関心が薄かったということかもしれない。永島法子という人間が真理子の交友関係に入っていなかったことだけは確かだった。

「だから、さっきふと見かけて、あら、高校で同級だった野口さんじゃないかしら、とすぐにわかったのよ」

「十年目の同窓会からさらにもう八年も過ぎたのね」

真理子は、在学中も、これほど長く彼女と言葉を交わしたことはなかったな、と思いながら、しみじみとした口調で言った。

「そうね。それだけ時間が過ぎると、みんなそれぞれに変わるわよね」

永島法子も、遠い昔を懐かしむ目をして言った。「野口さんみたいに結婚した人。わたしみたいに独身のままの人。相変わらず元気な人。亡くなった人。いろんな人生がある」

真理子の心臓はビクンと脈打った。核心に向こうから触れてきた。

「亡くなったと言えば……隣のクラスにいた磯野仁美さん、憶えてる？」

憶えていないはずはない。彼女は何と答えるだろう。ドキドキしながら答えを待っていると、

「ええ、憶えてるわ。二、三日前に殺されたでしょう？」

と、永島法子は、あっさりと「殺された」という表現を使った。

「そ、そうなのよ。ニュースで知って驚いちゃって。彼女、東京で一人暮らしをしてたのね。発見したのは、会社の人だったとか。自分の部屋で、頭を鈍器のようなもので殴られたんですってね。……怖いわね」

「彼女とはバスケット部で一緒だったの。おっとりしているように見えて、試合になると激しい動きをする人だったわ」

永島法子は、淡々とした口調で言った。

「卒業してから会ったことはある?」

永島法子は黙っている。

どう言葉を継げばいいのかわからずに、真理子は膝《ひざ》の上の本に目を落とした。

「それは?」

永島法子が本に興味を示した。

「この本ね、実は、磯野仁美さんに借りたまま返し忘れていた本なのよ」

真理子は、思いきって切り出した。「同窓会でこの本が話題に出て、わたしが『読みたい』と言ったら、磯野さんが送ってくれたの。ついずるずると返しそびれて、八年もたっちゃったわ。磯野さんが殺されたと知って、ようやく思い出したのよ」

「どうするつもり?」

「えっ?」

「磯野さんのご家族に返すの？」

「いえ、そこまでは考えてないわ。だって……」

「だって？」と、永島法子が本から真理子の横顔に視線を戻した。

「磯野さんは殺されたでしょう？　殺されたと知ってから返すのって、勇気がいるし、それに……」

言い淀《よど》んだ真理子の言葉のあとを引き取るように、「殺人事件にかかわり合いたくない？」と、永島法子が聞いた。

「ええ、まあ」

「わたしもね、実は、仁美さんに借りたまま返していないものがあるのよ」

永島法子は、磯野仁美を名前で呼んだ。

真理子は息を呑《の》んだ。あちらから、ふたたび核心に迫ってきたからだ。予想もしていなかった展開だった。

「それは……何？」

さりげなく聞いたつもりだったが、声が震えた。

「お金よ。三十万円」

こちらは、予想どおりの答えだった。

「九年前に借りたの。何人かで出資し合って輸入雑貨の会社を興そうとしていたときで、どうかき集めてもわたしの分の出資金が三十万ほど足りなかったのね。親に借りればいいんでしょうけど、うちの親も生活が楽じゃなかったし。……ああ、高校を卒業したのと同時くらいに、両親は父親の郷里の福島に引っ込んで、急死した伯父にかわって家業の工芸店を継いだの。でも、経営が苦しくてね、父も母もいつもお金のことでこぼしてたわ。わたしは、美容師を目ざして東京の専門学校に入ったけど、アルバイトの毎日だった。結局、美容師にはならなくて、小さなデザイン会社に職を得て働いたわ。そこで、輸入のインテリア用品を扱う会社を設立するって話が持ち上がったのね。サラ金から借金する方法も考えたけど、返せなくなった場合を思うと怖くてできなかった。そんなとき、関連会社のパーティーで、偶然、仁美さんと会ったのよ。高校時代、親友って間柄でもなかったけど、後輩の面倒見のいい、頼りになる人ではあったわ。会社設立の話になって、お金が足りないとわたしがこぼすと、仁美さんは『わたしがお金を貸そうか』と、いとも簡単に手を差し伸べてくれたのよ。『カードを持ってるから、いますぐにでも銀行に行って下ろせるわよ』ってね。あれよあれよという間に、仁美さんはお金を用意して戻ったの。三十万円が入った封筒をわたしの胸に押しつけて、『どうぞ』って。こちらが面食らうほどだったわ。だけど、お金は喉《のど》から手が出るほどほしかったからありがたかった。わたしはもちろん、『都合がつき次第、できるだけ早く返すわ』と約束したわ。でも、彼女、微笑《ほほえ》みながら首を横に振るの。『返すのはいつでもいいから』ってね」

わたしのときと同じだ、と真理子は思った。本一冊と現金三十万円。金額の違いはあっても、貸すときの磯野仁美の気安い態度はどちらも同じである。

「だけど、三十万円は当時のわたしにとって大金だったわ。いつでもいい、ってわけにはいかない。トラブルになるのも嫌だったし。そこで、わたしは持っていたメモ用紙を借用書がわりにしたの。会社の設立にあたって細かな法律は調べてあったから、借用書についてもくわしかったのよ。野口さんも知ってると思うけど、借用書というのは、借り主が貸し主に金銭を借りた事実を明示する文書を指すの。名刺の裏でもノートの切れ端でもメモ用紙でも何でもいい。きちんと文書が書かれてさえいれば、それは法的効力があるとみなされるのよ。わたしは、小さなメモ用紙に借用書を書いて彼女に渡したわ。『友達だもの、利息なんかいらないわ』という彼女の寛大な言葉が心に染みたわ」

「その三十万円、磯野さんに返さなかったのね？」

彼女の生きているあいだには、と真理子は心の中でつけ加えた。

「返さなかったんじゃないわ。返せなかったのよ」

永島法子の口元に弱い笑みが浮かんだ。

「『返せない』にも、二つの意味があるわ。一つ目は、用意できなくて、文字通り返せない場合。二つ目は、用意できても相手が受け取らなくて返せない場合。最初の一年間は、一つ目のほうだった。資金繰りが大変で、同窓会の通知がきてもとても出られる状態じゃなかった。仁美さんに合わせる顔がなかったのね。でも、二年目にようやく会社が軌道に乗り始めて、借金を返すめどがついたの。早速、わたしは彼女に電話をしたわ。ところが、彼女、旅行に出るとかで、帰ったらこちらから連絡すると言われたの。ひと月待ったけど、連絡はこない。もう帰っているはずなのに。何をしていても、つねに借金が頭の片隅にあって、わたしの心は落ち着かなかったわ。そこで仁美さんの家へ直接、返しに行くことにしたの。仁美さんは、学生時代から代官山の瀟洒《しょうしゃ》なマンションに住んでたわ。彼女の実家はお金持ちだったでしょう？　きっと、実家で援助してもらってたんでしょうね。オートロックのマンションだった。チャイムを鳴らしたけど、応答がない。留守のようだったわ。郵便受けにお金の入った封筒を投げ込んで帰ろうかとも考えたけど、なくなったりしたら困るし、あとで受け取った、受け取らないのトラブルになるのも避けたかった。やっぱり、直接、渡したかったのよ。一時間ほど待ってみたけど、彼女は帰って来ない。諦《あきら》めて帰りかけたとき、思いがけない人と会ったわ。高校時代、バスケット部の女子があこがれていたS高のバスケット部の男子。もっとも、すぐにその男性があこがれの男子と結びついたわけじゃなかったわ。わたしが仁美さんの部屋のチャイムを鳴らすのを見ていた彼が、わたしに話しかけてきたのよ。『彼女はいま、実家に帰っています』ってね。歩きながら話しているうちに、彼がわたしのことを思い出してくれたってわけ。わたしたち、S高の試合の応援によく行ってたからね。『仁美さんとつき合ってるの？』と聞いたら、彼は『別れたばかりだ』って答えたわ。でも、何となく彼女のことが心配になって、もう帰っているんじゃないかと様子を見に来たんだとか。『彼女にふられたんだ』と、彼ははっきり言ったのよ。彼に同情したわけじゃないけど、何となくなりゆきでお酒を飲みながら彼の話を聞くことになって……。気がついたら、ホテルに入っていた。わたしは、真剣につき合うつもりでいたのよ。それなのに……」

言葉を切って、永島法子はため息をついた。

真理子もため息をついた。彼女の話に引き込まれ、息を止めるようにして聞いていたので、息苦しさを覚えていた。

「あとでわかったんだけど、彼、まだ仁美さんとの関係が完全には切れてなかったのよ。つまり、わたしとは遊びだったってわけ。だけど、口の軽い彼は、わたしと寝たことを仁美さんに話しちゃったのね。次に電話をしたとき、仁美さん、冷たい口調で『もう、いいから』って言うの。『返さなくていいから。大体、あなたから預かった借用書だって、わたし、なくしちゃったんだから』ってね」

「三十万円をあげるってこと？」

借りた本を返そうかどうか真理子が迷っていたとき、こんな大きな〈事件〉が並行して起きていたのだ。

「でも、借金は借金。返さないわけにはいかないでしょう？　わたしは何度も、彼女の家へ押しかけたわ。三十万円を持ってね。だけど、仁美さんったら、絶対に受け取ろうとしないの。ドアも開けないの。一度、彼女の会社の前で待ち伏せしたこともあったわ。出てきた彼女を追いかけたの。でも、人込みに紛れてしまって……。銀行口座も教えてくれないから振り込めないし、現金書留で送ったときは受け取りを拒否されて、送り返されたわ。どうしても受け取ろうとしないの。そのうち、仁美さんの精神状態がおかしくなって、睡眠薬をお酒と一緒に飲んで救急病院に運ばれたって話を彼から聞いたわ。しばらく実家に帰っていたんですって」

磯野仁美が自殺未遂をしたという噂が流れた時期だ。

「磯野さんは、その男の人のことで怒っていたのかしら。永島さんに彼をとられた形になったわけでしょう？ 裏切られたことがショックだったんだわ」

「わたしも最初はそう思ってたわ。でも、彼女は本気で彼を愛してたわけじゃない。時間がたつにつれて、もっと深い意味があるのに気づいたの」

永島法子は、目を細めて言った。「プライドの高い仁美さんには、一時的にでも男の人をわたしに奪われたことが許せなかったのね。お金を受け取らないのは、わたしに対する制裁だったのよ」

「制裁？」

その表現に、真理子はギョッとした。

「そう、制裁よ。わたしは彼女にお金を借りたままで居続ける。それは、仁美さんがわたしに大きな貸しを作るってことだわ。彼女は、ずっとわたしにお金を貸したままでいたかった。ずっと貸しを作った状態でいたかったのよ。わたしが、罪の意識を感じ続けるようにね」

「でも……」

「そういう女の心理、理解できない？　でもね、わたしにはわかったの。何年も何年も、仁美さんに受け取りを拒否され続けて。借金にも時効があるのを知ってる？」

借金にも時効はある。それは、電話で千恵も言っていた。

「一方が営業者の場合をのぞいて、返済期日の翌日を起算として十年で時効が成立するのよ。時効になると、法律的には貸したお金は回収できなくなるの」

「返さなくてもよくなるのね？」

「普通は、返してもらえないままに時効を迎えるのを防ぐために、貸し主は督促状を出すの。時効の成立を阻止するためにね。督促状を出せば、時効が半年中断するの。つまり、半年に一度、督促状を出し続ければ、永久に時効は成立しないということになるわけ。でも、わたしの場合は違った。借り主が返したいのに返せない。貸し主が受け取ろうとしないから。異常な状況だったのよ。まごまごしていると、十年がたってしまう。時効を迎えたら、永遠に借りを返すことはできなくなる。彼女は一生、わたしに貸しを作った状態でいられる。わたしには彼女の魂胆が見えたの。耐えられなかった。それで、あの日、彼女の家へ行ったの。『お金を返しに来たんじゃないの。ちょっと話がしたいの』、そう言ったら、はじめて彼女はわたしを部屋に入れてくれたわ。でも、目的はやっぱり、お金を返すこと。部屋に入るなり、わたしはいきなり三十万円が入った封筒を彼女に押しつけた。彼女はそれを突き返してきた。封筒からこぼれたお札をくしゃくしゃにして、わたしに投げつけたの。大切なお金をよ。あまりに頑固な彼女の態度にわたしはカッとなって、そばにあった置物を彼女めがけて投げてしまった。それが彼女の頭に当たって……」

永島法子は、まっすぐ真理子を見た。「そう、わたしが仁美さんを殺したのよ」

真理子は凍りついた。

「あなたは殺人者の隣に座ってるのよ。怖くない？」

怖くないと言えばうそになる。

「わたしは、あなたに全部、しゃべっちゃったわ。あなたの口を封じるかもしれない」

真理子は、ゆっくりとかぶりを振った。永島法子にわたしを殺せるはずがない。彼女は、殺すつもりで磯野仁美を殺したのではないのだ。

「大丈夫よ、安心して」

永島法子は、ふっと気が抜けたように笑った。「自首するつもりだったんだから」

「これから？」

「ええ。ようやくその決心がついたところだったの。部屋の整理をして、飼っていた猫の里親を捜してね。逃げ延びられるとは思ってないわ。日本の警察は優秀だし、遅かれ早かれ、被害者の高校時代の交友関係に行き着くでしょう。指紋を拭《ふ》き取るような工作をするほど冷静じゃなかったから、わたしの指紋が彼女の部屋にべったり残っているかもしれない。それに、仁美さんが誰かにわたしの借金のことをしゃべっているかもしれないでしょう？」

「………」

「友達を訪ねて来たなんてうそでしょう？　最初から、わたしのところに来るつもりだったんでしょう？」

もはや、隠す必要はないだろう。真理子はうなずいた。

「部屋の窓から公園を見ていたら、何度もアパートを見上げる女がいた。刑事かと思ったわ。だから、覚悟を決めて外に出てみたの。そしたら、あなただった」

真理子は、本のあいだから小さな紙切れを抜き出し、永島法子に差し出した。

「ここにあなたの名前と住所が書いてあったの。それで、気になって来てみたのよ」

永島法子は、その小さな紙切れ——借用書を手に取り、時を超えた運命のいたずらにまいったというふうに何度も首を横に振った。

「磯野さんが貸してくれた本に挟まれてたの。気づいたのは今日よ。読まれないままにずっと段ボール箱の奥にしまわれていた本よ」

「金参拾万円也。右、確かに借用いたしました……」

永島法子は、かつて自分が書いた借用書を静かに読み上げた。

4

時計の針は九時を回っている。

真理子はテレビをつけようとしたが、やめた。テレビのニュースは、永島法子が自首したことをどう伝えるか、気になったのだ。だが、彼女の〈自供〉を聞いたのである。それで充分だと思った。永島法子とは警察署の前で別れた。彼女が建物に入るのを見届けて、真理子はきびすを返したのだった。

――借金を巡ってトラブルになり、殺人事件に発展した……。

明日の新聞にはそう書かれると思うと、やりきれない気持ちになる。そこからは、殺人の真の動機を読み取れないだろう。

直紀はまだ帰らない。定点撮影会のあと、娘たちとデパートへ行ったり、食事をしたり、ときには遊園地へ行ったりして過ごしているのだろうが、二月十一日の過ごし方について真理子はくわしくは知らない。直紀が話さないし、真理子も聞かないからだ。寛大な妻のふりをして、真理子は二月十一日の「定点撮影記念日」をやり過ごす。

帰宅が遅くなるのは、毎年のことだ。

電話が鳴った。

夫からだろう。駅に着いた、いまから帰る、と告げるために電話してきたに違いない。

しかし、受話器から流れてきた声は夫の声ではなかった。

「返してください」

女の声だった。少女の声だ。

「どなたですか？」

「返してください」

少女の声が繰り返す。

「何を……返すんですか？」

「…………」

「あなたは……」

もしかして、という苦い感情に真理子はとらわれた。

「お父さんを返してください」

少女は、今度は、何を返して欲しいのかをはっきりと伝えてきた。

真理子は、言い返す言葉を失った。

電話は切れた。

真理子は、静寂の中に一人、取り残された気がした。孤独がひしひしと押し寄せてくる。

間違いない。さっきの少女は、直紀が別れた前妻のもとに置いて来た上の娘だろう。思春期を迎えた年頃のはずだ。家庭の事情は把握しているに違いない。一年ぶりに楽しい時間を父親と過ごしたあと、その余韻《よいん》の中で父親の再婚相手に電話をかけてきたのだろうか。

――お父さんを返してください。

さっきの少女の声が、真理子の鼓膜に張りついている。

――借りたものは、きちんと返さなくちゃ。

――貸したものは、きちんと返してもらわなくちゃ。

頭の中で自分の声と混じり合った瞬間、真理子はハッと胸をつかれた。

「そうだったのか……」

脳味噌《のうみそ》を覆っていた霧が晴れたように、一つの〈真実〉が見えてきた。少女が自分の意志だけで、「お父さんを返してください」と口にしたとは真理子には思えなかった。少女の母親の意志を反映しているのではないか。すなわち、直紀の別れた妻の意志を。

「お父さんは、また来年の今日、帰って来るんだよね」

「そうよ。あなたたちのお父さんは、あの女の人に貸しているだけなの。年に一度、返してもらうのよ」

「もっと長く返してもらえればいいのに」

「そうねえ。いつかはきっと……」

母と娘のあいだで交わされているであろう会話を、真理子は想像した。

年に一度の定点撮影会。

それは、直紀の前妻にとっては、督促状と同等の価値を持つものなのかもしれない。「あの人を早く返してください。あの人はあなたに貸しているだけなんですから」と認識させるための。定点撮影会を行なうと、彼女の中では一年間時効が中断する。年に一度の定点撮影会を続けていく限り、永久に時効は成立しないことになる。「返して」と要求し続けていることになるのだ。

借金の場合の督促状が借り主に心理的なプレッシャーを与える効果があるように、定点撮影会も真理子に心理的なプレッシャーを確実に与えている。

玄関チャイムが鳴った。

「ただいま。遅くなってごめん」

インターフォンから夫の声が聞こえてきた。娘たちと楽しい時間を過ごしたことを後ろめたく思っているような遠慮がちな声だ。去年も一昨年も、夫は同じ声で応答した。

一日だけ貸した夫が返されて来たのか、それとも、ふたたび自分のもとへ貸し出されたのか、真理子にはわからなくなっていた。

牢の家のアリス

加納朋子

加納朋子《かのうともこ》

福岡県生まれ。文教大学女子短期大学部文芸科卒業。92年、化学メーカー勤務時に『ななつのこ』で第3回鮎川哲也賞を受賞し、作家デビュー。95年「ガラスの麒麟」で第48回日本推理作家協会賞短編および連作短編集部門受賞。主な著書に『月曜日の水玉模様』『ささら さや』『コッペリア』などがある。

1

仁木順平は、もうかれこれ小一時間もの間、机の上の帳面と睨《にら》めっこをしていた。ときおり、ポケットから専用の布を取り出し、眼鏡《めがね》のレンズを丁寧に拭《ふ》き清める。が、紙の上に並んだ現実が、それでいくらかなりと変わるものでもなかった。

「お茶のお代わりはいかがですか、所長」

仁木探偵事務所の探偵助手兼お茶くみ担当の市村安梨沙が、薔薇《ばら》模様のティーポットを片手に声をかけてきた。

「ああ、ありがとう」

仁木は小声で礼を言い、同じく薔薇模様のティーカップに香りの良いお茶を注《つ》いでもらった。

「なんだか元気ないですね、所長」

安梨沙の言葉に、仁木はううんと呻《うめ》くようなつぶやくような返事をした。安梨沙が横からひょいと帳面を覗《のぞ》き込む。仁木は日記帳を覗き込まれた思春期の少女みたいな気持ちになった。

「なに、面白くもない計算だよ……しかも答えのわかり切った」

ごく何でもなさそうに言ったのに、

「事務所の家賃が引き落とされるのは、明日でしたっけ」

と安梨沙はことさら深刻そうに眉《まゆ》を寄せた。いたって聡明《そうめい》な彼女には、多くの説明は不必要なのだ。常ならばともかく、こうしたときにはそのことが少しだけ恨めしい。

長くサラリーマン生活を送っていた仁木が、『転身退職者支援制度』を利用して探偵事務所を開いたのは、ちょうど一年前のことである。これは会社がリストラ策の一環として立ち上げた制度だが、その大きな特典として、転身し起業してから一年もの間、社員同様の待遇を受けられるということがあった。要するに、福利厚生のみならず、給与や賞与が丸々保証されていたわけである。

思えば気楽な日々であった、と思う。たとえひと月の間、まったく依頼人が現れずとも――事実、そうした時期はままあったのだ――給料日になれば仁木の銀行口座には少なからぬ月給がきちんきちんと振り込まれていた。ゼロから始めた仕事が軌道に乗るまで、面倒見てあげましょうという会社の温情である。むろんそれは建前で、給料一年分上乗せするから、五十以上の社員はいつでも辞めてくれて結構ですよという本音は露骨に透けている。とはいえ、本心から探偵になりたかった仁木にとっては実にありがたい制度だった。しかしそのありがたい制度も、先月末をもって期限切れとなっている。永年勤め上げた会社とは、これで正真正銘、縁が切れたわけだ。

さっぱりした、という感はある。が、それ以上に、糸の切れた凧《たこ》のような、根のない植物のような、何か寄る辺ない、頼りない思いを味わうことになったというのも、正直なところだ。

言ってみればそれは、生まれ落ちたばかりの子鹿の不安であり、焦りである。過酷な大自然の中で生き延びていくためには、一分一秒でも早く立ち上がり、走れるようにならねばいけない。自分一人で餌《えさ》を見つけ、水場を探さねばならない。

早い話、どれほど古びた雑居ビルの中のオフィスだろうが、賃貸料は払わねばならない——たとえ、さっぱり仕事にありつけず、ただ無為な時間を過ごしていたとしても。そして同じことは、空調設備だの水道や電気、そして電話だのにも言える。たとえまるっきり使用しなかったとしても、基本料金はしっかり持って行かれる。もちろん、中にいる人間にだって金はかかる。まさか飲まず食わずでいるわけにもいかない。また、「お給金なんていいんですよ」などといういじらしい言葉どおりに、可愛い助手を無給で働かせるわけにもいかない。

もちろん、実際に金がないわけではない。仁木は浪費家とはとうてい言えぬから、サラリーマン時代の貯蓄はそれなりにある。しかも、会社を正式に辞めた今、退職金も手にしている。自宅のローンも払い終わった身にとっては、相当にまとまった金額だ。

だが、仁木としてはそれに手をつけるわけにはいかなかった。来る老後に備えての虎の子だから、という理由からではない。探偵事務所のかかりについては、探偵事務所の上がりでまかなわなければならない——そう、固く心に念じていたからだ。

もちろん、新たな仕事を始めるについては何事も資金が必要だ。だから、『転身退職者支援制度』の恩恵たる不労所得を、事務所の敷金や礼金に充てることには、さしたる抵抗はなかった。月々の家賃をそこから支払うことも同様だ——少なくとも、先月までは。

しかし今月からは違う。元の会社には彼の社員籍はもはやなく、仁木は正真正銘の私立探偵となった。一部の知人は仁木の転身退職について、「酔狂なお遊び」としか見做《みな》さなかったものだが、自分自身の足でしっかりと立たない限り——つまりは経済的に自立できない限り、彼らを見返すことは叶《かな》わないだろう。

いやいや、他人は関係ない。誰を見返す必要もない。要するにこれは仁木の意地なのだ。矜持《きょうじ》なのだ。

だが、その意地を貫くためにも矜持を保つためにも、新たな依頼人がこなくてはお話にならない。

「——問題は、いかにして依頼人にリピーターになってもらうか、ですよね」

安梨沙がひどく重々しい口調で言った。

「リピーター?」

面白くもない帳面から顔を上げると、仁木の目の前には真面目《まじめ》くさった助手の顔があった。

「繰り返し利用していただけるお客さんのことですわ」

それくらいは仁木だって知っている。

「人間誰しもトラブルのひとつやふたつはいつだって抱えているものです」

畳みかけるように、しかも自信たっぷりに安梨沙は言う。

「だがね、普通の人はなにかあってもまず探偵なんてものに頼ろうとはしないものだよ」

「すこし前までは、ハウスクリーニングだって普通の人は頼もうなんて思いもしませんでしたよ。でも、今じゃちゃんと商売になっています。同じことですよ」

そうだろうか、と首を傾《かし》げる仁木に、安梨沙はにこやかに言った。

「ほんの少しの勇気があれば何でも解決するのに、みんな、一歩を踏み出せずにいるんですよ。ほんの少し、背中を押して上げればいいんです」

なんだか自殺幇助《ほうじょ》みたいだな、と仁木は思った。

どうにもろくな連想に走らない仁木を後目《しりめ》に、安梨沙は一人うきうきと言った。

「とは言っても、やっぱりある程度お金に余裕のある方がいいですよね……個人病院を経営しているお医者様とか」

「青山さんのことを言っているのかい」

仁木はわずかに渋面を作った。確かに、産婦人科医院を営む青山医師からはかつて、仕事を請け負ったことがあった。

こともあろうに、ベビーシッターの仕事を。

「上客でしたわ」

安梨沙はにっこりと笑う。たしかに青山からは、たんまりとはずんでもらった。

「しかしも案山子《かかし》もありませんよ、所長」あくまでも優しい笑顔を浮かべたまま、だが今までにない力を込めて安梨沙は言った。「まるで亀まがいみたいにしょんぼりしてるくらいなら、何か行動を起こすべきですよ。依頼人からの電話がないんなら、こちらからかければいいだけのことです」

『不思議の国のアリス』のキャラクターを持ち出したのは、仁木を慰めようとしてのことだろう。だが、その力強い発破《はっぱ》のかけようは、仁木にある人物の顔を思い出させた。

「……最近、君はなんだか美佐子に似てきたね」

事情があって、安梨沙は現在仁木の長女のもとに身を寄せている身なのである。彼の娘としては上出来で、まったく上出来すぎるくらいで、ともすれば同僚だの上司だの男どもが馬鹿に見えて仕方がないらしい。そうした連中に対する美佐子の辛辣《しんらつ》な評価を耳にする機会は、しばしばあった。そのたびに、仁木は俎上《そじょう》に載せられた彼らの代わりに首を縮めるのが常であった……それこそ、『アリス』に出てくる亀まがいさながらに。

「美佐子さんみたいになれたらそりゃ、素敵だけど」安梨沙はほんのりと頬《ほお》を染めた。「でも無理だわ、私なんかには」

「別に無理することはないんじゃないかい。君は君だ」

急いで仁木は言った。美佐子のことは誇りに思っているが、できれば安梨沙には娘のようにな

って欲しくなかった。だが、

「ええ、そうですね。私は私なんだから」といかにも安梨沙らしい笑みを浮かべた後、「さあさ、所長。おしゃべりもいいけれど、依頼人捜しをしなくっちゃ。やっぱりまず最初にかけるのは青山さんがいいと思うんです、私」と美佐子のようなてきぱきとした口調で仁木に電話をすすめるのだった。

探偵が探すのは普通、失踪人《しっそうにん》ではないのか。依頼人を捜し歩く探偵なんて、聞いたことがない。

そう心の中でつぶやきつつ、仁木は抽斗《ひきだし》を開けた。困ったことに整理の良い仁木の名刺ホルダーからは、あっという間に目的の名刺が見つかってしまう。何と言ってもア行の一番最初だ。気乗りしないまま、相手が帝王切開の手術中か何かで、電話口に出られる状態じゃないことを祈りつつ、受話器を取り上げた。

期待に反して、ほとんどワンコールで出てきたのは、青山本人だった。

応答を聞いて、おやと思った。ひどく緊張した、固い声だった。

「何の用ですか。今、ちょっと……」

礼儀正しく名乗り、挨拶《あいさつ》をしかけたところ、返ってきた返事がこれだった。

ふたたび、仁木は首を傾げた。彼が知っている青山という人は、どこか途方に暮れたような顔をした、しかし穏やかで心優しい男だった。

何かが、変だった。しかしだからと言って、次の質問をするのに勇気がいることには変わりない。仁木は軽く咳払《せきばら》いをしてから言った。

「ひょっとして、何かお困りのことがあるんじゃないかと思いまして……」

息を呑《の》む気配が伝わってきた。それはそうだろう。探偵からご用聞きをされたら、誰だって絶句する。

だが、しばしの沈黙の末、相手は押し殺した声で言った。

「……なぜ、わかったんですか？」

2

病院には来てくれるな、と言われた。

直接会うこともできない、と言う。

わけがわからなかった。長く電話で話すことができないと言いながら、受話器を置くことにためらいを感じているふうでもあった。

仁木に何か伝えたいことがあるのだ。青山は、明らかに助けを求めていた。

「……メールを送らせてもらっていいでしょうか」

しばしの沈黙の末、ようやく相手は言った。

「メール？」

鸚鵡《おうむ》返しに仁木は答えた。それがどういうものか知らないわけではないが、あいにく仁木はパソコンを持っていない。

やり取りを聞いていた安梨沙が、電話を代わるという仕種《しぐさ》をした。「助手に代わります」と言い置き、安梨沙に受話器を渡す。ごく短いやり取りが交わされたが、仁木にはちんぷんかんぷんだった。

「緊急事態のようでしたので、申し訳ないんですが美佐子さんのアドレスに送ってもらうことにしました。あの、自由に使ってもらってかまわないと言っていただいていたので」

「ああ、もちろんあの子がそう言っていたなら構わないんだろうが、今は当然仕事中だろう？」

「ですから私、今から急いで美佐子さんのところに行ってきます。すぐ戻ってきますから、ね」

仁木の事務所と長女のマンションとは、さほど離れていないのだ。

しばらくして、仁木のデスクの電話が鳴った。

「大変です、所長」出るなり、安梨沙の声がそう叫んだ。「誘拐事件です。あの病院で生まれたばかりの赤ちゃんが、さらわれてしまったんですって」

「何だって」

と仁木が叫ぶのにおおいかぶせるようにして、安梨沙が「しかも」と続けた。

「誰も出入りできないはずの部屋から……つまり密室から、赤ちゃんだけが忽然《こつぜん》と消えてしまったのよ」

嬰児《えいじ》誘拐。そのうえ密室。

不謹慎ながら、ほんの一瞬だけ、仁木は喜んでしまった。そうした「いかにも」な事件に関わりたくて探偵になったようなものだから。

だが……。

「そりゃ、大事件じゃないか。警察には通報したのかね」

とまず尋ねてしまうあたり、とことん常識人な仁木でもあった。

「それが」安梨沙は声を曇らせた。「赤ちゃんのご両親のところに、脅迫電話がかかってきたんですって。警察に報《しら》せたら、子供の命はないと思えって」

「しかし……」

「とにかくご両親がね、絶対に警察には報せてくれるなっておっしゃっているんですって。赤ちゃんに万一のことがあったら取り返しがつかないからって」

確かに、親の気持ちとしてはそうだろう。

「そもそも、赤ん坊がいなくなったのはいつのことなんだい？」

「昨日の三時頃だそうです。少なくとも、お母さんが気づいたのは、午後の診療時間が始まった直後のことらしいです」

「真っ昼間か。なんとまあ大胆不敵な。しかし産院から赤ん坊を連れ出そうとしたら、えらく目立ってしまうんじゃないのかな」

前回、青山産婦人科を訪れたとき、安梨沙は赤ん坊を連れて退院する夫婦連れを目撃している。彼女の話によれば、生まれたての赤ん坊は、これから子供を産もうとしている女性たちの視線を一身に集めていたということだった。

「それがそうでもないんです」安梨沙は浮かぬ顔ならぬ、浮かぬ声で言った。

「毎週火曜日の午後には赤ちゃんと産婦さんの一ヶ月検診を受けつけているの。二時半頃にはもう、待合室には赤ちゃん連れが何組も待っていたって言うわ。一ヶ月検診にはパパとママが一緒に赤ちゃんを連れてくるケースも多いらしいし、もちろん定期検診に来ている妊婦さんもいるしで、三時にはひどくごった返していたそうなんです」

仁木は思わず舌打ちをした。

「完全に計画的な犯行だな」

「そうですね。犯人は、火曜日が週の中でも特別な日なんだって知っていたとしか思えません」

「しかし、待合室を抜ける方法はそれでいいとして、密室とはどういうことなんだね」

いの一番で聞きたかったことだ。

「そのとき赤ちゃんはおっぱいをたっぷり飲んで、ぐっすり眠っていたんです。それでお母さんもうとうとしていたんですね。で、目が覚めたら隣の新生児用ベッドに寝ているはずの赤ちゃんがいなかったんですって」

「しかしそれだけなら、密室でも何でもないだろう？　まさか病室に内側から鍵《かぎ》がかかるわけはないし。まさか看護婦さんがずっと見張っていたってわけでもないんだろう？」

「そうですね。看護婦さんが巡回したのは、二時半頃が最後です。そのときには赤ちゃんはお母さんの隣で、すやすや眠っていたそうです」

「看護婦の隙《すき》を狙《ねら》って、一階の待合室から二階の個室の方まで上がっていくことは、そんなに難しくないはずだが……現に君はそうやって、偵察してきただろう？」

前回の仕事のときの話である。

青山産婦人科の病室は完全個室制で、シャワーやトイレなども各部屋に完備されている。診療時間の間は見舞い客の出入りも自由で、それが人気の一要因でもあるらしい。

だが、こと防犯という点から言えば、外部の人間が容易に出入りできるというシステムは、いささか危険である。いや、事実危険だった、ということだろう。

だが実際問題として、警備員を二十四時間常駐させたり、すべての見舞い客の身許や出入りを厳重に確かめたりは、個人病院ではなかなかできることではない。難しいところである。

「鍵が閉まっていたわけでもなく、外部の人間の出入りも自由だったのなら、いったい密室とは何を指して言っているんだい」

「つまり、問題の病室には誰も出入りできたはずはないということです。二時半少し前から、廊下には業者さんがいたんですよ」

「業者？」

「正確には保守点検技術員と言うんだそうですが。スプリンクラーや火災報知器の定期点検が行われていたんです。よくデパートや会社オフィスなんかでも天井に埋め込まれていますよね。消防法で一定規模以上の建物には設置が義務づけられているらしくて、昨日はたまたまその点検日だったそうです。男の人が一人でやってきて、こう、廊下の端からずっと、踏み台を使って順番に。お母さんが異常に気づいてナースコールをしたとき、駆けつけた看護婦は畳んだ踏み台を抱えて帰ろうとする技術員とすれ違ったそうです」

「その技術員は道具箱を……」

「持っていませんでした」くすりと笑う声がした。「私も同じことを考えたので、確認しておいたのですが。点検道具一式は、腰ベルトにつり下げ式の収納袋に入れられていたそうです」

「……確かに、踏み台を抱えた状態で赤ん坊を連れ去るなんて無理だな」

「そうですね。それにきちんとした業者ですから……ええっと、セントラル防災という大手の会社です……もちろん、技術員の身許もはっきりしています。消防設備士の資格もある、れっきとした技術員だそうです」

「そうか……となると……」

「彼の証言は信用できると思うんです」

仁木の言葉を安梨沙が引き取った。仁木は汗ばんだ受話器を持ち替えながら尋ねた。

「その男は何と言っている?」

「彼が二階で仕事に就いた二時半から三時までの間、廊下を通った人間は誰もいない、と」

「なるほど」

確かに状況的には密室と言えるかもしれない。

「ドアが駄目だとすると、後は……」

「窓ですが……」素早く安梨沙は答えた。「窓には面格子が入っているそうです」

「ずいぶん念のいった造りだな……もっともいつぞや、母親が生まれたばかりの我が子を発作的に窓から投げ落とすという事件もあったしな」

痛ましいとしか言いようのない出来事である。

「そういうことを防止する意味もあるのかもしれませんが」と安梨沙は言った。「この部屋の場合に限ってはむしろ、外階段から誰かが侵入するのを防いでいるんだと思います」

「外階段。そんなものがあるのか」

「ええ。非常階段ですね。問題の病室は内階段からは一番遠い分、非常口のすぐそばなんですよ。ただ、非常口のドアは内側からのみ開錠可能なタイプのものです。みんなで赤ちゃんを捜し回ったとき、お母さんがこのドアから非常階段の方に出ちゃって、閉め出される騒ぎがあったらしいわ」

「いったん外に出て、正面玄関から入ってくればいいじゃないか」

「昼の三時ですよ。まさかパジャマでは表通りに出られませんよ。待合室でだって、きっとすごく目立ってしまうわ。それに階段の下部には柵扉《さくとびら》があって、鍵式の錠前がかけられていましたから、どっちみち非常口のドアを叩《たた》いて開けてもらうしかなかったんですが」

「しかしそれじゃ非常の時には逃げられないんじゃないのかね？」

「鍵は青山先生と房江さんが所持しているということでした」

「ああ、あの人か……」

仁木は滝沢房江の無表情な顔と、たった一度だけ見た笑顔とを思い浮かべた。彼女は古くから青山産婦人科で雑務を一手に引き受けている女性である。絵に描いたような謹厳実直さと、まだ年若い先生に対する心からの忠誠心とを備えている。病院内で誰よりも信用がおける人物だと言っていい。

「つまり、こういうことだな」仁木は総括するように言った。「問題の病室には、外部からは誰も侵入していない。なのに、赤ん坊だけが忽然と消えてしまった、と」

「そういうことです」送話器の向こうで、安梨沙はうなずいたようだった。「そして、青山先生は、極秘での調査を依頼してきました……仁木探偵事務所にね」

調査とは言っても、条件はなかなか厳しい。何しろ現場に向かうことができない。調査に来たのが警官なのかそれとも探偵なのかなど犯人には見分けがつかないのだから、というのが理由である。

無理もないことだが、青山はかなり神経過敏になっていた。そのため、自分がいかに無茶なことを要求しているかなど、まるでわからなくなっているのだ。

現場にも行かず、その場にいた関係者から直接話を聞くこともなく、いったいどうやって捜査すればいいというのか？　誘拐されたのはわずか生後五日の赤ん坊である。事態はそれこそ、一刻を争うというのに。

3

青山医師は「警察に報せたら子供を殺す」という常套《じょうとう》とも言える脅し文句に、あっさり屈服しているらしい。彼には育ちの良い坊ちゃんめいた部分があり、どうも他人の言葉を額面どおり受け取りすぎるきらいがあるようだ。当然それは長所でもあり、彼は今、我が身の保身よりもなによりも、赤ん坊の生命を最重要視しているはずである。医者ならそれが当たり前とは言え、異なる優先順位を持つ同業者もわんさといるらしい昨今では、青山のような男の存在は仁木にとって救いである。できる限り力になりたいと思う。

仁木の直感では、これは子供が欲しい夫婦か、もしくは子供が欲しい女性の犯行である。嬰児誘拐の場合、こうしたケースが大半と言っていい。そしてその場合は、犯人が赤ん坊に危害を加える恐れはほとんどない。我が子同然に慈しみ、可愛がっていたという話をよく聞く。

しかしもちろん、怨恨《えんこん》、または身代金目的ということもまったくないとは言えないわけで、自分が取り上げた子供の身を案じる青山が、パニックに陥っているのも無理もない話ではある。

滝沢房江の方がもう少し冷静だった。彼女は青山にまず警察に連絡することを勧め、それがどうしても受け入れられないと知るや、仁木に依頼することを勧めた。そして青山産婦人科と仁木探偵事務所との連絡役も買って出た。もっとも彼女も仕事のある身だから、さしあたっては電話でのやり取りとなる。

ともあれこれは間違いなく、仁木探偵事務所始まって以来の大事件だった。しかも、この上なく困難な事件でもある。

まるで目隠しをしてチェス盤の前に坐《すわ》らされたようなものだった。仁木、安梨沙、青山、いなくなった赤ん坊の父親、そして犯人と赤ん坊。みな、てんで別な場所にいる。病院には近づくなとあらかじめ釘《くぎ》を刺されている以上、仁木にできることは少ない。

それでもまず、美佐子の部屋でそのまま待機させている安梨沙に電話を入れた。赤ん坊の父親と外で会う段取りをつけてもらうためだ。事件に一番近いところにいたのは母親だが、彼女はまだ入院している。本来なら今朝には母子ともども退院していたはずだったのだが、ショックを受けた彼女は軽い貧血を起こしてしまい、そのまま青山産婦人科の個室に留まっている。彼女からの話は、滝沢房江を通して聞くしかないだろう。すべてがいかにも迂遠《うえん》でまどろっこしいが、仕方がない。そう自分に言い聞かせはするものの、貴重な時間を無駄にしているという焦燥感は、仁木の心臓にきりきりと突き刺さってくる。

だが、案じたほどのこともなく、父親とはすぐに連絡がとれた。誰もが携帯電話を持っている時代というのは、こうした際には実にありがたい。直接先方の家を訪れるのは危険だということで、近くの喫茶店が指定された。仁木自身も携帯電話をひっつかみ、大急ぎで事務所を後にした。

目指す相手は先に来て待っていた。その小さな喫茶店で、わずか数人しかいない客の中で唯一の男性だったにもかかわらず、それが子供を誘拐された父親かどうか、とっさには判断がつきかねた。

だが先方はすぐにわかったようで、カウベルを鳴らして入ってきた仁木に、軽く片手を上げた。席に着き、名刺を差し出すと、相手も財布から名刺を取り出した。やけにペラペラした紙質で、印刷はカラフルなのだがそれがかえって安っぽい――以前現役女子高生の姪《めい》っ子がくれた名刺が、確かこんな感じだった。ゲームセンターでこしらえたのだとか言っていた――紙の中央には丸みを帯びた書体で、「國廣信之輔」とある。他に印刷されているのは携帯電話の番号のみで、肩書は特になかった。

「あ、ども」

國廣信之輔は、その重厚な名にふさわしくない、軽い挨拶をした。髪は長めの金髪である。Tシャツはいつぞや息子が自慢していた有名ブランドのものらしかった。浅黒く日焼けしているが、なぜか精悍《せいかん》な印象とは遠かった。渋谷で投網《とあみ》を広げれば、一度に十人単位で引っかかりそうなタイプの若者である。

彼らの多くがそうであるように、信之輔もまた甘ったれた幼い感じの顔立ちだった。いや、事実幼いのだろう。歳を尋ねると、まだ二十一とのことだった。仁木からすれば、ほんの子供だ。この坊やがパパとはねえと、妙な感慨が先に立つ。

「……はやりのできちゃった婚つうやつでさ。渋谷でナンパしたんだよね」

聞くともなしに、信之輔は言った。

「そんなものに、はやり廃《すた》りがあるのかね」

そう尋ねたのは、特に皮肉な意味からではない。純粋に驚いたのだ。仁木はあくまでも古い人間だから、恋愛、結婚、出産という順番に、今まで何の疑問も抱いたことはなかった。そうした意味でも、他のどんな意味でも、仁木は平凡で誠実な小市民である。

だが、今の時代、特に若い世代の間では、ありとあらゆる逆さまやあべこべが平然とまかりとおっているらしいことは、さすがの仁木にもわかっていた。いちいち憂えたり遺憾に思ったりすることでもない。人間が複数いれば、価値観や考え方が違うのは当たり前だとも思う。あるのは、明らかに自分とは違うカテゴリーに属する人間に対する興味である。それはさながら、不思議の国の住人たちに向けられるアリスの眼差しだ。

信之輔はあっけらかんとした口調で答えた。

「いや、はやりっつうか、まあ、赤ん坊ができたって彼女が言うもんだから、そんならまあ、結婚でもしようかって」

色々すったもんだがあった末、ようやく入籍したのがつい三ヶ月ほど前のことだそうだ。

「……このたびは、さぞご心痛でしょうな」

仁木はさっそく本題に取りかかった。若者が結婚に至ったいきさつなど、この際どうでも良いことだった。

相手は戸惑ったような、困ったような微笑を浮かべた。

「なんつうか、さあ。はっきり言って、親父になった自覚もないうちに、ねえ。赤ん坊がいなくなったって言われても、さあ……」

未だに事態がピンと来ていないらしい。道理で妙に悠長に構えていると思った。

仁木は相手の両肩を捕まえて、前後に揺すぶってやりたい衝動を抑えるのに苦労した。今どきの二十歳前後の若者は、みんながみんな、こんなコンニャクもどきの頼りない連中ばかりなのだろうか？

そうではない、と思いたかった。でなければ日本の将来があまりにも不安だ。

「君、国民年金はきちんと払っているのかい？」

思わず発してしまった場違いな質問に、案の定の答えが返ってきた。

「まっさか。あれって、フリーターは払わなくていいんじゃないの？　会社に行ってる連中が……」

「サラリーマンが払うのは厚生年金」仁木は生真面目《きまじめ》に説明した。「フリーターだろうとなんだろうと、本来国民年金は払わなきゃならないんだがね」

「どっちにしても、そんなカネ、ないっすよ。老後にちゃんともらえるかどうかもわからないってのに馬鹿馬鹿しくって払えるかって、みんな言ってるし……だけど、それが子供のことと何か関係あるんすか？」

逆に問われて仁木は慌てた。確かに、こんな呑気《のんき》な会話をしている場合ではない。

空咳《からぜき》をひとつすると、仁木は本来の質問を開始した。

「犯人についてだけど、何か心当たりはないですか。どんな些細《ささい》なことでもいいんだが……」

「心当たりって言われてもさ、そんなのがあれば、とっくに犯人のところに行っているよ」

信之輔は不服げに唇を尖《とが》らせた。そんな顔をすると、余計に子供っぽく見える。

「それはそうだが、状況に不自然な点がいくつかあるからね、君か君の奥さんの知り合いがお子さんを連れ去った可能性もあると思うんだよ」

「不自然な点って何だよ」

「いいかい？　二階には病室が五つあったんだよ。そのすべてに、母親と赤ん坊がいた」安梨沙経由でもたらされた情報である。「そして君の奥さんがいたのは、階段から一番遠い奥の部屋だ。もしこれが、赤ん坊が欲しくてたまらない人間の犯行なら、心理的に、逃げ道、つまり階段に一番近い部屋を狙うんじゃないだろうかと思ってね」

「女の子が欲しかったんじゃないの？　確か同じ日に生まれた女の子は、うちだけだって聞いたけど」

「しかしその翌日にはもう一人生まれているんだよ。第一、個室の中に男の子がいるか女の子がいるかなんて、廊下からわかるはずもない」

「そりゃまあ、そうだけど」

「わざわざ危険を冒してまで一番遠い部屋を狙ったことには、必ず何か理由があると思うんだ」

「たとえばどんな」

「犯人は赤ん坊なら誰でも良かったんじゃなくて、君たちの赤ん坊が欲しかった場合とかね。そうなると、病院まで面会に駆けつけてくれた人か、君か奥さんのどちらかが電話などで詳しい話をしたか、そういう人たちの中に、犯人がいるかもしれないってことになる」

「冗談じゃねえよ」相手はきっと顔を上げた。「なんでそうなるんだよ。赤んぼを連れてくなんて、頭がおかしいやつの仕業に決まってんじゃないか。そういうやつが後先考えたりするかよ。ふらっと入ってきて、連れて行っちまったんだよ。俺から話なんか聞いてる場合じゃないだろ。

あのとき待合室にいた人間に聞けば、怪しい人間を見なかったかどうか一発でわかるんじゃないのか」

「そうしたいのは山々なんだがね」仁木はため息をついた。「待合室にいたとなると、そのほとんどは診察の順番を待っていた妊産婦になるわけだが、話を聞くためにはどうしたって誘拐事件のことを話さなくてはならない。わかっているだろうが、これは大事件だよ。たちまち、噂《うわさ》になるだろう。すると当然、警察の耳にも届く。それは、まずいだろう？」

信之輔は渋々といった体でうなずく。

「残念ながら、病院スタッフは怪しい人物については何も記憶していないと言っているそうだ。こちらについては口止めは完璧《かんぺき》だから、心配いらない」

安心させようと言ってみたが、相手は無言である。

そのとき、仁木の携帯電話が鳴った。

「あ、所長」安梨沙の声だった。「今、そちらへ赤ちゃんのお母さんが向かっています」

「何だって？」

「いても立ってもいられないとおっしゃって、強引に荷物をまとめて飛び出しちゃったそうです。こんなことになったのも病院の責任だから、訴えてやる、と息巻いていたそうです。その前に旦那さんから、所長と会うことを聞いていたらしくて、自分も犯人探しに協力したいって」

「そうか。どうもありがとう」

礼を言って、電話を切った。勢いよくカウベルがなったのは、その直後だった。

「シンちゃん」

甲高い女の声が続いた。信之輔はぎょっとしたように顔を上げ、唖然《あぜん》とした顔でつぶやいた。

「ルミちゃん」

振り返ると、ミニ丈のTシャツにジーンズという出で立ちの若い娘が、靴音も高く近寄ってくるところだった。両手に紙袋と大きな旅行鞄《かばん》をぶら下げている。病院から、そのまま直行してきたのだろう。そのせいかほぼすっぴんで、ひどくあどけなく、幼く見えた。とても子供を産んだばかりの女性とは思えない。

彼女はどさりと荷物を下ろすと、夫の傍らに坐り、仁木の顔をきっとにらみつけた。その眸《め》にはうっすらと涙が浮かんでいる。

仁木が何か言う前に、ルミはあの甲高い声で叫んだ。

「あなた探偵でしょ。こんなとこでお茶飲んでないで、あたしたちの赤ちゃんを早く見つけてよ」

4

まさに主演女優登場、といった感があった。実際、後で聞いたところによれば、アマチュア劇団に所属しているのだという。

もっとも、舞台はいささか安っぽいし、ヒロインの相手役となるべき信之輔も、理不尽ながら敵役を割り振られたらしい仁木も、どうにも大根役者だった。

「……もちろん、私は全力を尽くしていますよ」

言葉少なに、しかし誠意を込めて仁木は言った。子供を奪われた母親がヒステリックになるのは、無理もないことなのだ。たとえどれほど条件が厳しかろうと、捜査にとりかかったばかりであろうと、八つ当たりの的くらいには進んでなるべきなのだろう。

仁木は冷たい飲み物を追加し、ひとまずルミを落ち着かせた。そして、信之輔にしたものと同じ話を、ルミにも繰り返した。

彼女の反応は、夫とは少し違っていた。なぜ一番奥の部屋が狙われたかについては、彼女なりの見解があったのだ。

「物音よ」

自信たっぷりに、ルミは言った。

「音って？」

そう尋ねたのは信之輔だ。

「だからね、シンちゃん。たとえドアが閉まっていても、音は聞こえるわけでしょ。テレビ見てる人もいるんだし、赤ちゃんの泣き声だって聞こえる。赤ちゃんをあやす声だの、面会人とのおしゃべりの声だって聞こえるよ。考えてもみてよ。犯人にしてみりゃそんな部屋、危なくって入っていけないじゃない」

「なるほど」

感心した仁木は思わずつぶやいた。

「でしょでしょ？」ルミは魅力たっぷりの笑顔を見せた。「他の部屋の前を素通りした犯人は、最後の部屋、つまりあたしの部屋を窺《うかが》う、と、中はしーんと静まりかえっている。しめた、子供も母親も眠っているに違いない、そう考えたわけよ。実際、そのとおりだったわけだし」

「君はぐっすり眠っていたわけだね」

「そうだよ。だって眠かったんだもん。きららちゃんたら、ほんとに夜、ひっきりなしに泣くんだもん。昼間だろうと夜だろうと、寝てくれたときに一緒に眠らないと、体が持たないよ」

「きららちゃん？」

思わずその部分のみに反応してしまった仁木であった。

「そ、あたしたちのベビーの名前」

「……かわいい名前だね」

確か米のブランドにもそんな名前があったなと思いつつ、仁木は無難なコメントをし、続けて言った。

「犯人が敢《あ》えて一番奥の部屋を狙った理由は、君の言うとおりかもしれない。しかし、それはあくまでも可能性のひとつであって、君たちの知人の中に犯人がいる可能性だって残されているってことを、忘れないでいて欲しいんだ」

「知り合いにはいないよ、子供を欲しがっている人なんて」

信之輔がまた口を尖らせて言った。

「いや、そればかりじゃなくて、怨恨……何かの恨みからってこともある。それからもちろん、身代金が目当てってこともある」

「身代金」ルミが鼻で笑った。「うちらみたいな貧乏人から、いくら取れるって言うのよ」

「恨みったってさあ、俺が家飛び出して東京出てきたの去年だし、それほど人と深く付き合う暇なんてなかったよ」

「しかしルミさんとは東京で出会ったんじゃないのかい？」

渋谷でナンパ、とか言っていた。

「あのねえ、おじさん。子供ができるのに、深く付き合う必要なんかないのよ」

あけすけな口調で、ルミが言った。

なるほどねえと、仁木は力なくつぶやく。

「しかし奥さんの方は東京出身なんだろう？」

まあね、とルミはうなずいた。

「でも、妊娠発覚と同時にめでたく勘当されちゃった。うちのクソオヤジってば、今どき馬鹿みたいに固いのよね」

「すると結局、面会には誰も来ていないのかい？」

「そんなことはないけど。うちの劇団のコも何人か来てくれたし、彼のバイト先の先輩も」

「お姉さんも来てくれたよな」

「君の？　それともルミさんの？」

仁木は信之輔に向き直る。

「あたしの。お姉ちゃんだけはあたしの味方なのよね。言っとくけどあの人にはもう子供が三人もいて、これ以上いらないって言ってるのよ。貧乏人の子沢山ってやつだし？　劇団員もみんなチョー貧乏でさ、子供なんか育ててる余裕はないし、バイトの先輩の方は親許で暮らしてて、赤んぼなんて絶対欲しがってないと思うよ」

確かに、二人が並べ立てた人々に、仁木が犯人像として思い描いていた〈子供が欲しいのにできない夫婦、あるいは女性〉を当てはめることには無理がありそうだった。

仁木は矛先を変えてみることにした。

「劇団員の中に、実はルミさんを恨んでいる人っていうのはいないのかな」

「あたしを？　なんで？」

「狙っていたいい役をとられて悔しかった……とかさ」

ルミは遠慮なく、ぷっと吹き出した。

「それはないよ。うちみたいなちんけな劇団でさ。だいたいあたし、腹が出っ張ってからは舞台に上がっていないし。疑うだけ、時間の無駄だって」

「とにかく、面会に来た人たち全員の名前と連絡先を教えてもらえないかな」

仁木が申し出ると、二人はやや渋った挙げ句、携帯電話の番号リストから書き写させてくれた。電話で出産報告しただけの人間も、二、三付け加える。

「でもさ、この連中に聞き込みに行ったら、ぜったいほかでしゃべるよ。そしたらまずいんじゃないのかなあ」

にわかに悲壮な顔になってルミが言う。

釘を刺されるまでもなく、それは仁木としても重々わかっていることだった。とにかく、他に何の手がかりもない。遠回しにでも何でも、探ってみるしかないのだ。

「あのさ」ふいにルミが言った。「不自然な点がいくつかあるって言ったよね。わざわざ一番奥のあたしの部屋が狙われたってことがひとつで、後は何なの？」

「密室だよ」

わざとぶっきらぼうな口調で、仁木は答えた。若夫婦は「はあ？」という顔で見返してくる。

「スプリンクラーや火災報知器の定期点検があったんだよ。二時半から三時までの間、二階廊下の真ん中に踏み台を立てて、機械のチェックをしていたんだそうだ」

仁木の説明に、二人はポカンと口を開けて顔を見合わせた。どうやら初耳だったらしい。

「それじゃ、犯人はどっから入ってきて、どこへ逃げてったの？」

「だからそれが問題ってことだよ」

仁木は返事になっていない答えをした。当然、二人は不満げである。

「嘘《うそ》をついたんじゃねえの、その防災会社の男が」

「嘘なんかついて、何の得がある？」

「そいつが犯人なのよ、きっと」

勢い込んでルミが言った。

「重い踏み台の他に、生まれたばかりの赤ん坊を連れて、かい？」

「やってできなくはないんじゃねえの？　うちの子なんて、たった二千六百グラムだぜ」

信之輔の言葉は、たちまちルミによって「馬鹿ね」と一蹴《いっしゅう》された。

「首がすわってないのよ、どうやって抱っこするのよ。落っことしちゃうわよ。第一、作業員が赤ちゃんなんて抱いてたら、すごく目立っちゃうじゃない。待合室の人たちがみんな驚いちゃうわよ。それくらいわかんないの、ほんと馬鹿なんだから」

「お前さあ、そんな、ぽんぽん言わなくたっていいだろ。感じ悪いなあ」

「感じ悪いってなによ。シンちゃんは自分の子供が心配じゃないの？　可哀想なきららちゃん、今頃どんなに辛《つら》い思いをしているかしら。なにもかも、あの病院が悪いのよ。あんなところで産むんじゃなかったわ」

ひどく興奮したルミの声はますます甲高くなり、涙混じりになってくる。

喫茶店の客やウェートレスが、何事かとちらちらと視線を向けていた。

「とにかく」と仁木は伝票をつまんで立ち上がった。「ここじゃ何ですから、場所を変えましょう」

「あたしたちだって、馬鹿みたいにこんなとこで時間を潰《つぶ》していたくはないわよ」

ルミが涙に濡《ぬ》れた顔を上げた。

「じゃあ、とりあえずうちに来てもらおうよ、ルミちゃん。荷物も置きに帰らなきゃならないし、体だってまだ普通じゃないんだろ」

確かに、信之輔の言うとおりだった。

「うち、散らかってるんだけどな」

恥ずかしそうに言うルミを促し、支払いを済ませて外に出た。

彼らの住まいは歩いて五分ほどのところにあった。〈西山ハイツ〉という名の、古い木造アパートである。

「あそこよ」とルミがその建物を指差したとき、目的地まではおよそ三十メートルばかりあった。そしておそらく、その同じ瞬間に、全員が同じ音声を耳にしていた。

赤ん坊の泣き声である。

バネで弾《はじ》かれたようにルミが駆け出し、荷物を持った信之輔が後に続いた。一瞬遅れて、仁木も走り出した。

階段を上って一番奥の部屋。〈國廣〉というネームプレートが掲げられたドアの前に、籐《とう》で編まれたキャリーが置かれていた。

中には小さな小さな赤ん坊が、顔を真っ赤にして泣き叫んでいた。

「きららちゃん！」

ルミは我が子の名を叫び、そっと抱き上げて優しく頬擦りした。

それはさながら映画のラストシーンのような、感動的な場面だった。

――数分後、特にすすめられはしなかったが、仁木は何となく國廣家の居間に上がり込んでいた。

「いつもは、こんなじゃないのよ。シンちゃんが散らかしまくったのよね」

ポットのお湯を勢いよく出しながら、ルミが言い訳がましく言った。確かに家の中はお世辞にも片づいているとは言えない。そこかしこに衣類が小山を作っていて、飲み終えた、あるいは飲みかけのペットボトル飲料が数本、転がっている。コンビニ弁当らしい容器がいくつか、洗いもせずにそのまま屑籠《くずかご》に突っ込まれていた。

「ほんと、シンちゃんたら家のこと、何にもやってくれないんだから。今までは我慢してたけど、これからはそういきませんからね」

「わかってるよ、客の前でなんだよ」

どうもそれが癖であるらしく、信之輔はまた口を尖らせた。

　赤ん坊は傍らのキャリーの中で、すっかり落ち着いていた。

　仁木は出された熱いお茶をすすりながら、ひどくざらざらした思いを味わっていた。ひとつひとつはごく微細な砂粒でも、大量に床に撒《ま》かれれば、歩くたびに足裏に不快感を覚える――そんな感じである。

「あのさあ、おじさん」どこか媚《こ》びるような眼をして、ルミは言った。「病院の方にはさ、おじさんの方から言っといてくれない？　あたしも頭に来てたから色々言っちゃったけど、この子がこうして無事に戻ってきたからには、別に事を荒立てるつもりはないのよね。そう言っといて」

　ふと、仁木の背中がふわっと温かくなった。振り返ってみると、台所の窓から、午後の陽が斜めに差し込んでいる。規則正しく並んだ木の格子が、部屋の中にくっきりとしたストライプ模様を描き出していた。

　仁木はもう一度お茶をすすり、しばし考え込み、そして言った。

「――ああ、ちゃんと伝えておくよ。この誘拐事件は、すべて君たち夫婦の狂言だった、とね」

5

「――それで、二人は犯行を認めたんですか、所長」

お代わりの紅茶を注いでくれながら、安梨沙が尋ねた。

「ま、最終的にはね」

「決定的な証拠を突きつけて？」

「いや、今回の事件では、決定的な証拠なんてものはなかった。言うなれば、ちりも積もれば山となるってところかな」

「たとえばどんな？」

安梨沙は寝物語の続きを催促する子供のような顔で言った。

「そうだね、たとえば、あの家で出されたお茶が、火傷《やけど》しそうに熱かったってこととかね。ルミは六日間入院していて、そこから直接喫茶店に駆けつけてきた。ところが、亭主の方は、もっぱらペットボトル飲料で喉《のど》の渇きをいやしていたらしい。彼が家のことを何ひとつしないと、ルミもこぼしていた。すると、ポットの中に入っていたお湯は、誰がいつ、沸《わ》かしたんだろう？」

「それは旦那さんが、カップラーメンでも食べようとして沸かしたのよ。他には？」

「私を家に上げるにあたって、ルミは部屋が散らかっていると気にしていた。いつもはこうじゃないと言い訳もしていた。私が見た限り、あの部屋は奥さんの留守中に旦那がだらしなくしていたせいで散らかった感じだった。ルミはなぜ、部屋がああいう状態になっていると知っていたんだろう？」

「きっと家の片づけをやりかけてたとこで、陣痛が始まっちゃったのよ。後は、何？」

「もひとつルミ。彼女が喫茶店に駆けつけたときの格好だよ。ジーンズにしろ、ミニ丈のTシャツにしろ、臨月の女性には絶対に着られない服だろう。なぜそんなものが病院にあったんだろうね」

「よくそんなことに気づきましたね、所長」

安梨沙が呆《あき》れたような、感心したような声を出した。

「これで私も二人の子供の父親でね」

「でも、入院中に旦那様に頼んで持ってきてもらっていたのかもしれないわ。きっとマタニティウェアにはもううんざりしていたのよ」

ごく明快な口調で、安梨沙は答えた。

「そう」と仁木はうなずく。「ひとつひとつは簡単に反論できることばかりなんだよ。今、君がそうしてみせたようにね。だが、病院を飛び出してからいったん家に戻り、狂言誘拐の仕上げをしながらお湯を沸かし、コーヒーでも飲んで一服、なんてことをしていないという証拠もないな。ついでに楽な服装に着替えたりね」

「確かめもせずにポットのお湯を使ったのは、そこにちゃんと熱湯が入っていることを知っていたから、としか思えませんよね」

「ああ。彼女が喫茶店に乗り込んできたのは、旦那がボロを出してやしないか心配したせいだろうが、むしろ彼の方がまだましだったかもしれないな。旦那に関して私が気になったのは、廊下でスプリンクラーや火災報知器の点検をしていたと教えたときに、すぐ彼が〈防災会社〉という言葉を使ったことなんだがね。どうだろう、これはあまり一般的な言葉ではないんじゃないかと思うんだが……」

「そうかもしれませんね。火災報知器の点検なんて言うと、消防署の仕事みたいに考えてる人も多いんじゃないかしら……でももちろん、旦那様が知っていたとしても、ちっともおかしくはないわ」

「もちろん、その可能性はある。だが、問題の時間、病院の外をうろついていて、停車中の車に書かれた会社名を読み取っていた可能性だって、やっぱりある」

「可能性としてだけなら、ありますね」

「そう、あくまでもごく些細な違和感をもとにした、可能性の話だ。せいぜいが、傍証に過ぎない。例の密室についてもね」

「病院から赤ちゃんを連れ出せた可能性、ですね」

仁木はうなずいた。

「あの若夫婦の家にはね、共用廊下に面した窓に格子が嵌《は》められていた。年代物の木製のやつでね。ちょうど西日が差し始めて、部屋の中に格子の影が落ちたんだが……一本一本の間隔は、せいぜい十二、三センチってところだろうな。それだって、泥棒を防ぐには充分だろう。しかし……」

その影と影の間に、寝かされた赤ん坊の頭はすっぽりとおさまっていたのである。

「まるで鉄格子で閉じられた牢獄《ろうごく》に寝かされているように見えたよ。だが、どんなに頑丈な鉄格子だって、赤ん坊を閉じ込めておくことはできない。生まれたての赤ん坊の体で、最も幅があるのは頭だ。その直径プラスアルファの余裕があればいい。わずか二千六百グラムの新生児なら、格子の隙間をくぐり抜けることもさほど困難ではないってことさ」

まともな方法では、アリスは小さな小さなドアをくぐることはできない。だが、「私を飲んで」と書かれた瓶の中身を飲み干せば……。

「手順としてはこんな感じだっただろうね。まず、ルミは眠った赤ん坊をシャワールームに隠し、ナースコールをする。駆けつけた看護婦に、『目が覚めたら子供がいなくなっていた』と大騒ぎして訴える。空の新生児用ベッドは視覚的効果抜群だ。慌てた看護婦は他のスタッフに急を報せるために、部屋を飛び出す。ルミは即座に赤ん坊を抱き、誰もいなくなった廊下に飛び出す。もちろんついさっきまで作業員が点検をしていたなんてことは、彼女は知らない。そして非常口から外に出て、階段を降りる。非常階段に取りつけられた柵なんてのは大概、不審者が入り込むのを防止する役には立っても、生後五日の赤ん坊だけを連れ出すことを防ぐことはできない。外ではキャリーを抱えた旦那が待っていて、柵越しにそっと赤ん坊を受け渡す……」

安梨沙はほうっとため息をついた。

「この辺りで、赤ちゃんのパパとママは観念してくれました？」

「八割方はね。普通に考えれば、作業員の証言がある以上、これができたのはあの夫婦だけだし。だめ押しはルミの姉さんのことだったな」

「旦那さんの落ち度はもうひとつありましたね。せっかくお姉さんの存在をルミさんは内緒にしてたのに、彼がぽろっと言っちゃったんだわ。三人もお子さんがいるんなら、一日だけ、赤ちゃんのお世話をするくらい平気ですよね」

そうだね、と仁木はうなずく。

「今の日本の住宅事情で、赤ん坊の存在をまるっきり隠しておくことは難しいと思わないかい。少なくとも都市部では、よほどの豪邸に住んでいるならともかく、普通は隣近所に泣き声が聞こえてしまう可能性が高い。赤ん坊の登場の仕方から見て、ルミの姉がすぐ近くに住んでいるのは間違いないし、ちょっと聞き込みをしてみましょうかと言ったら、すぐに観念したよ」

聞いてみると、姉の方もまた、やはりアパート住まいだった。

「それで動機はなんだったんですか?」

不謹慎なほどに目を輝かせて、安梨沙が尋ねた。

「金だよ」

ごく簡単に、仁木は答えた。

「あら、自分の子を誘拐して、誰から身代金を取ろうっていうのかしら?」

「違うんだ。病院に支払う金がなかったのさ。分娩《ぶんべん》費用と、入院費用とね」

口にするのも情けない動機である。

ルミは、子どもができるのに深く付き合う必要なんかないのだとうそぶいていた。身も蓋《ふた》もないが、確かに事実ではある。同様に、出産のためのまとまった貯金なんかなくても、とりあえず、入院してしまうことはできる——シャワールームやテレビの付いた、贅沢《ぜいたく》な個室のある人気の産婦人科医院に。

手持ちの金が一円もなくても、クレジットカードで高価なブランドバッグを手に入れるような感覚で。

もちろん仁木の、ひょっとしたら旧弊かもしれない価値観からすれば、それはおかしな、あべこべな了見である。子供ができて、もし金がなかったならば、仁木ならば懸命に働く。ありがたいことに、胎児は生まれてくるまでに若干の猶予を与えてくれる。健康な若い男が、夢中で働いてどうにかならない金額では決してない。

だが、彼らはそうしなかった。代わりに狂言誘拐を企てた。そして病院の責任を追及し、かかった費用がすべてちゃらになることを期待したのだ。

事実、青山の性格からすれば、そうなっていた可能性は大きい。仁木は苦いため息をついた。

王様の使者は今、牢屋で罰を受けている。その裁判は来週の水曜日までは始まりもせず、彼が罪を犯すのは一番あとのこと……。

『不思議の国のアリス』で、確か白の女王がそんなふうなことを言っていた。

あの夫婦が病室という名の牢獄から、自分たちの赤ん坊を連れ出したこと自体は、どうにか言い訳のつくことだ。彼らが事件をたてに費用の支払いを渋った瞬間から、詐欺《さぎ》罪は成立するだろう。まさに、罪を犯すのは一番あとのこと。

仁木はふたたび嘆息した。

この世の中は不思議の国並みに、おかしなあべこべが澄ました顔をして存在しているものらしい。

「でも……」ふいに安梨沙は首を傾げた。「少なくとも彼らは国民健康保険には入っていたわけでしょ？　出産すれば、確か三十万円くらいもらえるんじゃなかったかしら？」

主婦の知人が多い安梨沙らしい知識である。

「そう」と仁木はうなずいた。「確かにもらえる。出産育児一時金がね。ただし、申請できるのは子供が生まれてからで、手続きや何かで実際に振り込まれるまでにはずいぶん日数がかかる。とても退院には、間に合わないよ。彼らは、一時金がもらえたらちゃんと病院に支払うつもりだったと主張していたがね」

怪しいものだ、というニュアンスを込めて仁木は言った。それから、ごくなんでもないような口調で続けた。

「ところで、安梨沙。最後に君に関する違和感について、質問してもいいかい？」

「あら、私？　何かしら、所長」

安梨沙は愛らしく小首を傾げた。

「どうして君は今回、大人しく情報の中継係に甘んじていたんだい。若夫婦にだって、会おうともしなかった。いつもなら率先してくっついてくるのにね」

「自分の職務に忠実だったまでですわ、所長」

安梨沙はにこりと微笑《ほほえ》んだ。

「それじゃ違和感をもうひとつ。君は我が探偵事務所の経営について、たいそう憂えてくれていた。そしてリピーターを作ると称して過去の依頼人に連絡させた。それがまさに事件の真っ最中にある青山産婦人科だったのは、果たして偶然だろうかね？」

「世の中には信じられない偶然もありますよね、所長」

そう言うと、安梨沙は優雅な仕種で自分のお茶を飲み干した。仁木は軽くうなずく。

「確かにね。しかし念のため聞いておくが、君、前回の件で〈その後〉が気になって、こっそり青山産婦人科に行ってみたりはしなかったろうね」

「可能性の話、ですね。たとえば前のときみたいに、待合室に潜り込んでみたり？　美佐子さんのスーツを借りて、ちょっと変装してみたりして、ね。そこでルミさんに出会って、軽く世間話したりして」

「世間話、ね」

「出産にはとてもお金がかかるって話とか、病院の設備についての話だとか、いかにも産婦人科の待合室で妊婦同士が選びそうな話題ですよね。少し前に起きた、新生児連れ去り事件の話が出てくるのも、ごく自然だわ。あの病院はいくら何でもご両親に料金を請求できやしないわよね、とか。で、冗談めかして、軽くそそのかしてみたり、とか」

仁木は目を剝《む》いて叫んだ。

「そそのかした！」

「あら、あくまでも可能性の話ですよ、所長。でも何はともあれ、あのご夫婦も一応反省しているみたいだし、青山さんには事を荒立てる気はなさそうだし、一時金さえ下りれば彼は正規の料金を徴収できるし、事件を解決に導いた仁木探偵事務所もめでたく潤うし、すべて万々歳ですね、所長」

と安梨沙は、赤ん坊のように無垢《むく》な笑顔を浮かべてみせるのであった。

ドールハウス

牧村　泉

牧村《まきむら》　泉《いずみ》
滋賀県生まれ。関西大学社会学部卒業。03年、コピーライターのかたわら応募した『邪光』で第3回ホラーサスペンス大賞特別賞を受賞し、作家デビュー。社会を震撼させた宗教団体を舞台に、血なまぐさい猟奇的な大量殺人を描いた出色のホラー作品である。03年3月、受賞第1作短編「昏い子供」を発表。

1

週末をまたいだ出張から戻って、片桐克史《かたぎりかつし》がマンションのドアを開けると、相変わらずリビングの隅には、段ボール箱が積みあげられていた。克史は小さく首を振り、ほどいたネクタイを箱の山の上に放り投げると、奥の和室をのぞいて妻を呼んだ。

「ああ――今日だったわね。お帰りなさい」

はれぼったい瞼《まぶた》を指で擦《こす》りながら、美佐恵《みさえ》がのろのろとこちらをふりむく。その目が予想どおり真っ赤なのを見て、克史は、喉元《のどもと》までこみ上げてきたため息を、ぎりぎりのところで押し殺した。

今日だったわねと口では言うが、キッチンに鍋《なべ》すら出ていないのを見れば、食事の支度もしていないのは明白だ。週末にしまっておくと約束した荷物は、依然としてそこに置かれているし、カーテンを開けたままの窓の向こうには、洗濯物が白くはためいている。察するところ、今日も美佐恵は仏壇の前に座り込み、ずっと泣いていたのだろう。

それを責めるつもりはなかった。何しろあの子が逝ってから、まだ三カ月しか経《た》っていないのだ。ようやく一緒に暮らせると楽しみにしていただけに落胆も大きい。妻がどれほど悲しんでも、文句を言う気は克史にはない。

しかし、だからといっていつまでも、そうしていることが正しいとも思えなかった。忘れろとまでは言わずとも、せめてそろそろ日常に戻る努力をはじめた方がいい。どれだけ泣いていたところで死んだ子は喜ばないというのは常套句《じょうとうく》だが、それでもその決まり文句がいつも間違っているとも限らない。

わかってはいたが、克史にはそれを口にのぼせることは憚《はばか》られた。そんなことを言えば美佐恵の目は、みるみる曇るのに決まっている。乾いた唇をひくつかせ、「ごめんなさい……」と泣き伏すのに決まっている。自分の不用意な一言で、これ以上妻を泣かせる気はなかった。克史はキッチンに足を向けると、買い置きの食品が入れてある棚をかき回した。ようやくやってきた美佐恵が「わたしがやるわ」と肩を叩《たた》く。インスタントならもう食い飽きたと思ったが、仕方がないのであとは任せた。このまま仏壇の前に座らせておくより、ささやかな家事でもやらせておく方が、せめて気晴らしにはなるだろう。

克史は黙ってベランダに面したガラス戸を開け、干しっぱなしの洗濯物を取り込んだ。ソファに座ってそれを畳むと、シャツから漂う洗剤の残り香に混じって、もう部屋に染みついている線香の匂いが鼻を突いた。

死んだのは、美佐恵の息子だった。

あくまで美佐恵の息子であって、克史の息子では、まだ、なかった。

貴明《たかあき》は、美佐恵に似た目鼻立ちと、彼女の前夫に似ているらしい顎《あご》の線を持った五歳の幼児で、克史とはまだ赤の他人だった。そのころ貴明は、郊外にある養護施設に預けられており、美佐恵は、ひとり息子を引き取って一緒に暮らすことを条件に、克史のプロポーズを承諾したばかりだった。

知らせを受けた克史が、会社を早退して病院に駆けつけると、貴明はとうに息を引き取ったあとで、地下の霊安室に移されていた。

「わたしがちゃんと見ていれば、こんなことにはならなかったのよ」

うわごとのように同じ台詞《せりふ》をくり返し、泣きじゃくる美佐恵をなだめながら、克史は遺体に歩みより、白い布を剝《は》がして顔を眺めた。

「パパ」

最近になってようやく克史のことを、おずおずとそう呼ぶようになった幼い子供は、遊び疲れて眠ったような顔で、冷たく凍りついて横たわっていた。

子連れでの結婚なのだから、華々しい式を挙げるのも気恥ずかしい。その分の予算があるのなら、新居の方に回してやろう。せっかく子供と住むのだから、狭苦しいマンションなんかより、庭付きの一軒家の方がいいのではないか。

そう克史が提案したとき、美佐恵は飛びあがって喜んだものだ。いや、それよりも喜んだのは、幼い貴明の方だったかもしれない。

貴明は、新しい家への引っ越しを待ちきれず、周囲を確認せずに道に飛びだし、やって来た四駆に撥《は》ねられて死んだ。美佐恵が施設の退所手続きを済ませ、わずかばかりの荷物をまとめて、段ボールに詰めている最中だった。事故の第一報を受けたとき、美佐恵は積みあげた箱の上に、身体ごと倒れて気を失ったらしい。

新しい生活のための荷造りが、はからずも遺品の整理になってしまったわけだ。ふと、そんなことを考えている自分に気づき、克史は慌てて布を戻した。それから美佐恵の肩を抱いて、ハンカチで涙を拭《ぬぐ》ってやった。美佐恵は克史の顔を見あげて、

「あなたも、あんなにかわいがってくれていたのにね」

呟《つぶや》くように言うとまた嗚咽《おえつ》した。

「当然だろう。あの子は俺の息子になるはずだったんだから」

震える声でそう言いながら、克史はもう一度小さな遺体をふりむいた。

パパ。そう呼ぶ貴明の声がまた聞こえて、克史は涙をこぼさないために、唇を嚙《か》みしめねばならなかった。ようやくこの子にも帰る家をつくってやれると思ったのに、そうなる前に死んでしまうなんて、なんて皮肉なのだろうと思った。

「この週末中、ずっと考えてたんだけど――」

美佐恵がいつもの話をおずおずと蒸し返したのは、その夜、お馴染《なじ》みのラーメンで腹を満たして、シャワーだけ浴びてベッドにもぐり込んだときだった。

「やっぱり、あの和室、貴明の部屋にさせてくれないかなあ」

「また、その話か」

克史はシーツに腹這《はらば》いになり、どう答えたものかと考えながら、煙草《たばこ》をくわえて火を点《つ》けた。この話を聞くといつもそうなるように、喫《す》った煙草は砂のように味気なく、渇いた喉に実に不味《まず》かった。

結局のところ、克史たちは新居にするはずだった一軒家をキャンセルし、貴明の死の一ヵ月後に、この2LDKの新築マンションへと移ってきたのだった。子供の遊び場を確保する必要がなくなれば、わざわざ広い家に住む必要もない。

落ち着くまで入籍を延ばすことも考えたが、泣いてばかりいる美佐恵を見ていると、一刻も早く一緒に暮らす方がよさそうだと気が変わった。どうせもともと美佐恵は、貴明と別れて暮らしていたのだ。ぴかぴかの部屋に引っ越しさえすれば、早晩、美佐恵も貴明を忘れて、新しい生活に慣れるだろう。

しかしその考えが甘かったことを、すぐに克史は思い知らされた。美佐恵は、貴明の遺品の入った段ボールを、そっくりそのまま新居に持ち込んできたのだ。いや、それだけならまだいいが、美佐恵は箱から荷物を取りだすと、和室に並べようとさえしたのだ。困惑した克史が、どうしてしまっておかないのだと訊《き》くと、

〈あの子、今度やっと自分の部屋ができるって、楽しみにしてたから——〉

涙の溜《た》まった睫毛《まつげ》を震わせ、か細い声でささやくように答えた。

〈あの子とわたしがほとんど一緒に暮らしたことなかったの、あなただってよく知ってるでしょう？　生まれてすぐに施設に預けちゃったから、あの子、自分のお部屋っていうものを持ったことがなかったの。だからあの子、わたしやあなたと暮らせるのももちろんだけど、今度のおうちには自分のお部屋がある——そのことを、そりゃあ楽しみにしてたの〉

〈そりゃそうかもしれないけど〉

〈それにあなただってそのつもりで、いろいろ買いそろえてくれたんじゃない〉

〈いや、だから、それは——〉

そのときも克史は答に困り、段ボールの山を見つめたものだ。この箱の中に詰まっているのは、貴明の残した遺品だけではない。貴明との暮らしを考えて、ふたりで買いに行った家具や玩具《おもちゃ》も、箱の中には入っているのだ。まったくこんなことになるのなら、引っ越し荷物をまとめる際に、気を利かせて返品しておけばよかった。

子連れを承知でプロポーズしたものの、まだ二十八歳の克史は、血の繋《つな》がらない子とうまくやる自信がなかった。今度の家で寝るベッド。今度の家で座る椅子《いす》。今度の家で遊ぶ玩具。越して

からでも間に合うものを、わざわざあらかじめ買いそろえたのは、貴明のためだったのももちろんあるが、そうすることで少しでも美佐恵を喜ばせてやりたかったからだ。美佐恵には決して言えないことだが、もしもこうなるとわかっていたら、そんなものは買いはしなかっただろう。

それに、せっかくの新居の一部屋を、もういない子の部屋にするのもためらわれた。美佐恵の気持ちはわからなくもないが、この部屋は克史と美佐恵のものだ。貴明の場所がないとまでは言わないが、少なくとも一部屋をまるごと独占させるほどではないだろう。何よりそんなことをして、美佐恵の気持ちが晴れるとも限らない。かえって悲しみが倍増して、落ち込みがひどくなることも考えられる。

堂々めぐりの思案の果ての答は、今日も同じだった。克史はため息をひとつ落とすと、

「とにかく僕らは新しい生活をはじめたんだから」

美佐恵の耳にそうささやいた。

「貴坊のことを忘れろとは言わない。でも、この家の中にわざわざあの子の部屋をつくるなんてことだけはやめてくれ。そうでなくても仏壇はちゃんとあるんだし、あの子にできることはこれからも何でもしてやる。だから、とにかくあの荷物は、押入れの中にでもしまっておいてくれ」

美佐恵は克史の顔を見あげると、小さく首を振って目を閉じた。サイドランプの薄明かりの下で、その顔はどこかがんぜなく、逝ってしまった貴明に似ていた。

克史は点けたばかりの煙草をにじり消すと、手を伸ばして美佐恵を抱きよせた。死んでしまっ

た貴明のことより、生きている自分のことを大事にしてくれ。そう言いたい気持ちがこみ上げて、冷えた首筋に唇を当てた。今日のところは無理にしても、今度の週末にでもあの荷物を、美佐恵の目の届かないところに片づけるつもりだった。

2

「で、美佐恵さんはその後、どうしてる。ちょっとは落ち着いたかい？」

課をあげて取り組んできたプレゼンが通り、明日からは忙しくなるという前祝いの席で、アルコール臭い息を吐きながら、同僚の木原《きはら》が顔を寄せてきた。

「おかげさまで元気にしてるよ。家の中も落ち着いたし」

克史は運ばれてきたチューハイに手を伸ばすと、明るい笑顔を答に代えた。美佐恵が働いていた小料理屋で、先に彼女を見初《みそ》めたのは木原だ。貴明の葬儀には休暇を取って来てくれ、克史よりもおいおい泣いてくれたのも彼だった。美佐恵が積みあげた荷物のことも、問われるままに木原には話していた。

木原は納得した笑みを漏らすと、大ジョッキを飲み干して豪快に笑った。

「じゃあ、荷物も無事、処分したってわけだ」

「いや、レンタルのトランクルームに預けた」

「トランクルームだと？」

木原は大仰な声をあげると、目を丸く見開いてみせた。

「だったらよけいな金がかかるじゃないか。おまえ、そんなにご大層なお大尽ってわけじゃないだろ？　押入れの一角を開けてやって、そこに荷物をしまうぐらい、何でもないことじゃないか。それともおまえ、そんなにたくさん婿《むこ》入り道具を用意してたのか？」

「おまえは他人事だから、何とでも言えるだろうけどなあ」

一度はちゃんと克史は、荷物を押入れに片づけたのだった。だが、それはどうやら裏目に出てしまったらしい。その翌日、克史が会社から戻ると、美佐恵は押入れの中に座り込んで、何やら荷物を広げていた。暗く狭い空間で、充血した目で子供の玩具をいじっている美佐恵には、どこか狂気にも似た気配があって、克史は思わず立ちすくんだ。我が子を亡くした美佐恵の嘆きは、日を追うごとに深まるばかりで、このままでは解放される日は永遠に来ないのではないかとすら思えた。

「そんなふうになるのって、やっぱり荷物があるからだろう。いっそはじめから、あんなもの持ってこなけりゃよかったとも思うけど、今さら捨てるわけにもいかないし。だったらあとは荒療治のつもりで、一旦、目の前から消してやった方がいいと思ったんだ」

「まあ、子供を持ったことのない俺やおまえには、美佐恵さんの気持ちをわかってやることはできんからなあ」

酔いに赤らんだ頬《ほお》を擦りあげて、木原がしみじみとため息を吐《つ》いた。

「子供を亡くした親が、部屋をずっとそのままにしておくって話はよく聞くし。やっと一緒に暮らせるって思ってたんだから、美佐恵さんにしたところでいたたまれないだろう。どれ、ここはひとつ俺が出ていって、じっくり美佐恵さんを慰めてやるとするかな」

「おまえに慰めてもらわなくても、あの子の部屋ならちゃんとあるよ」

「――どういうことだ?」

「美佐恵が、模型で、あの子の部屋をつくりはじめたんだ」

ドールハウスというのだそうだった。

トランクルームに荷物を預けた数日後、美佐恵は珍しく晴れ晴れした顔で、玄関に飛びだしてきて克史を迎えた。腕をつかんでリビングに引っぱり込み、とりどりの木や布や粘土を見せ、買ってきた本のページをめくった。載っていたのは、きちんとセットされたベッドルームや、今まさにパーティが開かれている最中の食卓――本物そっくりの調度品で飾られた、ミニチュアの部屋の写真だった。美佐恵は目を輝かせて、これをつくりたいのだと克史に言った。

ねえ、これならつくってもいいでしょう? これだったらそんなに場所は取らないし、それによく考えてみれば、あの子の実体はもうないんだもの。何もちゃんとした部屋をまるごと用意してやらなくてもいいんだわ。

その美佐恵の言い方は、少し奇妙にも思えたが、克史は鷹揚《おうよう》にうなずいた。出産前に離婚した美佐恵は、その後は日々の暮らしに追われ、息子と暮らしたことはほとんどない。考えてみれば息子との同居を誰より楽しみにしていたのは、当の美佐恵本人なのだ。

これだけ部屋にこだわるのは、死んだ貴明のためというより、自分の気持ちを整理するためでもあるのだろう。ようやくそれに思いあたったのも、ドールハウスとやらをつくりはじめた美佐恵が、目に見えて明るくなりはじめたからだった。

克史はチューハイを一口飲むと、まんざらでもない笑顔で木原に言った。

「まあ、子供だましみたいな趣味だけどね」

「あら、でもドールハウスって、本気で取り組もうと思ったら、とても子供だましなんかじゃないですよ」

おとなしいと思ったら、会話を盗み聞きしていたらしい。ふいに華やかな笑い声を立てて、部下の三上《みかみ》夕紀《ゆき》が割り込んできた。

「あたしの叔母《おば》がドールハウス作家なんです。それで聞いたんだけど、もともと、あれって大昔の貴族だけに許された、すっごくゴージャスな趣味だったんですって」

「へえ、そうなの？」

「ええ。片桐主任、知らなかったんですか？」

「知らない。いいとこ、リカちゃんハウスみたいなもんだと思ってた」

「やだ。それだったらドールハウス作家なんて商売が、まかり通るもんですかあ」

笑いながら夕紀が、そのあと披露してくれた蘊蓄《うんちく》によれば、ドールハウスというものはもともと、中世ヨーロッパの貴族たちが、自分の屋敷の縮小版をこぞってつくらせたことにはじまるらしい。壁紙や敷物にいたるまで本物の材料の使われたそれらには、惜しむことなく金が注《つ》ぎ込まれ、ほとんど美術工芸品のように大切に扱われたそうなのだった。

「へえ、じゃあ案外、由緒正しいもんなんだ」

「そうですよお」

何が嬉《うれ》しいのか、夕紀は鼻を膨らませるようにして言った。

「そのころのドイツでは、子供の教育に使われたりもしたぐらいなんですよ」

「教育って何だよ。おままごとも勉強のうちか？」

半分揶揄《やゆ》するように木原が言い、違いますよ、と夕紀が笑った。

「ほら、大きな屋敷の奥さま方って、家を管理するのも一仕事でしょう？　だから、ドールハウスを使って、子供に家事のノウハウを教えたんです。部屋のレイアウトの仕方とか、掃除をする順序とか、由緒正しい家の子供は、そういうことをみんなあれで教わってたんです。本当にすごいのになると、国立博物館で公開されてたりするんですよ」

「わかった、わかった」

木原は辟易《へきえき》したようだったが、克史は夕紀の話に興味を持って聞き入った。とりわけ面白いと思ったのは、時のロシア皇帝の話だった。

ヨーロッパ旅行中のロシア皇帝が、気に入って一度は注文したものの、あまりの高額さに断念したという話があるのだそうだ。当時のロシアの皇帝といえば、克史には見当もつかない大富豪だ。それだけの金持ちが諦《あきら》めるのだから、そのころのドールハウスというのは、宝石並みに豪華なものだったのだろう。

暇人の手なぐさみだと思っていたが、なかなかどうしてドールハウスなるものは、案外、面白いものなのかもしれない。どうせ美佐恵のことだから、そうした歴史や概略は聞いたこともないだろう。何も知らずにつくっている美佐恵に、今夜戻ったら教えてやろう。

しかし、その克史の思惑は、最後の夕紀の言葉であっさり砕けた。

「確か、いちばん古いドールハウスは、古代エジプトのものだって言われてますよ。ほら、エジプトのお墓って、亡くなった人と一緒に埋葬品も入れるでしょう？　あの中にミニチュアの船だの家だのもあったんですって。たぶん、来世でも同じ暮らしができるようにって、そういう願いが込められていたんじゃないかなあ」

つまり美佐恵がつくっているものは、貴明の埋葬品だというわけだ。せっかく盛り上がりはじめた気分が、そう思うなり、一気に滅入《めい》った。木原はそんな克史に気づくことなく、きわめて現世的な質問を夕紀に向けた。

「でもさ、その叔母さんがつくってるドールハウスって、商売なんだろ？　いったいいくらぐらいで売れるの？」

「さあ、人にもよるだろうけど、うちの叔母の作品はそこそこ人気があるみたいだから、ちょっとした小物でも千円近くしますよ。手の込んだ家具なんかつくったら、けっこう一万円近くになったりすることもあるみたい」

「そんなに」と木原は奇声をはりあげて、克史をふりむいて肘《ひじ》を小突いた。

「おい、じゃあ美佐恵さんにも気合いを入れてもらって、いっそ商売にしてもらったらどうだ？　うまくいけば、ちょっとした小遣いぐらいは、稼げるかもしれないぞ」

「何言ってるんだ。あいつのつくるものは、まだまだろくなもんじゃない。あれで金が稼げるようになるのは、軽く見積もっても十年はかかるよ」

それに、そもそもあいつのつくるドールハウスは、貴明のためのものなんだしな。言いかけた言葉は口の中で消えた。克史は半分ほど残ったチューハイに手を伸ばすと、一息にぐいっとそれを空《あ》けた。

「わあ、片桐主任ってば、ずいぶんいい飲みっぷりじゃないですか」

何も知らない夕紀が無邪気な声で手を叩いたが、克史の気分は晴れなかった。

死者の来世に想いを馳《は》せて、生者がつくる埋葬品。

我が子を亡くした女には、確かに似合いの趣味かもしれなかった。

だが、たとえそれが亡くなった子を慰めるための埋葬品づくりであろうとも、美佐恵が打ち込めるものを見つけたのはいいことだ。

3

ほどなく克史は、心からそう思えるようになった。

少なくとも部屋の中からは、あの段ボールはそっくり消えた。夜になっても洗濯物がベランダにはためいていることもなくなり、夕食のテーブルには手の込んだ料理が並べられるようになった。完璧《かんぺき》に明るくなったとまでは言えなくとも、ときどき声を立てて笑う程度には、美佐恵も元気を取り戻した。実際、そうなってさえしまえば、克史の暮らしは満ち足りていたのだ。

もともと家庭的なところが気に入って、子連れを承知でプロポーズした女だった。古くさいとも言われたが、女房には家にいてほしくて仕事も辞めさせた。朝晩の食事が目の前に出てきて、家の中はいつもきれいに片づき、夫婦の笑い声が食卓にはじける。それこそが克史の望んだ生活であり、それはもう手に入れていた。この幸福に比べれば、美佐恵のドールハウスの道具が和室に散らばっていることぐらい、どうということもない。

つまり結局、貴明は、死んでくれてよかったのだろう。

美佐恵の笑顔を見つめながら、克史はときどき考えた。いくら惚《ほ》れた女の息子でも、所詮《しょせん》は自分とは血が繋がらない子供だ。幼いころはまだよくても、中学あたりで反抗的にでもなられたら、どう扱っていいか対処に困る。そう思う自分の後ろめたさを、克史は、美佐恵のつくりあげた作品を誉《ほ》めることでごまかした。実際、美佐恵は心から、ドールハウスづくりを楽しんでいるようだった。

最初に美佐恵がこしらえたのは、まるで小学生の夏休みの工作のような、いたって不格好な代物だった。貴明が生まれたころに彼女が住んでいた、アパートの四畳半を模したそうだったが、言われるまで克史にはわからなかった。

ゴザを切ってつくったらしい畳は、それ自体はなかなかよくできていたが、縁に貼《は》られたテープはところどころ歪《ゆが》み、そこかしこに糊《のり》がはみだしている。アクリルを切ってはめ込んだ窓枠も、壁に貼られたカレンダーも、いかにも初心者らしい稚拙さに満ちており、はじめに美佐恵に見せられた写真の精巧さとは、天と地ほどにかけ離れていた。

「君は案外、不器用なんだな」

小指より小さな模造の花瓶が、どう見ても徳利にしか見えないのをからかい、克史は粘土を取りあげると、指先で丸めながら笑ってみせた。

「この程度のものでよかったら、俺だって一日あればつくってみせるぞ」

「失礼ねえ」

美佐恵はけらけらと笑いながら、ふくれっ面をして克史をぶった。

「じゃあ賭《か》けた。もしあなたのつくったものが、あたしより下手《へた》くそだったら、今度ピラニアノコ買ってちょうだいよ」

「ピラニアノコ——って、いったい何だ？」

聞き慣れない名前に克史が問うと、ドールハウスづくりに使う工具の一種なのだと、美佐恵は照れくさそうに答えた。

「要するに鋸《のこぎり》なんだけど——糸鋸よりずっと歯が細かいから、それを使うとプラスチックなんかでも、ずっときれいに切れるらしいの」

「いくらするんだ？」

「千円か、千五百円ぐらい」

それぐらい安い買い物だった。ちょうどテーブルにあったマグカップをモデルに自分がちまちまとこね上げた粘土が、ただのへこんだボールにしか見えないのを認めると、翌日克史は百貨店に出かけ、ピラニアノコなるものを買って戻った。美佐恵は嬉しそうな歓声をあげ、その夜に克史が求めると、自分から首に抱きついてきた。

「これでもっといいものがつくれるわ。あの子だってきっと喜んでくれる」

瞼を閉じる直前に、そんな言葉が聞こえた気がしたが、克史は気にもとめなかった。それで美佐恵が満足するのなら、それがいちばんなのだと思った。

そんなふうにしばらくは、平穏な日々がつづいていった。

美佐恵はどんどん腕をあげた。左右の高さがちぐはぐなベッドや、プチトマトを載せただけで分解してしまいそうな椅子は、あっというまに対称になり、指で押しつけても揺れなくなった。美佐恵は、もう着なくなったダウンジャケットから羽毛を取りだして、ベッドに敷くふわふわの羽布団をつくり、小さなパッチワークのクッションを縫《ぬ》って、椅子の背にリボンで縛りつけた。ときには粘土をこね回して、本物そっくりのバナナやオレンジをこしらえると、着色した藁《わら》で編んだ籠《かご》に盛りつけた。

「思いだしてみれば、わたし、子供のころ、すっごくこういうのに憧《あこが》れてたんだわ」

夜に克史がテレビを観ている横で、美佐恵は飽きることなく手を動かし、どこか遠くを見るような顔で話した。

「とにかく、そういうお話ばっかり読んでたの。床下に住んでる小人たちや、人間の見てないところでだけ動く人形の話。特に、小人たちの住んでる家がとってもかわいらしくてね。チェスの駒を居間の置物にしたり、マッチ箱で箪笥《たんす》をつくったり、石炭と蠟燭《ろうそく》を粉にして暖炉にくべたりしているの。なんだか人間のわたしたちが住む部屋よりも素敵に思えて、本を見て真似《まね》してつくったりしてた」

「それはもう残ってないのか？」

「うん。だって家には床下がなかったから、机のいちばん深い引き出しを、そのスペースに当ててたんだもん。でも、つくってるうちに、本当に小人たちがそこに住んでるような気がしてきて、何度も引き出しを開けて確かめたものだわ」

子供だったのよねえ、と美佐恵は笑い、克史は微笑《ほほえ》ましい気分で、妻の満ち足りた笑顔を見つめた。つまり美佐恵は哀しみの果てに、本当の趣味を見つけたわけだ。たとえきっかけが息子の死でも、今さら気にすることはなかった。克史に不満があるとしたら、いつのまにか美佐恵のアトリエが和室を出て、リビングに移ったことだけだった。和室にはつくりかけのドールハウスが、所狭しと並べられていた。

だが、それも気にすることはないだろう。克史はキッチンでコーヒーを沸かし、美佐恵の分も注いでやりながら、妻が今取り組んでいる最中の、精巧な木製の椅子を眺めた。かすかに反った背もたれに、小さなハート形がくり抜かれたそれは、かつて克史が貴明のために選んだものとそっくり同じかたちをしていたのだが、あいにく克史の方はもう、そんなものを買ったことすら忘れていたのだった。

4

「うーん。コレクターを紹介してくれって言われても――」

三上夕紀はため息をついて、困った顔で克史を見た。

「奥さん、別にその手の展覧会に出品したり、創作グループに出入りしたりなさってるわけじゃないんでしょう？　それに、コレクターって言ったっていろいろあるし、片桐主任の奥さんが、どの程度の腕前なのかもよくわからないし」

「腕前ならほとんどプロ級だぜ、ほら」

克史はポケットを探ると、今朝方、靴箱の上のドールハウスから、持ちだしてきた小さなチェストを出した。貴明が亡くなってもう二年。美佐恵は相当に腕をあげていた。素人の贔屓目《ひいきめ》をさっ引いてみても、美佐恵のつくるドールハウスは、かなりのものだという自信があった。

案の定、夕紀は一目見るなり歓声をあげて、チェストを掌《てのひら》で弄《もてあそ》んだ。

「へえ、これならちょっとしたもんだわ。やだ、ちゃんと引き出しまで開く。奥さん、もうこんな細工ができるようになったんですか？」

「うん。まあな。寝食を忘れて打ち込んでるから――」

克史はそっと顔をそむけて、気づかれないようため息を落とした。寝食を忘れるという表現は、この場合、決して大げさではなかった。

最近では、美佐恵はいっさいの外出をしなくなった。休日に克史が誘っても、したいことがあるからとあっさり断る。一息に家事を片づけると、昼食も取らずに工具を持っている。深夜になっても止《や》めないので、根を詰めすぎるなと克史が叱《しか》ると、そのときはおとなしくベッドに入るが、少し経つと起きだして寝室を出た。トイレに行くふりをして克史がのぞくと、美佐恵はつくりかけのミニチュアにしがみついて、一心に作業をつづけていた。その表情はどこか鬼気迫っており、何かに憑《つ》かれているように必死だった。

だが、それぐらいのことならまだ、我慢ができなくもないのだった。手抜きとはいえ食事もつくるし、克史が話しかければ笑顔も見せる。しかし美佐恵のドールハウスは、増殖するばかりで一向に減らない。この分では早晩、自分たちは、ミニチュアの家の上に布団を敷いて眠ることにさえなりかねない。

コレクターと名の付く人種が、作家でもない美佐恵の作品に、興味を持ってくれるとは限らなかった。だができあがったドールハウスは、相当のものだともわかっている。誰か作品に興味を持って、引き取ってくれる人を知らないかというのが、ドールハウス作家を叔母に持つ夕紀に、相談を持ちかけた理由だった。

「片桐主任、相変わらず愛妻家なんですね。なんかそれってドールハウス自慢じゃなくて、奥さんののろけを聞かされたように思える」

夕紀はその話を聞くと、あたしって馬鹿みたいと言いながら声を立てて笑った。そんなんじゃないんだと克史が言う前に、デスクのパソコンを指さした。

「だったら、いっそネットショップでも開いてみたらどうですか？」

「ネットショップ？」

ええ、と夕紀は大きくうなずき、克史の掌にチェストを載せた。

「店を構えたりするのはたいへんですけど、ネットならそんなに手間はかからないですよ。最近じゃよく手づくりショップのサイトなんかも見かけるし、このクラスの作品なら、けっこう買い手はつくと思いますよ」

なるほど、と克史はうなずいて、その日は残業もそこそこに、美佐恵の待つ家に戻った。

「今度アドバイス料代わりに奢《おご》ってくださいね」

夕紀のそんな言葉にも、「作品が売れたらな」と返す余裕もあった。もしも作品が売れたりしたら、小遣いにはなるし、部屋も片づく。そうでなくても楽しんでくれる人ができれば、創作の励みにもなるだろう。

克史はそう思い込み、はずんだ気持ちで家のドアを開けた。まさか美佐恵が一言のもとに、はねつけるなどとは思わなかった。

「駄目よ、そんなの」

せっかくいいアイディアだと思ったのに、肝心の美佐恵はそんな言葉で、克史の提案を却下した。

「それに、わたしがつくってるのは、貴明のための部屋なんだから。せっかくつくったあの子の部屋を、誰かに売ったりあげたりする気はないわ」

「でも、あの子のための部屋だったら、とっくにつくってやっただろう?」

思いがけない言葉に驚き、克史はリビングの隅のサイドボードを指さした。そこには最初に美佐恵がつくった、あの稚拙な四畳半が載っている。その隣には、それよりはもう少しましな出来の、広々とした子供部屋がある。貴明専用の子供部屋は、他にもう三軒あった。いくらそれがミニチュアでも、五部屋もの自室を持っている子供は、そうそうそこらにはいないだろう——たとえ、それがもうこの世にいない子供だとしても。

「これだって、とても子供部屋なんかには見えないぞ。どこかのスイートじゃあるまいし、こんないいベッドルーム、俺だって泊まったことなんかない」

美佐恵が黙り込んだので、勢いを得て克史は、ちょうどそのとき妻がつくりかけていた豪華な寝室の模型を指さした。本物の壁紙が貼られた部屋には、本物そっくりの小さなサイドランプがあり、豪華なシャンデリアが吊《つ》られている。窓には天鵞絨《びろうど》のカーテンが掛かり、深みのある茶色の猫足のチェストが、大きなダブルベッドの脇《わき》に置かれている。ベッドの上には、着心地の良さそうな二着のガウンまで載っているというのに、まさかこれまでが、貴明のために用意した部屋だというつもりか。

「そうよ」

美佐恵は唇を震わせて、思いつめた顔でうなずいた。

「子供は大きくなるものよ。いつまでも幼稚園のときと同じ部屋に、住まわせておくわけになんかいかないじゃない。小学生には小学生の部屋。高校になったら高校生の部屋。これは、貴明がお嫁さんをもらったときのために用意した部屋だわ」

それは冗談にはならないぞと言おうとしたが、言葉は口の中でくぐもって消えた。

克史は黙り込んだまま、もう一度その寝室の模型を眺め、次に美佐恵に目をやると、最後に狭い2LDKを隅々まで眺めわたした。貴明のためだと彼女が言うミニチュアの部屋は、ざっと数十。では、これだけのものを美佐恵は、貴明のためにだけつくったというのか。結婚生活のほとんどの時間を、死んだ子の部屋を用意するために、ただそれだけのために費やしてきたというのか。

ふいにその部屋のあちこちから、甲高い子供の笑い声が聞こえた気がして、克史は思わず首を縮めた。それが幻聴だとわかっていても、振りはらうことはできなかった。

克史はその場に呆然《ぼうぜん》と立ちすくみ、なす術《すべ》もなく美佐恵をふりかえった。美佐恵は何ごともなかったように作業台代わりのテーブルの前で、ミニチュアの豪奢《ごうしゃ》なベッドをメイクするための、飾り房のついたカバーをこしらえていた。

5

「まだ、奥さんのことが気になるの?」

タイミングを見て家に帰って、着替えを取って来なきゃなと言うと、夕紀は言葉尻を強めて、射るように克史の顔を見た。

「今さら帰ったところで、どうせ足の踏み場もないほど散らかってて、あなたの居場所なんかなくなってるのがオチだと思うけど」

「そんなつもりじゃないよ」

居場所などとうにないとは口に出さず、克史は小さく首を振った。

「そろそろ季節が変わるからさ。俺だって衣替えぐらい人並みにしたい。本当に着替えを取ってくるだけだから、君は心配しなくていい」

「だったらいいけど」

そうは言うものの夕紀は、本心ではまだ克史が美佐恵を忘れられないのではないかと疑っているらしい。冷蔵庫から缶ビールを取りだすと、克史を睨《にら》みながらグラスに注いだ。喉をのけぞらせて一息に飲み干し、酔ったふりをして克史にもたれた。

「だいたい、ドールハウス作家やってる叔母がそうなんだけどさあ。ああいう人って、一旦創作をはじめちゃうと、とことんのめり込んじゃって、もう周りのことなんか何ひとつ目に入らなくなっちゃうのよねえ」

奥さんもそうだったんでしょ？ と夕紀は言い、克史は答えずに肩をすくめた。美佐恵はドールハウスづくりではなく、死んだ息子に憑かれていたのだとまでは、さすがに言うことはできなかった。

「もうちょっと早くに何とかなってれば、木原さんに押しつけられたのにねえ」

美佐恵の働く小料理屋に通い詰め、木原と恋を張り合ったのが、はるかに遠い大昔のことに思えた。木原は最近、取引先の経理の女の子と恋に落ち、式場のパンフレットを取り寄せては、嬉しそうにあれこれ見比べていた。

「まあ、でも、木原さんだって、結局はその方がよかったのかもね。こんなこと言うと怒られちゃうかもしれないけど、ドールハウスなんて、どうせろくな趣味じゃないわよ」

「ずいぶんひどいこと言うんだな。最初のころは、あれほどドールハウスは高級な趣味だって、俺に吹聴《ふいちょう》してたくせに」

「あら、だってあたし、片桐主任のこと、あのころから大好きだったんだもん」

「…………」

「とりあえずそれがきっかけになるんだったら、話題は奥さんのことでも何でもかまやしないわ。それで親しくなりさえすれば、もうこっちのものでしょう?」

でも、本当にそうなるまでには、ずいぶん長い時間がかかっちゃった。夕紀はぽつんと呟くと、ふっくらとした頰を小さく膨らませた。

「だから、そろそろちゃんとしてよね」

そうだな、とうなずいて、克史は夕紀の部屋を眺めた。半年も居候を決め込んでいれば、あちこちに克史の私物が増えて、自宅のような様相を呈している。ミニチュアの家に侵食された部屋よりも、こちらの方が居心地がよかった。少なくとも夕紀の部屋には、克史のいる場所がきちんとあった。

確かに潮時かもしれなかった。

克史は煙草に火を点けながら、近いうちに役所に行って、離婚届の用紙を取ってこようと決めた。しかし女所帯の1DKは、ふたりで住むには狭すぎる。手続きを終えたら夕紀を誘って、新居を探しに行くつもりだった。

6

別れたい、と切りだしても、美佐恵は克史を見もしなかった。だが、考えてみれば当然かもしれない。克史はかれこれ半年も、この部屋に戻ってこなかったのだ。とっくに美佐恵は克史に愛想を尽かしているだろう。

いや、それとも美佐恵には、もう克史の存在すらどうでもいいのかもしれなかった。美佐恵に大事なのは貴明だけで、克史の存在などはじめから、二の次だったのかもしれなかった。そうでなければどうしてこの部屋が、こんなふうになってしまうだろう。

克史はのろのろと視線をあげて、部屋中いたる所に積みあげられた無数のドールハウスの山を眺めた。結局のところ、この部屋には、克史の居場所はなかったのだろう。いや、はじめはあったかもしれないが、とうとうはじき出されてしまった。ここは美佐恵と死んだ子だけの墓所で、克史の戻れる部屋ではなかった。

克史は小さくため息を吐くと、アタッシェケースを開けて判をついた離婚届を取りだし、テーブルの工具をどけてそこに置いた。はずみで親指の爪ほどの、粘土でできた丸い玉が転がり、小さな音を立てて床に落ちた。

拾いあげて眺めると、それはサッカーボールのかたちをした目覚まし時計のミニチュアだった。この部屋での暮らしをはじめる前に、美佐恵とふたりで探したもの——もしかしたら今でも寝室のどこかに転がっているかもしれないそれに、粘土細工の小さな玉は、うんざりするほどよく似ていた。

克史は掌でそれを転がし、慈《いつく》しむように眺めたあと、離婚届の上にそっと置いた。

「元気でな」とひとこと言うと、このいたたまれない部屋から出ていこうと、鞄《かばん》のロックをぱちりと閉めた。

「わたしねえ、ずっと思ってたのよ」

分厚く透明なアクリル板を、ミニチュアの窓枠に合わせて切り分けながら、美佐恵が克史を見ないまま言った。

「こうやって、貴明の部屋をつくってあげるってことは、貴明の居場所をつくってあげるってことだって」

「君は最初から、そう言ってたじゃないか」

今さらそんなことを言うなんて。リビングのドアを開けながら、克史は呆《あき》れてふりかえった。

「どうしてもあの子の部屋をつくってやりたいんだって。だから、俺はつくらせてやった。それで、あげくの果てがこの始末だ。あの子の部屋はこんなに増えても、俺のいる場所はなくなった。言っておくが俺は、好きでここを出てくんじゃないんだぞ」

美佐恵は克史の言葉を、ちゃんと聞いている様子すらなかった。

「でも、よく考えてみたら、それって半分正しかったけど、半分間違っていたのよね」

視線をドールハウスに当てたまま、唇を歪ませて歌うように言った。

「確かに居場所がないんなら、帰ってくることもできないけれど、でも、それだけじゃ足りないの。その場所があるから、人がいるんじゃない。人がいるから、その場所があるのよ。貴明の帰る場所をつくるということは、つまりはそういうことなのよ」

「同じことじゃないか」

「違うわ」

「どう違う」

「あなたもすぐにわかるわ」

いい加減にしろと克史は言いかけ、言葉を途中で呑《の》み込んだ。美佐恵の声の端々には、どこか尋常ではないものが感じられた。唐突に背筋を悪寒が這い、克史はのろのろと部屋を見まわして、今、彼女が吐いた言葉を反芻《はんすう》した。居場所があって人がいるのと、人がいるから居場所があるのと、いったいどう違うというのだろう。

「だってそうでしょう？」

ふいに美佐恵がふりむいて、克史に向かって微笑みかけた。

「あなただってそうでしょう？　わたしと一緒にいたいから、だからこの部屋にいたんだものね。この部屋にいたいからっていって、わたしを選んだんじゃないはずだわ」

だから今度は違う女と暮らすのだ。そう口に出すのはためらわれた。

克史はのろのろと後じさりながら、こちらを向いて笑っている美佐恵を眺めた。瘦《こ》けた妻の頬には血がのぼり、視線は克史に向けられていても、焦点は合っていなかった。

おそらく貴明を亡くしたときから、美佐恵は徐々に狂いはじめ、そうして今、その狂気が頂点に近づきつつあるのだろう。そんな女の言葉を真摯《しんし》に受け止め、押し問答すらしかけた自分が愚かしい。

だが、それはつまり自分が、美佐恵を確かに愛していたという証《あかし》でもあった。

今さらながらにそんな思いが喉を突きあげ、克史は震える唇を嚙んだ。

美佐恵と自分の愛の巣を、あのころ自分はつくりたいと思い、それで結婚を申し込んだのだ。子供がいようがいるまいが、本当はそんなことはどうでもよかった。美佐恵と一緒に暮らせるなら、それで幸せだと思っていた。もし貴明が生きていたら、自分はあの子の存在をもひっくるめて、美佐恵を愛しつづけただろう。

しかし、それはもうずっと遠い日々だった。今さらどうにもできなかった。かわりに克史は唇をこじ開け、絞りだすように呟いた。

「君の言うことはわからない」

「わからないでいいのよ」

美佐恵が抑揚のない声で言って、克史を見ながらにこりと笑った。ゆらりと椅子から立ち上がると、克史の方に足を踏みだした。

「わたしだって、こんなことになるなんて、まるで思いもしなかったんだもの。だから、あなたもだいじょうぶ。そのうち、きっとわかるようになるから」

何がわかるんだ？　と訊こうとしたが、言葉は声にならず喉の奥で消えた。

美佐恵が手に持っていたカッターナイフを、克史の喉に叩き込んだのだ。

克史は驚いて美佐恵を見、それからぐらりと頭を振ると、次にゆっくりと床に倒れた。何か熱く重い塊を身体《からだ》いっぱいに抱え込んだようで、とても立ってはいられなかった。美佐恵は傍らにひざまずくと、克史の首からナイフを抜いて、今度は克史の手首に当てた。朦朧《もうろう》としはじめた意識の中でも、熱い液体が手首から噴きだし、床にしたたり落ちるのがわかった。

「心配しないで。あなたの居場所も、ちゃあんとつくっておいたから」

美佐恵の朗らかな声が聞こえた。

床を這う克史の視線の中で、スリッパを履いた美佐恵の足が、遠ざかり、立ち止まって、また戻ってきた。かつんと固い音と一緒に、何かが目の前に置かれる気配があった。

今にも薄れそうな意識に抗《あらが》い、克史は目を凝らしてそれを見た。

今しも自分が倒れ伏したリビング――この部屋をそっくりそのまま模した、精巧なミニチュアの部屋がそこにあった。それは、新婚のころと寸分変わらず、懐かしい姿のままでそこにあった。

「だから、あなたもどこにも行かないの。また、ここに帰ってくるのよ。何と言ってもあの子にはパパは必要なんだし、それにわたしだってあなたを、まだ愛しているんだから」

美佐恵の歌うような声が聞こえる。目の前には懐かしい部屋がある。その精巧な模型の部屋の、奥の和室へとつづく襖《ふすま》が開いて、小さな白い影が顔をのぞかせた気がしたのは、いくら何でも見間違いだろう。きっと痛みのせいで頭がぼやけて、ろくでもない錯覚をしてしまったのだ。

克史はゆっくり息を吐くと、重い頭を振って目を瞑《つむ》った。

居場所があって人がいようが、人がいるから居場所があろうが、どうせこういうことになるのなら、結局同じことではないか。そう言ってやろうと思ったが、それを口にする気力はもうなかった。

「お帰り」

じんじんと痺《しび》れはじめた耳の向こうで、美佐恵がささやく声がした。

増殖

明野照葉

明野照葉《あけのてるは》

東京都生まれ。東京女子大学社会学科卒業。数社に勤務した後、98年「雨女」で第37回オール讀物推理小説新人賞を受賞し、作家デビュー。00年『輪（RINKAI）廻』で第7回松本清張賞受賞。01年、麻布の旧家の怨念を描いた『憑流（hyo ryu）』のほか、『海鳴』『感染夢（Carrier）』『汝の名（WOMAN）』などがある。

1

若い緑の葉の色が、目にみずみずしくしみ入るようだった。新緑の季節――、これからは、日に日に木々の緑が勢いをまし、色鮮やかに映《は》えるようになることだろう。

森山多枝子は、大きな窓から見える外の景色を眺めながら、ぽっ、と音にならない溜息《ためいき》をついた。暗い溜息ではなかった。満たされた心が退屈に倦《う》んでふと漏《も》らすような、余裕を孕《はら》んだ溜息だった。

三十七歳。その自分の年齢が、はたして若いといえるのかいえないのか、多枝子自身にもよくわからない。が、今の多枝子には、年齢など、どうでもよかった。

昨年の夏の終わり、十年近い結婚生活に終止符を打った。幸か不幸か子供はなかった。それで多枝子は昔のように一人に戻って、十年振りに一人暮らしをはじめた。

「え？　岡野さんと別れてしまうの？　もったいない」

夫の岡野と別れることを決めた時、友人たちは口々に、多枝子に向かって言ったものだった。ちょうど十歳上《とおとしうえ》で、わりあい手広く事業をやっている男だった。べつに岡野が別れるに惜しい男だというのではない。彼女らは、岡野が多枝子に与えてくれていた生活を、捨ててしまうことをもったいないといっているのだ。

都心の洒落《しゃれ》たマンションに住み、ブランドものの洋服を着て、外車に乗っている生活が、傍目《はため》には捨てるに惜しいものと映るのも無理はない。だが、大きな組織の企業はいざ知らず、基本的に事業というのは博打《ばくち》だ。裏方にまわれば、いつも綱渡りを見ているような危うさがある。たしかに車はベンツだった。しかし、岡野も多枝子も、車に愛着を持ったことは一度もない。今は金がある、だからベンツに乗る、金が入り用になれば売り払う……岡野はそんな考えの男だ。したがって、車は一時的に手もとにあるだけという感覚で、常に代車に乗っているような気分だった。それでもこの十年、金の面での苦労をせずに過ごしてこられたのは、幸運だったといってい い。

綱渡りを見ていることにも疲れを覚えて、ある時期から多枝子は、別れるにいいタイミングを模索してばかりいた。彼が事業資金のやり繰りにてんてこ舞いしている時は損だ。ひとつ当ててハネている時がいい。しかもほかに女がいて、岡野が未練もなければ痛みもなく、金と自分を手放せる時機。

機が巡ってきたと見た時、多枝子はすかさずそれを摑《つか》んだ。十年間、岡野の妻であったということから発生する権利は主張して、もらうべきものはちゃんともらった。それゆえ離婚が成立した時は、何年か前から抱いていた願望が成就《じょうじゅ》したという喜びこそあれ、一人になった寂しさはなかった。

十年妻を務めた対価として、岡野に過分な要求をした覚えはない。十代の頃から、多枝子には自分の喫茶店を持つという夢があった。その夢が叶《かな》えられるものさえ手にはいればよかった。あとは自分で稼いでいけばいい。

喫茶店など、結局は水商売だしいいことはない、と忠告してくれる人もいた。それでも多枝子は何もかもが自分の好みに合った、自分の城が持ちたかった。離婚後は、夢の実現のために奔走していて、孤独を感じている暇もなかった。心はいつも弾んでいた。

ものごとというのは、巡ってくる時には巡ってくるものらしい。

物件も、望んでいた場所にもってこいのものが見つかった。当時物件は、すでに不動産屋の持ち物になっていたが、以前は元の持ち主が、そこでギャラリーを主体とした簡易なカフェを営んでいたのだという。ギャラリーが主体であっただけに、内装も白壁に黒塗りの木とシンプルだが洒落ていて、天井も高く、加えて二階は居宅としても使える造りになっていた。さほど広くはないが、多枝子が一人で切り盛りして暮らしていくには充分だった。しかも隣は小さな自然公園に接していて、緑に満ち溢《あふ》れている。窓さえ大きくしたら、何の飾りも要らなかった。

不動産屋にこの物件を紹介された時、多枝子はほとんど考える間もなく飛びついた。

「もったいないわ、こんないい場所の物件を手放してしまうなんて」思わず多枝子は、友人たちが自分に言った言葉を、不動産屋に向かって口にしていた。「元の持ち主のかたは、どうしてご商売を畳んでしまうことにされたのかしら」

「商売ってものに、嫌気がさしたからじゃないですか」不動産屋の社員は、ごくあっさりと多枝

子に言った。「まあ、六十過ぎの年配のご夫妻でしたからね。福島だかのいなかに帰って、これ

からはのんびり陶芸でもして暮らすとおっしゃっておいでしたよ。帰るいなかがある人という

のは強いですよ」

東京の都心ではない。二十三区と多摩地区が接する付近、まだ周辺に緑が残る地域だ。たまた

ま近くに広瀬洋一・真美という友人夫妻がいるので、このあたりには多枝子も何度かきたことが

あった。一度、駅からうっかり逆の方向にでてしまい、住宅地のなかをさまよう羽目になった。

栄えた繁華街を抱え持つ駅に近い周辺のこと、住宅地とはいえ、洒落たブティックもあればレス

トランもあり、通りをいく人にもそこそこの数がある。なのに、どうしてだか喫茶店がない。

（こんなところで喫茶店をやりたい。ここらあたりなら、きっと流行《はや》るに違いないわ）

当時から、多枝子はこの近辺を狙《ねら》っていた。殺伐《さつばつ》とした都会や喧《やかま》しい繁華街のまんなかはたく

さんだ。ひき比べてこのあたりは、新興住宅地ではない分、画一的でせせこましい感じがしない

のもいい。まわりには街路樹といった人の手によって植えられた木々のみならず、雑木林の名残

りもあって、場所によっては窓からの眺めもかなりいい。

建物には、多少手を入れた。窓を広げ、公園の緑がよりよく見えるようにした。窓の外の緑が

借りられるというのは強みだ。大きな楕円《だえん》形のテーブルがひとつにボックス席が四つ。電話台や

衝立《ついたて》といった調度には、出来のしっかりとした籐《とう》の家具を揃《そろ》え、照明にはバンブーを使ったものを取りつけた。大きなレンタル・グリーンの鉢がひとつ。天井では、プロペラ型のファンが独特の倦怠感《けんたいかん》を漂わせながら、なかば無意味にゆるゆるとまわっている。日除《よ》けのロールスクリーンには、精緻《せいち》な柄の更紗《さらさ》を使った。マカオかシンガポールにでもありそうなコロニアル風のカフェ……たいして金をかけることなく、頭に思い描いていた通りの店ができ上がった。喫茶店の名前は「シエスタ」にした。スペイン語で午睡という意味を持つ。

すべての準備は整った。あとはオープンを待つばかりだった。

多枝子は店のなかを見まわして、頬《ほお》のあたりにふわりとやわい笑みを浮かべた。

(ほんと、惜しいわ。こんないい物件、どうして手放したりしたんだろう)

駅から六分。ロケーションもよければ物件自体もいい。それを手放して田舎《いなか》暮らしに埋没するなど、多枝子からすれば惜しいことこの上ない話だ。が、夫妻が商売に嫌気がさしてくれたということは、この際大いに喜ぶべきことだった。

これからは、緑がますます濃さをましてくる。梅雨《つゆ》時などは、見ていて圧倒されるような命の勢いに満ちた木々の緑が、店を飾ってくれることだろう。

多枝子の口から、またぽっ、と音のない溜息が漏れた。

夢を叶えた人間の、充足感に満ちた溜息だった。

2

まるで以前からそこにあったかのように、初日から「シエスタ」にはごく自然に客がはいりはじめた。近くに高校だの大学だの、余計なものがないのも好都合だった。若さと元気があり余っている連中に徒党を組まれてやってこられた日には、「シエスタ」のゆるりとした雰囲気が壊れてしまう。多枝子はかつて自分が客であった時に望んでいたように、あくまでも客にくつろげる時間と場所が提供できる店を営みたかった。

「シエスタ」を訪れるのは、用事があってこの近辺にやってきた人間、地元で暮らしている人間……客層は大人だ。連れ立ってはいってきてもせいぜい二人というところ、一人客のもの思いを邪魔しないで済む人数だ。当面音楽は、低い音量でボサノバをかけておくことにした。絵も何も飾っていないが、カップにもグラスにも灰皿にも、多枝子の好みに合った質のよい品物を使っている。だから人がドアを開けてはいってくると、多枝子は自分のギャラリーに客を迎えたような気分になる。

(どう？　なかの感じも悪くないでしょ？　エスプレッソはいかが？　そのカップがまたとてもかわいらしくて洒落ているのよ)

女主人らしくおっとりと構えながらも、ついつい心では満面笑顔で話しかけている。ただし、実際には、なるべく客と話をしないようにしていた。都会では、顔見知りになってしまったことで逆に気づまりになり、足が遠のいてしまう客も少なくない。

白のブラウスに黒のスカート、同じく黒のアシンメトリーのカフェエプロン——、そのスタイルも、ずっと前から決めていた。人を雇わざるを得ないようになったら、女の子にもカフェのギャルソンのようなスタイルをしてもらうつもりだし、それが似合う子を雇うつもりでいた。とにかく微塵《みじん》も押しつけがましさや煩《うるさ》さのない店がいい。

「いらっしゃいませ」

ドアが開いた気配に、反射的にいらっしゃいませの言葉を口にして、同時に多枝子は笑みを顔に浮かべた。が、はいってきた客を目にした途端、顔に浮かんでいた笑みは、無意識のうちにすいと皮膚の内側に引きとられていた。

二人連れの客だった。どちらも女だ。若くない。五十代と七十代というところだろうか。もしかするとそれぞれもう少しずつ若いのかもしれないが、二人とも何とはなしに黒くくすんでしまっていて、一見歳がいっているように見える。からだつきのせいもあるかもしれない。双方、同じ体型をしている。背は低い。百五十センチそこそこというところだろうか。また、見るからに固太りという体格をしていて、首が短い。同様に、手脚も決して長いとはいえなかった。重力にぎゅっと凝縮されたようにちんまりまとまったからだつきだ。

かといって、彼女らがふつうの人間と何かが大きく違っているということはなかった。街なかを歩いている時、あるいは電車に乗っている時、どこかで時おり見かけるような人たちだ。ただし、多枝子の正直な気持ちからするならば、二人は「シエスタ」の客として、あまり似つかわしいとは思えなかった。

（まったく私ときたら、何を贅沢《ぜいたく》なことを考えていることやら……）

自分で自分を戒めて、水とおしぼりの用意をした。見ていると、二人はちょこまかとした独特の動きで店内を進んでいき、楕円形の大テーブルに、並んで腰をおろした。

（やだな。端っこのボックス席かどこかに座ってくれたらいいのに）

そう思いながらも、顔には淡い笑みを浮かべ、水を運ぶかたがた、注文をとりに大テーブルへ向かう。

「コーヒー。ブレンドね」

「私もコーヒー。ブレンドね」

二つの口から続けざまに発せられた声は、年齢による違いはあるものの、驚くぐらいに質も口調もよく似ていた。思わず顔にちらりと目を走らせる。はいってきた時からそうではないかと思っていたが、間近で見たらなおさらに、二人が紛れもない母娘《おやこ》であることがはっきりした。

ちょっとおかしないいかたかもしれないが、判で捺《お》したように、と言いたくなるようだった。

多少大雑把《おおざっぱ》にいうならば、二人はそっくり同じ顔をしていた。またそれが、色黒の扁平な丸顔で目も鼻も丸く、唇にも朱味《あかみ》が窺《うかが》われない顔なものだから、判で捺したといういいかたが、恐ろしいぐらい見事に当てはまってしまう。

（でも、これは判は判でも芋版《いもばん》だわ）

素知らぬ顔をしながらも、心の片隅で呟《つぶや》きを漏らす。

髪は二人とも短い。少し癖のあるかさついた髪だ。顔色が黒ずんでいて顔だちにも華がないせいだろうか、着ているものもそれに合わせたように地味だった。娘はくすんだ臙脂《えんじ》の地に暗い茶が織り混ざったセーターを着ている。母親は黒に茶という組み合わせだ。その二人が大テーブルに肩を並べて陣取ると、そこだけぽたりと墨色の翳《かげ》が落ちたように暗くなる。

続けて客が一人はいってきた。オープン当初から、時々立ち寄っては新聞を読みつつコーヒーを飲んでいく初老の紳士だった。彼はちらりと大テーブルの二人に目をやってから、窓に近いボックス席に腰をおろした。

彼がちらりと視線を二人に走らせた時の目の色を、多枝子もしっかり捉《とら》えていた。ほんの一瞬だが、男の瞳《ひとみ》のなかを何か異様なものを見るような色が流れていった。不審げな翳といってもいいかもしれない。

やだな――、多枝子は思った。やはり多枝子の個人的な好みや美醜の規準の問題ではない。彼女ら母娘は見る人に、何ともいえない違和感のようなものを与えるところがあるのだ。

母娘は肩を寄せ合うようにして、何やらひそひそさかんに語り合っている。新聞の活字を追っている紳士や多枝子のもの思いを邪魔するほどの声ではない。むしろ低く呟くような控えめの声だ。音楽をかけていることもあって、二人の話の内容は、ほとんど多枝子の耳に聞こえてこない。所詮《しょせん》母娘の会話だから、誰がどうしたの、どこそこの店が安いだの……とるに足らない内容であるに違いない。しかし、二人が黒く沈んだ面持ちをしてこそこそ話をしていると、何か悪だくみをしているようにも思われるから妙なものだった。

ぶちぶちぶちぶちぶち……母娘は少しも言葉を途切らせることなく、語り合い続ける。決して大きな声ではないというのに、低周波が次第に脳の神経に障《さわ》ってくるかのように、二人の低い声の響きが、多枝子の耳についてくる。神経に障ってくる。まるで無数の虫がぞわぞわと、耳の奥で蠢《うごめ》いているような感覚だった。

(早く帰ってくれないかな)

そう思った時だった。がさごそと新聞を畳む音がして、窓辺の紳士が不意に立ち上がった。彼はそのままレジに向かっていく。いつもより、はるかに短い滞在だった。

「すみません。——あの、またお待ちしております」

コーヒーの代金を受け取る時、多枝子は紳士に詫《わ》びていた。

理由はわかっていた。母娘だ。二人の発する異様な空気とぞわぞわ耳に響いてくる話し声が、多枝子同様、紳士の神経にも堪えがたかったのに違いない。

多枝子の額《ひたい》のあたりに、自然と青い翳が落ちた。奇妙な母娘のせいで、大事な客を一人失ったような気がした。紳士は、「シエスタ」には似合いの客だった。

「すみません」

声をかけられて、はっと我に返るような思いになって顔を母娘に向ける。心の隅で、彼女らもこれで引き上げてくれるのかと期待している自分がいた。が、続いて発せられた言葉は、多枝子の期待を見事に裏切るものだった。

「お代わりください。同じのふたつね」

紳士は一杯。彼女らは二人で四杯。売り上げ的には彼女たちの方が上なのだから、べつにいいではないか——、心で自分にそう言い聞かせてコーヒーを淹《い》れはじめる。それでも気持ちは納得しない。

ドアが開き、また新たな客がはいってきた。三十代の女性の二人連れだった。どこに坐《すわ》ろうかというように店内を見まわした時、二人はやはり大テーブルの母娘に一瞬視線をとめた。同じだった。見ていると、何か違和感あるものに触れてしまったというような不審げな翳が、彼女たちの瞳のなかをよぎっていった。彼女らは、あえて母娘を背にする席を選んで腰をおろしたが、お茶を飲みながら話していても、どうにも腰が定まらない様子で、じきに額を寄せて低声《こごえ》で相談をはじめると、そそくさと帰り支度をして席を立った。「ねえねえ、どこかよそにいかない？」「そうしましょうよ。それがいいわ」——、実際には聞こえてもいない彼女らの話の内容が、多枝子の耳には聞こえてくるようだった。

「ご馳走《ちそう》さまでした」

彼女らは、声にも顔にも明るい色を保ったまま店をでていった。一方、残された多枝子の気持ちは、どんよりと曇っていた。間違いなかった。彼女らも、母娘が醸《かも》しだす異様な雰囲気と低く耳に響く囁《ささや》き声が、どうにも我慢ならなかったのだ。

母娘はといえば、二杯目のコーヒーを飲みながら、相変わらずひたすら二人で語り合い続けている。

(いい加減にしてよ)

耳がぞわぞわする感覚に、堪《たま》らず多枝子は心で叫んでいた。

(親子なら自分の家で話したらどう？　お願いだからさっさと帰って)

なかには、人を呼ぶ招き猫のような客もいるという。しかし、母娘はその反対、まさに疫病《やくびょう》神《がみ》としか思えなかった。結局二人はごそごそと、二時間あまりも喋《しゃべ》り続けていただろうか。ようやく席から腰を上げた時、多枝子は内心ぐったりしながらも、救われたような思いがした。やっとこれで解放される——。

「ありがとうございました」

とっとと消え失せろ、という思いを押し殺し、穏やかな笑みを浮かべて言う。それに対して娘が返した言葉は、多枝子をぞっとさせずにはおかなかった。

「いいお店。またくるわ」

そっくり同じ口調で母親も言った。「ほんと、いいお店。またくるわ」

母娘が店をでていった後、多枝子の両肩は落ちていた。血の気も一緒に退《ひ》いていた。

3

二匹が四匹になり、四匹が六匹になり、あっという間に八匹になった。十匹を超えるのも、もう時間の問題かもしれない。

またくるといった言葉通りに、翌日も母娘はやってきた。店で待ち合わせの約束をしていたのか、あとから仲間が二人追いかけてきた。今度は男女の組み合わせだった。同じ顔をしていた。目も鼻も丸く、色黒で扁平な丸顔。

見るなり多枝子は啞然《あぜん》となった。最初の二人が母娘だという確信が、男女の客を見た瞬間、ぐらりと揺らぎかける。みんなおんなじような顔をして、いったいこの人たちは何者なのか――。

同じ顔だち、同じ体型、同じ声質、同じ雰囲気……しかも彼らは独特だ。店に二人いるだけでも落ち着くことなどできないというのに、それが四人も揃われた日には、ほかの客がいたたまれない。二人が四人になったのだから、当然耳にぞわぞわ響く音も倍増した。

周囲の客が、密《ひそ》かに彼らに目を走らせる。黒ずんだほぼ同じ顔が複数並んでいたら、誰だって奇妙に思う。じきにほかの客の顔に居心地悪げな不穏な澱《よど》みが滲《にじ》んできて、どこかこそこそとした様子で、次々席を立っていく。でていく客を見送るたび、多枝子は、泣きだしたいような気分に見舞われた。

（これっきりにして。頼むからもうこないで）

彼らが店をでていく時、多枝子は神に祈るような気持ちで願わずにはいられなかった。だが、翌日には、もっとひどいことになっていた。続々と、同じ容貌《ようぼう》をした仲間たちが店にやってくる。まるでねずみ算を、目で見ているような気分だった。四日目には同じ顔が八つ揃った。さすがにこれで打ち止めだろうと思う気持ちの一方で、まだくる、まだ続くという気持ちもしていた。ひょっとして、明日にも二桁《けた》に達するのではないか……考えただけで、多枝子は絶望的な気分に陥った。

ゆったりお茶を飲みながら本を読んだり新聞を読んだり手紙を書いたり……多枝子は、避暑地のテラスでまどろみ半分にくつろいでいるような店がやりたかった。それにふさわしい内装にしたしテーブルや椅子《いす》もそれに見合ったものを揃えた。多枝子は自分の夢を叶えたはずだった。ただ、客だけが違った。外の緑はうつくしいし、ある段階までは何もかもが、思い通りに運んでいた。短軀《たんく》で薄暗くて平べったい顔をした、ぶちぶち絶えることなく話し続ける客がきた。広い店ではない。はいって十五、六人というのがせいぜいだ。すでにその半数を彼らに占められてしまっている。これ以上彼らが殖《ふ》えたら、「シエスタ」はもはや喫茶店ではない。彼らのサロンだ。

「ああ、きたきた、征ちゃん。こっちこっち」

その声にぎょっとなる。心中密かに危惧《きぐ》している間にも、新たな仲間がやってきた。また同じ種類の顔をしている。もう顔を見るだけでもたくさんだった。

新顔が征ちゃんという見たところ五十代の男性。最初にきた二人がツユ子に昌子。峰ちゃん、寿治、靖代に崇男……彼らが互いを呼び合う様子から、多枝子もだんだんに名前まで覚えてきてしまっていた。

「ママさん、征ちゃんにもコーヒーね」

昌子の言葉に、致し方なく「はい」と作り笑顔で答える。これがいやに騒がしい客だったり、無理難題を吹っかけてくる客だったりすれば、多枝子も理由をつけて追いだしやすい。弁護士か誰かに相談してでも、強い態度で入店を拒否できるだろう。だが、彼らは単に同じような姿かたちをしていて、同じ声の調子でざわざわ話し続けているにすぎない。たぶん彼らにしてみれば、ふつうにお茶を飲んで歓談しているだけなのだろう。それでは多枝子にも、手の打ちようがなかった。加えて彼らは長居もするが、一杯のコーヒーで長々粘っている訳でもない。ちゃんとお代わりもする。水を持ってこい、灰皿を替えろ、新しいおしぼりよこせ……そうした要求をうるさくするということもない。きちんと金は払って帰るし、愛想もいい。べつに悪い客ではない。悪い客どころか、何か一点違っていたら、彼らはきっといい客だろう。多枝子も心底からの笑顔をもって迎えていたに違いない。何か一点、つまりは彼らが彼らでなかったら……そこが大きな問題だった。

「ああ、ありがとう」

多枝子が征ちゃんにコーヒーを運んでいくと、征ちゃんのかたわらに坐った峰ちゃんが言った。仮に靖代でも変わりはなかった。どのみち同じ顔をしているし、同じ声質をしている。誰でも一緒だ。

「ママさん、お名前なんていうの?」

不意に問われてぎくりとなる。

「あ、多枝子といいます」

べつに名乗りたくもなかったが、黙っている訳にもいかずに多枝子は答えた。

「タエコ、どんな字?」

「多い枝に子供の子です」

「多枝子。へえ、いい名前だ。で、苗字《みようじ》は? 何多枝子っていうの?」

「――森山、森山多枝子です」

「あら、それじゃ森の山に多い枝だ。へえ、いい名前だわ。緑の景色だね」

「森の山に多い枝。ほんとだ、いい名前だね」

「うん、絵になるね。きれいな名前だ」

彼ら九人が、多枝子の名前を材料に、口々にざわざわ言葉を口にしはじめる。低音でじわじわ響く輪唱を耳にしているような心地だった。名前を褒《ほ》めてくれているのだから、文句をいえた筋合いではない。だが、彼らに自分の名前を口にしてもらいたくはなかったし、それぞれがかたときも口を閉じている時がないというのが堪らない。頭痛がした。脳味噌《のうみそ》が頭蓋骨《ずがいこつ》の内側に、ゴンゴンとぶつかるような痛みだった。

「ああ、松ちゃん。ここ、すぐわかった？」

九人のうちの誰かの声に、多枝子はぎくりとなってドアの方に目をやった。入口に、六十すぎの小柄で固太りの、色黒でぺたんとした顔をした女が立っていた。

（まただ。またきた。松ちゃん。とうとう十人になった……）

翌日どころの話ではなかった。あっという間に彼らは二桁に達し、「シエスタ」の席すべてを占領しつつある。もしも今、べつの客がドアを開けてはいってきたとしても、この光景を目にしたら、途端に腰が退《ひ》けたようになって踵《きびす》を返してしまうに決まっている。誰だって、ここはいったいどういう店なのかと思うだろう。

愛想も何もあったものではない。もはやいらっしゃいませ、と作り笑いを浮かべることもできずに、多枝子はカウンターの内側で茫然《ぼうぜん》と彼らを眺めていた。自分でも、顔に真っ黒な雨雲がかかったような面持ちをしていることはわかっていた。夕立寸前の心模様、多枝子はもう少しで「助けて」と、本当に声を上げて泣きだしてしまうところだった。

4

間違ったことは、何もしていないはずだった。なのにどうして自分がこんな境遇に陥ってしまったのかが、多枝子にはまるで納得がいかない思いだった。

日に日にメンバーは殖えている。それが入れ替わり立ち替わり、午前も午後もぞろぞろ店にやってくる。敦代、好子、和俊、尚久、ふじ子、美也、則夫、武男、浩二……総人数にして三十人あまりになっただろうか。最近では、店を開けている間じゅう、必ず誰かがいる。単独ということはない。何人かで店にいる。多い時は、全部の席を塞《ふさ》いでいる。だからよその客が寄りつかない。

そもそも、同じ顔だちに同じからだつきをした人間が、三十人以上も揃うというのが異常だった。ころっとした肉厚のからだ、短い手脚、色黒扁平の顔……それでも見ていていちおうの区別はつくのだから、まったく同じ顔をしている訳ではない。もしも区別がつかないぐらいに似た顔をしていたら、いかに日本語という言語を話していても、多枝子も彼らを同じ人間とは思えなかったかもしれない。

お蔭《かげ》で、店は流行っている。彼らだけで流行っている。したがって経営はまずまず順調で、食べるに困るということはない。多枝子は彼らに生活を支えてもらっている。そこに思い至ると気《き》鬱《うつ》になった。

（やれやれだ……）

二階のベランダの鉢植えに水を遣《や》りながら、多枝子は疲れた吐息を漏らした。第二日曜と第四日曜を定休日と決めていた。その二日だけが、一ヵ月のうちで彼らの顔を見なくて済む日になった。

鉢植えの薔薇《ばら》の花も咲きはじめていた。見渡せば、周辺の緑も色濃くなり、初夏の日の光に眩《まぶ》しく映えている。

多枝子は、「シエスタ」のオープンを間近に控え、周辺の木々の新緑を眺めながら、幸せな気分で息をついていた頃のことを思い出していた。あれからわずかひと月半ほどしか経っていない。なのに何という変わりようだろうか、と嘆かずにはいられない。近頃では気が塞いでしまって、緑を楽しんでいる心の余裕すら失っていた。

（薔薇もこんなにきれいに咲いているのに、それにもろくろく気がつかずにいたなんて）

薔薇の茎にふと動くものを見て、多枝子は目を見開いて、鉢に顔を近づけた。

虫だった。茎と同じ緑色をしたアブラムシが、茎にびっしり張りついている。反射的に、ぞっと背筋や二の腕に鳥肌が立った。

恐る恐る葉の裏側を引っ繰り返してみる。緑色のアブラムシは、葉の裏側をもびっしり覆い尽くしていた。いったいいつこんなにはびこったものかと思う。小さな薔薇の木全体を覆い尽くしながら、緑の虫がうじうじ細かに蠢いている。

（やだ！）

鉢をそのまま投げ捨ててしまいたい衝動に駆られた。が、そんなことをする訳にもいかない。かといって、せっかく彼らから解放された休日に、この上アブラムシの駆除などという滅入《めい》る仕事はしたくなかった。

（どうして私、こんな目にばっかり遭《あ》うの……遭わなきゃならないの）

アブラムシがたかった鉢もそのままに、多枝子は部屋のなかに戻って頭を抱えた。情けなさに、自然と涙が滲んでくる。やり場のない思いに、堪《こら》えきれずに多枝子は受話器を取り上げていた。広瀬洋一と真美——、駅の反対側に住む、学生時代からの友人夫婦の電話番号を押す。

「あら、多枝子、どうしたの？　元気？」事情を知らない真美は、屈託のない明るい声で言った。

「虫が、虫がたかってしまって困っているの」多枝子は言った。「店でも家でも……もう私、堪らないわ」

「虫？　何の虫？　まさか茶毒蛾《ちゃどくが》じゃないでしょうね。うちの実家の椿の木には、茶毒蛾がたかってしまって大変だったのよ。あれは粉に触れただけでも、全身がかぶれて大変なことになるわよ」

「蛾……蛾じゃない」

言いながら、多枝子は心の中で、やっぱり彼らは虫だと思っていた。ずんぐりとしたからだつきをした昆虫だ。たぶん羽を持っている。耳にぞわぞわ聞こえてくる彼らの低い囁き声は、思えば家のなかにはいってきた蝿《はえ》が窓とカーテンの隙間《すきま》などにはいって立てる、ブンブンいう羽音によく似ていた。虫だから、誰もが似たような顔をしている。

彼ら一人一人の顔が脳裏に浮かんだ。続けて、薔薇の茎や葉の裏にびっしりついていた緑色のアブラムシが目のなかに甦《よみがえ》る。

「真美、助けて」

ぞっとなって、思わず多枝子は言っていた。言った途端に、懸命に感情を塞《せ》き止めていた壁が一挙に崩れて、涙がどっと溢れ出した。泣きだした多枝子の気配を察した真美が、半分夫の洋一に語りかけながら、多枝子に向かって言う声が、受話器の向こうから聞こえていた。

「ねえ、あなた、多枝子が泣いてる。——多枝子、大丈夫？　どうしたの？　今日は洋一も休みで家にいるし、何だったらこれからそっちにいってあげるわよ。洋一も、一緒にいってもいいって言ってるわ。だから多枝子、泣かないで」

三十分ほどでそっちにいくから、という真美の言葉にようやく宥《なだ》められ、受話器を置いてティッシュで涙を拭《ぬぐ》う。一人ではない。もうすぐ洋一と真美がきてくれる——。

その時多枝子の頭のかたすみを、ふいとよぎっていった思いがあった。この物件、ギャラリー主体のカフェを手放して隠遁《いんとん》した老夫婦のことだ。ひょっとして夫妻も、虫が我慢ならなかったのではないか。彼らという虫にたかられて、それがいやさに郷里に引き揚げてしまったのではなかったのか。

(間違いは、最初にあったんだわ)

多枝子は、不意に悟ったような思いがしていた。

5

薔薇の鉢は、洋一が始末してくれた。アブラムシだけ駆除することもできると言ったが、多枝子は首を横に振った。あれだけ虫がたかってしまった薔薇を目にするのはもういやだったし、一度駆除したにしても、またたからないという保証もない。考えただけで鳥肌が立った。

虫の一団――、彼らのことも、洋一と真美が調べてくれた。

彼らは、苗字を雨後《うご》という。苗字からして変わっている。もともとはこの土地の人間ではなかったらしいのだが、いつの間にやら住み着いてきて、今では駅のこちら側の地域のかなりの部分を、一族で所有しているという。

「聞くところによると、何でも五十人を超す大家族らしいわ。今時珍しいわよね」真美は言った。「そうなると、家族というより一族ね。どこからか移り住んできて、あれよあれよという間に人数も大きく膨らんでしまったんだとか」

一族だとしても、なかには夫婦という関係だってあるだろう。それがどうしてみな同じ顔をしているのか、多枝子には納得がいかなかった。

「それは私にも……」真美も困惑げに顔色を曇らせて首を傾《かし》げた。「でも、全員同じ顔という訳ではないみたいよ」

「え？」

現代の美醜の規準からすれば、雨後一族の構成員の容貌は、決して美の部類には属さない。忌《き》憚《たん》なくいってしまうならば醜の部類だろう。ところが、なかに一人、留美子という女がいて、彼女は花のようにうつくしい顔と姿かたちを持っているのだという。

「留美子……」

言われてみれば、その名前は多枝子も彼らの口から耳にしたことがあった。寿治だったか武男だったかが言ったことがある。「そのうちに留美子さんを連れてこないと」——。

その時は、この上さらに仲間を呼び寄せようとしているのかと、内心腐るような思いで聞いていただけで、あまり深くは考えなかった。が、ほかの人間は呼び捨てかせいぜい「松ちゃん」「征ちゃん」と、〝ちゃん〟がついているぐらいなのに、彼女だけが〝さん〟づけで呼ばれていた。

「私の知り合いの話によると、スーパーモデルみたいにきれいで目立つ人だって」

「スーパーモデル？」多枝子は眉間《みけん》のあたりに翳を落として言った。「その人、本当に雨後一族なの？」

「嫁《とつ》いできた訳じゃない、正真正銘の雨後一族の人間らしいわよ」

真美の言葉に、多枝子の眉間に落ちた翳は、ますます濃さをまさざるを得なかった。スーパーモデルというのがかなり誇張を含んだ比喩《ひゆ》だとしても、人がそれだけうつくしいと評価する女が彼ら一族のなかにいるとは、多枝子にはとうてい信じられないことだった。

「いつの間にか大家族に膨れ上がっていて、ここらあたりの土地を自分たちのものにしていたっていうのはちょっと気味が悪いし、誰も彼もがひと目で雨後家の人間だってわかる顔をしているっていうのもたしかに不気味だけど、べつに悪い人たちじゃないみたいよ」

真美は言ったが、悪い人たちでなければいいというものでもなかった。悪気なく店を占拠して、自分たちではそれとは気づかず、ほかの客を駆逐《くちく》してしまうからこそ始末が悪い。

「私、どうしたらいいのかしら……」

暗く濁った面持ちをして、多枝子は呟いた。

五十人を超す大家族では、これからまだ新しくやってくる人間がきっといる。そうやって四、五十人に入れ替わり立ち替わりやってこられた日には、「シエスタ」のような小さな喫茶店は本当に、完全に雨後家のサロンか茶の間になってしまう。

「飽きるんじゃない？」真美が言った。「最初のうちはもの珍しくて通いつめていても、人ってじきに飽きるものよ。しばらくは、ただの客だと思って辛抱するしかないのかも。そのうちきっとまた、多枝子が思っていたような喫茶店に戻るわよ」

彼らがやってこなくなる日までただ我慢するしかないというのではやりきれない。それまで毎日同じ顔を見て、耳にブンブンいうような話し声に堪えていなくてはならないのか。

「だけど五十人以上もいる家なんでしょ」多枝子は言った。「まだきていない人も多いってことになるわ。あの人たちみんなが飽きるまでには、まだまだ時間がかかるわよ」

言ううちにも、言葉は元気を失って、声も微妙に震えてくるようだった。勝手に唇がわななき、咽喉《のど》の奥から涙の気配がこみ上げてくる。

「多枝子。気持ちはわかるけど、あんまりそのことばっかり考えていたら、病気になっちゃうわよ」

多枝子を励まし、元気づけようという気持ちからか、真美は顔にあえて明るい笑みを浮かべて言った。

「あなた、最近、顔色悪いもの。顔色も表情もすっかりくすんじゃって、前の多枝子じゃないみたい。姿勢だって何だかちょっと猫背になって、肩が内側にすぼまっちゃってる。しょうがない、しばらくは仕事と割り切って、彼らに儲《もう》けさせてもらったらいいのよ。必ず解放される日はやってくるから。ね？」

真美にいくら明るい笑みを注がれても、多枝子の顔からくすんだ濁りがとれることはなかった。店は毎日雨後一族でいっぱい……いくら商売だから、客だから、と理屈を自分に言い聞かせたところで、神経がそれを受けつけない。

「真美は現実には、彼らが店にうようよいるのを見たことがないから」ぼそりと多枝子は言った。「あの異様な雰囲気も、低く響く羽音みたいな話し声も知らないから」

「私も平日、働きにでているからね」

真美は視線を落として困ったように息をついてから、もう一度多枝子を見て言った。

「わかった。私もたまにはお店を覗《のぞ》いてみるようにする。そうしたら多枝子の気分も少しは晴れるでしょ？　彼らがいても、私は決して逃げない客だもの」

自分で言って、真美は乾いた笑い声を立てて笑った。が、多枝子は内心首を捻《ひね》っていた。真美は本当に逃げない客だろうか。あの状況のなかに二時間身を置いていられたら、実際たいしたものだと思う。それが真美にできるだろうか。しかし、内側の疑心を隠して多枝子は言った。

「待ってる。真美がきてくれたら、私も心強いわ」

誰でもいい。ずらりと揃った同じ顔を見ているのはもうたくさんだった。多枝子は違った顔をした客が見たかった。

6

夏も盛りになりつつあった。多枝子が「シエスタ」をオープンしてから、そろそろ三ヵ月が経とうとしていた。

いずれ雨後一族も飽きるだろう、と真美は言っていたが、三ヵ月近くが経った今も、「シエスタ」が一族に占拠されているという状況に、何ら変わりはなかった。いや、いっそう勢いをましたといっていい。開店間もなくはいってくるのも雨後一族なら、閉店までいるのも雨後一族。

真美は時々様子を窺うように電話を寄越したが、店にはなかなかやってこなかった。急に会社を辞めた人間がでて、仕事が忙しくなってしまったのだという。

だが、もう真美にきてもらわなくても、多枝子はべつに構わなかった。

ある時期から、留美子が店を訪れるようになっていた。近頃では、二日か三日に一度は「シエスタ」にやってくる。

評判通り、留美子は見事にうつくしい女だった。評判以上かもしれない。背は百七十センチ近くあるだろうか。すらりとしているが、きわめて女らしいメリハリと丸みのあるからだつきをしていて、透き通るように白く滑《なめ》らかな肌を持っている。顔だちは整っている上に彫りが深い。物腰も表情もきわめて上品だが、ある種濃厚な色香が身の周辺に漂っている感じがした。たぶん香水はつけていない。なのに彼女はいい匂いがする。

留美子がはじめて店に現れた時、多枝子は一瞬言葉を失ってしまった。ほかの雨後一族との乖《かい》離《り》が大きかったということもある。それ以上に、留美子の天然のうつくしさに圧倒されてもいた。見ていて多枝子は、留美子が醸しだす空気には、生まれ持った典雅さが感じられるような気さえした。

真美はやってこない。だが、留美子がやってきてくれれば、違った顔どころか、店に大輪の花が咲く。多枝子は、ただ留美子を見ていればよかった。それで充分救われたし癒《いや》された。

「多枝子さん、今日は私、アイスコーヒーね」

「僕はアイス・オ・レにしようかな」

「多枝子さん、悪いけどメニューを見せてくれる?」

最近では、誰も多枝子を「ママ」や「ママさん」とは呼ばない。みんな「多枝子」と名前で呼ぶ。多枝子さん、多枝子さん、と呼ばれて彼らの間をひらひら動いていると、何だかここが自分の喫茶店ではなく、雨後の家のサロンでお茶だしの手伝いをしているような錯覚を起こしかける。それももはやたいして気にはならなくなっていた。彼らがかたときも言葉を途切らせることなく、ざわざわ低く語り合い続けるのも相変わらずだが、それにも多少慣れてきたのだろうか。近頃では、当初ほどには神経に障らなくなっている。

ドアが開く気配に、多枝子は入口の方を振り返った。はいってきた客の顔を見た途端、ひとりでに笑みが顔の上に滲みだしていた。ほんのりと、幸せな気分が内から湧いてくる。

「あ、留美子さん、いらっしゃいませ」

「多枝子さん、こんにちは」

彼女はほかの一族の人間とは、声も違った。高くて軽《かろ》やかな声をしている。だから話の途中で留美子が笑うと、周囲の羽音が消えて、耳に心地よい鈴音が響いたようになる。

「留美子さん、今日は何になさいます?」

「今日は蒸すから、私もアイスコーヒーをいただこうかしら」

「アイスコーヒーですね。かしこまりました」

留美子と接していると、無意識のうちに彼女にかしずくようなていねいな応対になっているのに気がつく。理由は……自分でもよくわからない。ただ、彼女にはその価値があるような気がした。見た目にうつくしいということはもちろんだが、彼女には、人を魅《ひ》きつけずにはおかない何かがある。

留美子にアイスコーヒーをだし、カウンターの内に戻って彼女を眺める。続けてドアが開き、新たな客がはいってきた。はいってきた客の顔を見て、あ、と多枝子は目を見開いた。真美だった。

が、次に目を見開いたのは、真美の方だった。瞬時にして店内の独特の雰囲気に包み込まれた真美は、なかば茫然としているようでもあった。

「あ、真美。いらっしゃい」

多枝子の言葉に、真美がいくらか強張《こわば》った面持ちをして、カウンターの多枝子の方に歩み寄ってきた。

「多枝子、どうなっちゃったのよ、これはいったい?」いくらか色を失した顔をして、囁くように真美が言った。

「だから、前から話しているじゃない。雨後一族よ。ああ、あの中心にいるのが留美子さん」

店内を見まわしてから、真美は力なく首を横に振った。

「信じられない。これじゃまるで花にたかる蜜蜂《みつばち》って感じ」

しっ、と注意するみたいに眉を顰《ひそ》めて、多枝子は固い表情で真美を制した。

「あら、多枝子さん、お友だち？　お話しちゅう悪いけど、ちょっといいかしら？」

大テーブルから飛んできた声に、ええ、と軽やかな笑みと言葉をもって応《こた》え、彼らの方に進んでいく。

「留美子さんがね、多枝子さん、一度うちに遊びにいらっしゃらないかしら、って」靖代が言う。

「え？　私がお宅にですか？」

「ええ、多枝子さんに兄を紹介したくって」続けて留美子が言った。

「留美子さんのお兄さま……」

「こちらにお邪魔すればいいんだけど、兄、出無精なのよ。ですから多枝子さん、よろしかったら一度お休みの日にでも、ぜひうちに遊びにいらして。ね？」

「あ……はい、ありがとうございます。でも、私、お邪魔してもよろしいんでしょうか」

「あら、もちろんだわ」

留美子の兄も雨後一族の一人だ。留美子以外の人間のように、ぺしゃんこで色の黒いつまらない顔をしているかもしれない。とはいえ、何といっても留美子の実兄だ。その他大勢の方にではなく、留美子の方に似ているという可能性も充分にある。

「ちょっと多枝子、大丈夫？　あなた。何をやっているのよ？」

ふわふわと、なかば夢見心地でカウンターの方に戻ってきた多枝子を、肘《ひじ》で鋭く突ついて真美が言った。睨《にら》むような目つきをしていた。

「え？　大丈夫って何が？」

「おかしいわよ。どうしてあなた、あの人たちのうちに遊びにいくなんて約束をするのよ」

「だって、留美子さんがお兄さまを紹介してくださるっていうから」

「だからそれがおかしいって言っているの」

「でも、せっかく留美子さんが誘ってくださっているんだもの」

頭に、まだ会ったこともない留美子の兄の姿が浮かんでいた。早くも多枝子のなかの彼の姿は、その他大勢の側にではなく、大きく留美子の側に傾いていた。

「多枝子、取り込まれてる」言った真美の顔が蒼《あお》ざめていた。「今日自分の目で見て、私にもようやくわかったわ。こうやって、彼らは一族を殖やしているのよ。増殖しているのよ。あなた、うっかり出かけていって、もしも雨後一族の一員になるようなことにでもなったらどうするの？」

「何を言っているのよ。真美、失礼よ。聞こえたらどうするのよ」

「もう……わからないかなあ」

いかにも焦《じ》れったそうに言い、真美は多枝子の腕を摑んで、カウンターの内側に引っ張っていった。それから改めて真剣な顔をして多枝子を見据《す》えて言った。

「いいこと、多枝子。雨後一族はね、やっぱりあれは蜂よ」

蜂は、今日はひとつ、翌《あく》る日はふたつ、三日目にはよっつと……日ごと少しずつ巣穴を作り、はたの人間が気づいた時には、驚くほど大きな巣を作り上げている。雨後一族がやっているのも同じこと、一人二人とさみだれ式にはいり込んできて、いつしか大勢でそこを占拠、占領してしまっている——。

「そういうやり方をしてきたからこそ、あれよあれよという間に、この近辺の土地だって、自分たち一族のものにできたのよ。多枝子もうかうかしていると彼らに取り込まれて、気づいた時にはこの店も土地も雨後一族のものになってしまっていた、なんてことになりかねないわよ」

「いやね、真美ったら」多枝子は笑った。「蜂だの、取り込むだの、さっきから変なことばかり言って」

「ちょっと。最初に彼らを虫だと言ったのは多枝子、あなたよ。忘れたの?」

多枝子は、少し考えるように首を傾げた。

言われてみれば、そう思っていた時期があったような気がした。が、留美子がやってくるようになってから、彼らに対する多枝子の意識も知らぬ間に、ずいぶん変わったような感じがする。

「多枝子、女王蜂のフェロモンに、すっかりやられてしまったんじゃないの。私が今日何に一番驚いたかって、あなた——」

真美はさらに多枝子の手を引っ張って、カウンターの奥に連れていった。奥の壁には、化粧直しのための鏡がかけてある。その鏡の前に多枝子を立たせて真美は言った。

「見てごらんなさいよ、自分の顔。私、びっくりしたわよ。多枝子、顔つきが変わってる。前もちょっと思ったけど、今日はもっとひどい。黒く濁った顔をして……どうなっちゃってるの？」

多枝子は鏡を覗き込んだ。陶の縁取りのある楕円形をした鏡のなかに、自分の顔が映っていた。

以前に比べて、丸顔になったように思われた。顔全体が黒っぽくなっていて、そのせいか、目鼻だちももうひとつはっきりしない。何だかメリハリもなくなったようで、見ていて平べったい感じがした。

「ね、顔が変わってるでしょう？」かたわらで真美が言った。

多枝子は鏡のなかの自分を、もう一度しっかりと見据えた。

どこかで見たような顔……雨後一族の顔。

振り返り、店のなかの彼らを見た。その他大勢の働き蜂たちは、みな同じ顔をしている。働き蜂であるその彼らの顔に、たしかに多枝子は少しずつ歩み寄りつつあるようだった。

多枝子の視線を感じたのか、留美子が顔を多枝子の方に向け、視線をとめるとにこりと頬笑んでみせた。眩しいような彼女の笑みに、気持ちがくらりと惹《ひ》き寄せられかける。女王蜂——。

「多枝子」

ぴしゃりと頬を張るような真美の声で我に返り、もう一度鏡を覗き込む。平べったい働き蜂の顔。

「嘘《うそ》」

血の気が退いたせいでいっそう黒くなった顔をして、多枝子は虫がブンと羽を鳴らすような、低い声で呟いていた。

いちじくの花

桐生典子

桐生典子《きりゅうのりこ》

新潟県生まれ。青山学院大学仏文科卒業。女性誌のフリーライターなどを経て96年、身体の各器官をテーマにした短編集『わたしのからだ』で作家デビュー。ニューサイエンス・ホラー『閃光』、連作短編集『やわらかな針』、官能小説集『エゴイスト』、恋愛サスペンス『抱擁』『裸の桜』、連作長編『千のプライド』などがある。

一カ月前に引っ越してきたこの家で、わたしがいちばん気に入っているのは、お風呂場だ。

築五十年近い木造平屋建ての日本家屋だが、海側の斜面に張り出した浴室だけは、天井の高いモルタル造りである。真鍮《しんちゅう》の時代がかったシャワーがある。ハリウッド映画に出てくるような白いホーロー浴槽もある。そしてなにより、床にはまるでポンペイの遺跡のようなモザイクがほどこされているのだ。

砕いた色ガラスやタイルや貝殻が、さまざまな海の生物――八本の太々とした足を自在にくねらす大蛸《おおだこ》を中心に、鯛《たい》や平目や栄螺《さざえ》、緑の目玉のイカ、枝珊瑚《さんご》にいたるまで、見事な配置と驚くほどの緻密《ちみつ》さで描かれている。

家主の木村俊平さんにいわせると、この一帖《いちじょう》ほどのモザイク床だけは大正末期のものらしい。木村さんの亡き祖父の、当時贔屓《ひいき》にしていた女流画家がつくったという。

ただ、ママの好みではなかった。

「なんだか気持ちが悪いわね」

と、蛸の吸盤を足先でいやそうにつついていた。あの人には繊細な美意識というものが欠如しているのだから仕方がない。

そんなママも、入浴したまま湘南《しょうなん》の海が見えることは喜んでいた。窓の外、無花果《いちじく》の木立の間から、遠く水平線を望むというのはなんという贅沢《ぜいたく》だろう。夜には星空も見える。さすが丘陵の高台に建つ家だけのことはある。

週に一回は高校をさぼってしまいそうだ、と引っ越してきたその日にわたしは予感した。こんなに素晴らしいお風呂を、平日の昼間に愉《たの》しまない手はないだろう。

そもそも、わたしはこの世でいちばんお風呂が好きだ。

恵比寿《えびす》のマンション暮らしだったときでさえ、一時間でも二時間でも、古本屋で買ってきた本を読みながら途中居眠りもしながら、ぬるま湯の浮力につかっていた。わざと水道の栓をゆるめていることもあった。ぴとっぴとっと、狭く閉ざされた室内で水音を聞いて目を閉じていれば、自分が幸福な水そのものに融《と》けていきそうだ。

いま、深夜の窓からは弓張り月が見えている。ほんとうは照明を消し、アロマ・キャンドルを灯《とも》したいところだが控えている。つい最近、蠟燭《ろうそく》の焰《ほのお》は霊を招く、と本で読んだからだ。

できるなら、もう来てほしくない。見たくない。

ママとふたり、都心からわざわざ東海道本線のこの大磯《おおいそ》まで引っ越してきたのは、わたしが家庭裁判所のお世話になったせいだった。

罪状は、覚醒剤《かくせいざい》使用である。

でも、あれが、覚醒剤とは知らなかった。無色透明な、可愛らしい結晶だったのである。一粒二粒アルミホイルの上に乗せ、下から蠟燭で炙《あぶ》りながら立ち昇る煙を吸飲する。まるで遊戯のようだ、と嬉《うれ》しくなった。

「鼻や喉《のど》の薬にも、使われている成分なんだよ。べつに怖いことはないからさ」

パーティの主催者は笑いながら言っていた。実際、詰まり気味の鼻がすーすーしてきた。六本木のマンションの一室に集まっていたのは何人だったか。十六から二十二歳くらいの、出会い系サイトや街でそれぞれ声をかけられた男女がたぶん七人前後だ。

高揚してストリップをはじめた女の子がいた。獣のように乱れる連中もいた。わたしは、薬物ごときでインランになってたまるかと意地を張った。初対面の男女が濃厚にもつれあっている姿を、高みから冷ややかに眺めるのは気分がよかった。わたしは性格が悪い。

魔法の煙のおかげで頭は驚くほど冴《さ》えた。トイレにこもり、古本屋で五十円で買ったドストエフスキーの『賭博者』をいっき読みできたほどだ。主人公の屈折した愚かさに胸がひりひりとした。そのかわり、帰宅してからも眠くならずに困った。

捕まったのは、芋づる式である。誰かがわたしの携帯番号をもらした。三回しか参加していないのに、まったく運が悪い。

髪の毛を抜かれて検査され、見事に薬の痕跡《こんせき》が出た。ママには、さぞかし青天の霹靂《へきれき》だっただろう。わたしは、カトリック系の中高一貫のお嬢さん学校に通っている。シスターたちやママにとっては、しっかりしたよい子なのである。派手な格好はしていないし、遊び好きなグループとのつきあいもない。

ただ、ときおり、ひとりで街に出て羽目をはずす。好奇心かもしれないし、思春期の発情かもしれない。

家庭裁判所の調査官との面接で、わたしは泣きとおした。さぞかし素直に反省しているように映っただろう。去年の春、車に轢《ひ》かれて死んだ黒猫のエドガーのことを思い出すと、わたしはいくらでも涙がでる。

あの日、遊んでくれとせがむエドガーが煩《わずら》わしかった。外で遊んでおいでとテラスの窓から追い出したりしなければ、エドガーは死なずにすんだだろう。

黒いビロードのような猫は、真っ赤な舌をのぞかせていた。固く冷えてしまって、二度と目を開けなかった。

ごめんなさい、ごめんなさい、許してください――調査官の前で、わたしは泣きじゃくった。四年間、あれほどなついて信頼しきってくれていたエドガーを、わたしは邪険にして死なせてしまった。ママは、「もともと捨て猫だった命を理沙子《りさこ》が救ってあげたんだから」とわかったような顔で微笑《ほほえ》んだが、愚にもつかないなぐさめ方に、ますますママとの距離を感じただけだ。

審判の場で、わたしはうなだれながらやはりずっとエドガーのことを思って泣いた。初犯なのだから少年院への送致はないはずだが、心証はよくしたほうがいい。立ち合ったママも涙ながらに訴えた。

「環境が悪かったのだと思います。だから悪い仲間と知り合ってしまって……この子のために、もっと自然豊かなのんびりとした町に引っ越しますので」

願ったとおり、保護観察処分になった。学校は、慈悲深い院長のおかげで退学をまぬがれた。心貧しき者ほど、主は愛してくださるらしい。そして、太平洋の見える緑の丘陵への引っ越しだ。ママはときどき思いきったことをする。でも、大磯と渋谷は、電車で一時間ちょっとの距離だ。横浜なら約四十分。学校帰りにいくらでも遊べる。さっきも携帯電話から、三十男の川上恵《かわかみけい》吾《ご》にメールの返信をした。

〈いいよ。あした久々に遊びましょう。横浜まできてくれる？　イタリア料理がいいな〉

この家は、もともとは木村家の別荘だ。最初に別荘と聞いたときは洋館だとばかり思ったが、日本家屋の別荘があっても不思議はなく、自分の見識のなさを恥じたものだ。

書院造りの床の間や欄間、障子戸ひとつとっても、見事な彫りものや飾り細工のある庭つき一戸建てである。ここ何年かは外国人家族に賃貸していたという。安くはないはずなのに、なぜ借りられたのかといえば、木村さんとママが愛人関係にあるおかげだ。ふたりとも隠しているつもりらしいが、尻尾《しっぽ》は充分に見えている。かわし合うまなざしにはどこか粘つく甘えがあるし、言葉の端にはちょっとしたジェラシーものぞく。ママが離婚をしたのは、わたしが一歳半のときだった。理由は性格の不一致である。そもそも愛なんてなかったのかもしれない、と笑っていた。

離婚当時三十一歳の専業主婦だったママは、生命保険会社のセールスレディになった。そして、数年後には会社の全国大会で表彰されるほど能力を発揮。幼い娘をときに深夜まで託児所にあずけながらも接待に励み、立派なものである。皮肉ではなく、ほんとうにそう思う。おかげでわたしは、小学生にして、ものごとは自分で考えて決めるという生きる基本を身につけさせてもらった。つまり精神的自立である。バレエやピアノも習わせてもらったし、中学からはお金のかかる私立の学校だ。

男にたいしては潔癖症だったママだけに、木村さんと出会えたことをわたしは大いに祝福している。五十歳近い木村さんは髪が薄く青びょうたんのようだが、優しい紳士であることはまちがいない。だいたい、四十六にもなる女がセックスをしていないなんて不衛生だ。相手に家庭があろうとかまうことはない。むしろ壊してしまえばいいのだ。妻子が邪魔なら殺してでも奪い取れ。

――あれ、ちょっと狂暴だな。

ふいに気づいて、わたしはまぶたを開いた。バスタブのお湯はすっかりぬるくなっている。ふだんはいたって穏やかな性格なのに、いまごろ覚醒剤の後遺症か。

　わたしはため息をひとつついた。いま、何時ころだろう。見えていた月は視界から消え、星がいくつか瞬いている。きょうも一日よく働いたママはもう熟睡しているはずだ。

　零時すぎ、ママは木村さんの車で帰宅した。そんな遅い帰りは初めてだった。わたしは、窓からふたりの抱き合う姿を見た。廊下ですれちがったママの首すじからはボディソープの匂いがしたが、これも気がつかないふりをした。ただ、胸の底が暗く濁った。

——その子二十櫛《はたちくし》にながるる黒髪のおごりの春のうつくしきかな

　与謝野晶子《よさのあきこ》のこの自画自賛の歌が、わたしは大好きだ。バスタブのふちに腰かけ、髪をときながら口ずさんでみた。等身大の鏡のほうに上体を向けると、わたしの長い黒髪はつややかに光っている。首すじから両手ですくい上げてみた。光の輪がやわらかに広がった。せっかくの黒髪を、脱色したり染める女の子たちの気が知れない。

　わたしはモザイク床に立ち、十七歳になったばかりの全裸を映した。

　膝《ひざ》を合わせて背筋を伸ばし、太腿《ふともも》の内側に力を入れる。陰毛はママよりずっと薄いが、中学時代にくらべて、いや、去年と比べても我ながら女らしい曲線になっている。同級生たちのなかでも、わたしの肉体はずいぶんおとなっぽい。

　しばらく真正面から観賞した。

　桜色の小さな乳首を指先で転がしてやると、固く収縮して盛り上がってくる。その変化はいつ見ても可愛い。それから、横向きになってお乳の形を点検した。肉まんみたいである。肉まんの真ん中より少し上に、さくらんぼの種がつんと立っている。

両手で、ふたつのお乳を揉《も》んでみた。芯《しん》に硬い組織があり、それを厚さ二センチくらいの柔らかな肉が包みこんでいるのがわかる。男たちはそろいもそろって、この厚さ二センチの脂肪とさくらんぼの種が大好きだ。自分よりうんと年下のわたしに、赤ん坊のように吸いついてくる。でも、わたし自身がいちばん気に入っているのは、お尻だ。腰骨の位置からスロープを描くように盛り上がって白桃みたいに愛らしい。わたしが男だったら、飽きずこのお尻を撫《な》でさすりつづけるだろう。

「理沙子、きれいね」

わたしは鏡のなかのわたしにささやいた。ほんとうは不満もいろいろあるが、そういうところは見ない。見たくない。

わたしは鏡に近づいた。ブラシでゆっくりと髪を梳《す》きながら、鏡のなかの自分を見つめる。いつもは髪で隠している広いひたい、奥二重の暗いまなざし、すじは通っているが先が反りぎみの鼻。乳首と同じ色のくちびるは、下くちびるの中央がややくぼんでカーブしている。気になっていたあごのニキビはもう消えている。

わたしは舌先でくちびるを濡《ぬ》らした。モデルのように気取ってみる。おどけてみる。すねた顔をつくってみる。自分の顔や肉体は見飽きることはない。この世にひとつの、わたしというオモチャだ。

まばたきもせず、わたしは自分の瞳孔《どうこう》を見つめた。ふと、この丸い小さな闇《やみ》は、どこにつづいているのだろうと思う。視線を離さずにいたら、次第にわけのわからない恐怖がにじんできた。ゼリーのように濡れている眼球は、まるでやわらかな無機物みたいだ。自分の目でありながら、自分ではない気がしてきた。この目は、いったい誰なのだろう。誰がわたしを見つめているのだろう。じっとたたずんで、そのくせ強い怒りを秘めたように睨《にら》みつけてくる。

唐突に、真鍮の蛇口から水が滴った。その瞬間、背後に誰かの気配を感じ、いっきに鳥肌が立つ。心臓の鼓動が激しくなる。バスタオルでからだを隠したいが、足がすくんで動けない。目を閉じることしかできない。

「またあなたなの！」

わたしはわざと陽気に言った。そして、思いきってまぶたを開く。鏡のなか、裸の肩のうしろがぼんやりと白く灯《とも》っている。やっぱりいるのか。振り向くと、消えた。誰もいない。

引っ越してきて三日めに、わたしは浴室の窓の外に幽霊を見ていた。女の幽霊だ。いや、ただの錯覚かもしれない。

あの日の夜は、照明を消してアロマ・キャンドルを灯していた。ふと顔をあげたとき、黒々とした深夜の窓に、白い人のシルエットが通りすぎたのである。

のぞき？　瞬間、そう思ったが、浴室前の木立の向こうは急斜面だ。しかも朝からひどい雨が降っていた。わたしは室内の照明をつけ、一応バスタオルを巻いて、窓ガラスを開けたのである。見えたのは、雨に打たれる無花果の葉だけだった。浴室からの灯《あか》りに照らされ、大きな手のような無数の緑が、雨に光りながら上下に、招くように揺れていた。

が、重なり合う樹々の陰に視線を移したときだった。

心臓が止まるかと思った。その女がいたのである。

白い肌と漆黒《しっこく》の瞳、眉《まゆ》は細く弧を描き、薄いくちびるは真紅に塗られていた。傘もささずにたたずみ、年齢をいうなら三十前後か。豊かな黒髪を昔の女のように結い上げていた。くすんだ縦じまの着物をきていた。はっきり見たのだ。無表情に、でも強い視線でこちらを見ていた。くちびるの端がにゅっと上がって微笑んだとき、わたしは叫んだ。

そう、あの夜、わたしは大騒ぎをしたのである。濡れたからだのままママを叩《たた》き起こし、自分が目にしたものを息もつかずしゃべった。ママは、幽霊など信じない。ただし侵入者だとしたら物騒なので、一応確認しておこうと言った。雨合羽姿でゴルフの五番アイアンを握りしめ、勇敢にもママは外に出た。

「誰もいないわよ。ほら、雨でこんなに土がぬかるんでいるのに、足跡もなにもない」

「やっぱり、幽霊……」

「バカなこと言わないで。理沙子、またお風呂で寝ちゃったんでしょ。夢のつづきを見たのよ。あなたはよく寝ぼける子供だったから」

たしかに眠っていた。

ママは、もう一度幽霊の姿について訊《たず》ねてきた。竹久夢二の絵の女のような格好で、と説明すると笑いだした。

「きっとお風呂場のモザイクのせいよ。大正時代の女流画家がつくったって聞いて、その連想が夢になったのね。こんな古い家に住むのは初めてだし、まだ慣れていないから」

ママにしては賢かった。そのとおりかもしれない。きっとそうだ。その後の日々は、なんの気配も感じないまま恐怖も薄れていった。万が一、幽霊だったとしても、実体のないものに何ができるものか。そう居直っていた。

でも、今夜のわたしは寝ぼけていない。キャンドルも灯していない。

「ねえ、口はきけるの？　名前くらい教えなさいよ」

わたしは窓を開けて呼びかけた。ほんとうは少し震えていた。貧血を起こしそうだった。夜風が素肌を撫でてくるが、誰もいない。あの女はいない。無花果の葉影はひっそり静かだ。

肩から力が抜けた。無花果の葉のつけ根の茎からは、いつの間にかぷっくらと、うずらの卵のようなものがいくつもふくらんできている。この果樹は、花も咲かないのに実だけはできる。

愛もないのに子供はできる。恋もしないのにセックスはできる――同じことかなと、ぼんやり眺めた。悲鳴をあげたのは、そこにまたあの女の白い顔を見たからだ。

「さあ、すぐにはちょっとわからないなあ。でも急にどうした？　何かあったのか」

木村さんの会社に電話をしたのは、翌日の昼近くだった。

学校は、風邪だと嘘《うそ》をついて休んでいる。ふいに思いたち、木村さんにモザイクをつくった女流画家の名前を問い合わせたのだ。愛人の娘からの突然の電話に、木村さんの声は少々うわずっている。幽霊が出たとはさすがに言えない。

「いえ、ちょっと興味がわいただけなんです。日本の美術史についてレポートを書くっていう宿題があって」

「でも、有名な画家じゃないよ。たしか若くして亡くなっているし」

「え、いくつくらいで？」

心臓が大きく打った。が、木村さんは年齢までは知らないという。興味がないのか、話したくないのか。わたしは質問を変えた。

「この家、戦後に建て替えたものだっておっしゃってましたよね。でも大正のころからここに木村家の別荘があったわけですか」

「そうだね。生糸の輸出で大儲《おおもう》けした祖父が、別邸として建てたらしい。当時は小さな洋館だったんじゃないかな」

「あの、彼女って、おじいさまのお妾《めかけ》さん？」

我ながらいい切り口だった。愛人として、かつてここに囲われていたとしたら、という発想だ。電話の向こうの木村さんがむせている。

「まあ、祖父はあの時代の人だからお妾さんくらいいたかもしれませんね。でも、そのひとりかどうか、ぼくにはわからない。あ、名前はたしか、なんとかチグサっていったような気がするな。たぶん千の草で、千草」

「その千草さんの写真ってありませんか」

「……ないでしょうね。少なくともぼくは見たことがない。さあ、もうこの辺でいいかな。レポートのお役には立てそうもないし」

　木村さんは解放されたがっている。最後にわたしは、祖父の名前を訊ねた。怪訝《けげん》そうな口調で、木村耕吉《こうきち》だと教えてくれた。わたしは、ていねいに礼を言って電話を切った。パソコンに向かい、インターネットで検索をしてみる。〈画家　大正　千草〉の三項目だ。驚いたことに、四十九件がヒットした。胸が高鳴った。が、探している千草とはどれも関係がない。

　昼間の浴室は、明るくおだやかだ。窓の外の無花果の樹々も実をつけながら、平和そのものに陽を受けている。

　白いワンピース姿のまま、わたしはモザイク床の上に片頬《かたほお》をつけてうつぶせた。目を閉じると、あの白い顔が浮かんでしまう。

　追い払うように、まぶたを見開いた。ぐにゃりと丸い頭をもつ蛸の目玉がそこにあった。黒と白のタイルの欠けらを集めた目はずいぶん陰険そうだ。モデルは耕吉か、と勝手に想像が飛ぶ。周囲の魚介が、彼を取り巻く人間関係だとするなら、本妻はさしずめ角のある巻き貝がふさわしい。ぺちゃんこな平目は卑屈な追従者。千草自身はきっと緑の瞳をもつ流線形のイカだろう。わたしが作者なら、きっとそうする。

いずれにせよ、千草という女はたしかにこの世にいた。どんな画家かは知らないが、少なくともこの細密なモザイクを、ひと粒ひと粒、丹念に描きあげた。そしてたぶん、未だにこの世をさまよっている——。

飲みすぎたのは、千草のせいだった。あの白い顔を思いだしたくないのだ。とくに、薄いくちびるのつり上がった微笑みを早く忘れたい。いつもは一杯だけのワインが、今夜は水のように何杯も喉をとおりすぎた。おまけに食後酒に強烈なグラッパまで飲んでしまった。

三十男の川上恵吾は、わたしが病気の母親を看護している家事手伝いの二十歳だと信じている。彼とは出会い系サイトで知り合ってメールを何度か交換し、ホテルで時間をすごすのはこれが二回めだ。

三十三歳、技術系サラリーマン、二児の父——恵吾のプロフィールに嘘があるかどうかはどうでもいい。大人で、容姿が極端にひどくなくて良識があり、食事代と眺めのいいシティホテル代を支払うお金の余裕があれば、それで合格だ。

わたしが差しだすのは若い肉体だけである。不平等な気もするが、相手がそれでいいというのだからいいのだろう。おたがい、住所も電話番号も知らない。メールアドレスの、サーバーのなかから会いに来ているようなものだ。

「リサちゃん、髪の毛を洗ってあげようか」

バスルームのドアを開けて恵吾が言う。

「ううん、乾かすのが面倒だからいらない」

ホテルの部屋に入るなり、わたしはもう二十分以上シャワーを浴びている。気持ち悪くはなっていないところを見ると、お酒に強い体質なのかもしれない。ふわふわと宙を浮くような気分だ。目を閉じていると、なぜだろう、白い木綿の日傘がくるくるとまわっている。

そういえば前回恵吾と会ったときは、一緒にお風呂に入った。背中から抱っこする形で、彼はわたしのからだも髪も、足の指の間まで一本一本献身的に洗ってくれたのだ。そういうことが好きだという。わたしは幼子のように身をゆだねていればよかった。洗ってもらいながら敏感な場所にふれられることも愉しくて、だから会話は少々退屈でも、また会ったのかもしれない。いまは酔ってしまってお湯につかる気になれないのが残念だ。

「ごめんね。先にベッドにいってる。あとで、一緒にお風呂に入る?」

わたしは、甘えた声でバスローブ姿の恵吾の胸をつついた。なんと媚《こ》びた十七歳だろう。自分で感心する。江戸時代の遊廓《ゆうかく》では二十歳で年増と言われたのだから、十七は性の働き盛りだ。

「どう、気分は?」

恵吾は、冷たいウーロン茶の缶を手渡してくれた。湿った髪も撫でてくれる。

「ありがとう。もう大丈夫。早くシャワーを浴びてきてね」

この可愛らしい科白《せりふ》は、誰の口から出ているのだろう。バスルームのドアの閉まる音を聞いてから、わたしは糊《のり》のきいたシーツに倒れこんだ。二十三階の大きな窓からは横浜の夜景がラインストーンのように広がる。

そう、黒猫のエドガーが死んでから、わたしには、こんなふうにデートをする男が入れ替わりたいてい三人はいる。一回り以上年上の既婚者ばかりだ。

恋ではないが、売春でもない。オーガズムに達したことはないが、たぶんセックスは好きだ。どこか滑稽《こっけい》だとは思うが、ママのように不潔だなんて思いたくない。無性に他人の体重を感じたいときがあるのだ。力強く抱きしめられ、足りない場所を埋めてほしいときがある。

——ああ、でもいまはこのまま眠りたいな。

二回つづけてあくびをした。頭のなかはまだぐるぐるとまわっている。眼球が奥に引っこみたがり、眠りという強烈な重力に吸いこまれそうだ。

カーテンの引かれる音がする。二十三階だろうと、恵吾は部屋をきちんと閉ざして事に及ぶ。つづいてベッドのスプリングが揺れ、かたわらに腰を下ろしたのがわかった。くちびるに、清潔な息がふれてくる。わたしは目をつむったまま、待ちわびていたように微笑んだ。歯磨きを終えたばかりの恵吾の舌と唾液《だえき》は、すっきりと冷えている。

予定調和のように、乳房が手で包まれた。五本の指が、厚さ二センチの脂肪を硬い芯ごとうねらせる。さらにくちびるがその場所に吸いついてきた。筋肉質の太い脚が膝を割ってくる。もう一方の手は、陰毛の底のやわらかな溝に滑りこんでくる。

小さく叫んだのは、いつにも増して快かったからだ。

ぬるぬると甘美すぎてせつなく、勝手に吐息が漏れる。酔いのせいなのか、よくわからない。無意識に、いや、いやと首を振っている。もちろんもっとしてほしいのだ。でも、ほんとうにせつない。なんだか怖い。いったいどうしたのだろう。形を無くしながらどこか遠くに、ここではないどこか深い淵《ふち》に引きずりこまれそうだ。

わたしの手は、導かれてペニスを握った。ほんとうは握りたくない。生々しすぎて怖いのだ。でも、いつだって男たちは自分の硬く屹立《きつりつ》したものを握らせたがる。わたしは我慢する。

まぶたの裏に、色彩の帯が渦巻いていた。鮮やかな緑に、マグマのような赤が混入し、その中心から青紫色が輪のように浮き上がってくる。気持ちのいい自分と、怖がっている自分とふたつに剝《は》がれそうだ。気が遠くなる。

つぎの瞬間、ふっとからだが軽くなった。まるでストローの先から放たれたシャボン玉のように、ふわりと丸く浮かぶ。何が起きたのか、まるでわからない。

わたしは目を開いた。恵吾にのしかかられているわたしが見えた。

——えっ？

それは、たしかにわたしだった。理沙子なのだ。

中空にセットされたカメラからの映像のようだった。眼下にダブルベッドが見え、わたしの自慢の黒髪が乱れに乱れて広がっている。

開いた脚は、恵吾のそれぞれの肩にかけられていた。あられもなく刺し貫かれている。恵吾は腰を懸命に動かしながら、何か声をかけている様子だが聞き取れない。

わたしの顔は恥ずかしいくらい醜くゆがんでいた。半開きの口はまるで痴呆《ちほう》のようだ。挿入後の激しさはあまり好きではないから、つらいのかもしれない。でも、見下ろしているわたしと関係なく、甘ったるい声をあげている。いったいなんなのだ？　また悪い夢をみている。きっとそうだ。こんな妙なこと、ありえない。

そのとき、ベッドのわたしが目を大きく開いた。

視線が合った。向かい合う鏡のように、真っすぐわたしを見つめてくる。鏡のなかにいるのは、今度はわたしのほうなのか。

理沙子は、わたしを見つめたまま恵吾の手をとって乳房を揉ませた。わたしはいままで、自分から要求するようなことはしたことがない。理沙子は気持ちよさそうに喉もとを反らした。それから、もう一度わたしのほうを見たときだ。くちびるの両端を引き上げて微笑んだその顔は、理沙子でさえない。

あの女だった。結い上げていた髪は下ろされているものの、まちがいなく千草だ。蛾《が》の触角のように細く弧を描く眉をして、濃いまつげに縁取られた瞳が、艶《あで》やかに微笑んでいる。白い肌が上気している。

恵吾に耳打ちをした千草は、いったんからだを離して位置を反転させた。跨《また》がるような格好になった彼女は、華奢《きゃしゃ》な骨格なのに、わたしよりずっと豊かで柔らかそうな乳房だ。脇腹《わきばら》はなめらかにくびれ、張りだした腰は薫るように成熟している。

おかしなことに、恵吾はなにも気づいていなかった。ホテルの部屋の薄灯りの下で、もともと誰であろうと大差ない関係なのか。

千草は、恵吾の上で蛇のようにからだをくねらせた。首すじから胸を舐《な》めまわし、両の手は慈しむように彼を抱き、下へ下へと愛撫《あいぶ》していく。これまで恵吾は、わたしからそんなことをされたことはなかった。戸惑ったようだが、うれしそうに反応している。千草は、色めいた吐息をいくつもこぼす。

それからくり広げられたふたりの痴態を――わたしはただ息を殺して眺めているしかなかった。

彼女は、まるで心から愛しているように彼を見つめた。ふたりは昂《たか》ぶりにまかせてお互いをむさぼり合った。千草のたおやかな肢体はどんな淫《みだ》らな格好もした。そして、舐《な》められたり、突かれたりするままに悦《よろこ》びの声をあげた。わずかな隙間《すきま》も恐れるように抱きついていた。ふたりは汗まみれだった。あえぎ声はさらに淫靡《いんび》に激しくなっていった。わたしはもう聞きたくなかった。

見たくなかった。だから叫んだ。自分の声が遠くから、細く引き裂かれるように聞えてくる。

頬を軽く叩かれて名前を呼ばれ、ふいにわたしは我に返った。唐突なほど、ぱっちりと目が開く。

ダブルベッドの上にいた。かたわらにいるのは恵吾だ。湿った体液の匂いが鼻をつく。片ひじを立てた彼は、ゆるんだ笑顔でわたしの髪を指にからませた。

「大丈夫？　きょうのリサちゃん、すごかったね」

どう返事をすればいいのか、わからなかった。そのあと、シャワーは浴びたはずだ。でも、横浜のホテルからどんなふうに家に帰ったのか、記憶はとぎれとぎれにしか残っていない。

たしか、引きとめる恵吾を振りきって部屋を出た。まだ十一時だと思って駅に向かい、大またでぐいぐい歩いた。

わけもなく腹が立ってきた。ふいに思いたって携帯電話を取り出し、恵吾はもとよりメル友の男たちのアドレスを消していった。途中で面倒くさくなって携帯を路上に叩きつけて壊した。涙がでてきた。そして、東海道本線に乗ったはずだった。でも混みあう車内にまた苛立《いらだ》ったのか、いつの間にかタクシーに乗っていた。三千円で少しおつりがきた。ママにずいぶんいろいろ叱《しか》られた気がするが、よく憶《おぼ》えていない。

朝、わたしは遅刻せずに登校した。きちんと授業も受けた。一時間ちょっとの電車通学を終え、午後六時近くには地元の駅につく。自分がこれから何をしたいかは、はっきりとわかっていた。千草に関して、なんでもいいから情報がほしい。高校の図書館の美術年鑑にも千草の名前はなかった。知る手段は、この町の誰か、彼女のことを聞き知っている誰かを探すしかない。

千草は、ぜったいにあの家に住んでいたのである。正確にいえば、建て替えられる前の洋館だ。木村さんは否定も肯定もしなかったが、わたしにはわかる。千草はあそこにいた。つまりこの町で暮らしていたことがあるはずだ。あの容姿なら、目立たないはずがない。

どんな女性で、どういう絵を描き、なぜ若くして死んだのか——わたしはどうしても知りたかった。知ってどうするのか、なんて考えない。ただ、断片でもいいから知らないと気がすまないのだ。

この町の旧家を訪ねることをまず思いついた。でも、どの家がそうなのかなんてわたしにはわからない。頭をめぐらせた末、歴史のありそうなお寺や神社で訊ねることにした。少なくとも一般の家庭よりは余所《よそ》者にも開かれているし、直接知らなくても檀家や氏子からの噂《うわさ》も入ってくるはずだ。

地図をたよりに、この日わたしは三つの寺と神社を訪ねた。大正時代、実業家の木村耕吉の別邸に暮らしていた女流画家について訊ねたが、怪訝な顔をするだけで、どこも親身になってくれなかった。主が外出中だと相手にしてくれないところもあったし、自分の生まれる前のことだから、と苦笑しただけの宮司もいた。

手がかりを得たのは、二日後の日曜日だ。

朽ちかけたような小さな寺で、住職の老母が記憶をたどってくれた。小学生のころ、東京から来て住んでいる女の絵描きが、よく海辺を散歩していたという思い出だ。ほっそりとしたきれいな人だったという。幼心に憧《あこが》れて、浜を歩く彼女のあとを何度かついて歩いたこともあったそうだ。

聞きながら、わたしは胸が熱くなった。思ったとおり、千草はこの町で暮らしていたのである。しかも生きている彼女と、この人は会っている。すっかり老人になっているけれど、死者のほうは歳《とし》をとらない。

細く弧を描く眉をしていたか訊ねてみた。残念ながら、顔そのものの記憶ははっきりしなかった。薄紫色の大きな花柄の着物だけが印象に刻まれていた。

「名字のほうは何といったかしらねえ。あたしより、やえさんのほうが知ってるわね。その女の人、やえさんのとこのお店を贔屓《ひいき》にしていたから」

八重の実家は、老舗《しにせ》の和菓子屋だったという。一人娘の八重は戦後に婿《むこ》をとって継いだが、夫が潰《つぶ》してしまったらしい。子供に恵まれず、夫とも三十年前に死別して、ひとり暮らしをしている。

紹介の電話を入れてもらい、わたしは田中八重を訪ねた。駅前からバスで十五分ほどにある住宅街の、古びた小さな家だった。白髪の上品そうな老婦人が待っていてくれた。八十七歳だと笑う。座敷の床の間には、萩の花が活《い》けられている。

「そう、あなた、木村さんの別荘に引っ越していらしたのね。あのへんは眺めがよろしいでしょ」

わたしは、浴室の床のモザイクのことを話した。八重は興味がなさそうだったが、愛想のいい笑みはたやさない。

「たしかね、山岸さんというかたでしたよ」

「山岸……」

「ええ、山岸千草さん。上野の美術学校を出てらっしゃったんですよ。うちの季節ごとのお菓子をとても気に入ってくださっていて。木村さんのあの洋館に、二年くらい住んでいらしたのかしら。わたし、いまのことはすぐに忘れちゃうけど、むかしのことはわりに憶えているんですよ。不思議でしょ。子供のころのわたしはお琴を習っていて」

八重は話し好きだった。放っておくと自分の話題に終始しそうだ。

「あの、山岸さんって、木村さんのお妾さんだったんですか」

わたしの質問に八重は絶句した。それから、思いがけないほど艶《つや》めいた声で笑いだした。

「お若いのに、よくそんな言葉をご存知ね。でもどうかしら。アトリエとして使わせてもらっていただけかもしれない。木村さんのご家族もときどき遊びにきていらしたしね。ええ、奥さまは四十ちょっとで、お子さんがふたりいて。ただ、いやな噂は流れたようですけど」

わたしの目は好奇心に輝いたはずだった。じらすように老女は、ていねいに二杯めのお茶をいれてくれている。

「女学校のころになってから、母から聞いた話ですよ。木村さんの奥さまが、あの家で急に具合が悪くなって入院して」

命に別状はなかったものの、毒がもられたらしいと噂になった。そしてその犯人は山岸千草ではないかとささやかれたのだった。警察に連行されて取り調べも受けたという。八重は声をひそめた。

「山岸さんは、自殺されたんですよ」

「えっ?」

頭から血の気が引いた。こめかみが締めつけられるように痛む。八重は、どこか愉しそうにつづけた。

「疑いをかけられて、よほど苦しまれたんでしょうね。むかしの警察ってずいぶん恐ろしかったという話ですよ。たしか、まだ二十五、六歳で、遺書には身の潔白が書かれていたって。母がそう言ってました」

「………」

「ほんとうはもっと生きたかったでしょうに、お気の毒よね。結婚だってしたかったはずですよ。絵で世に出たかったかもしれない。それが、あらぬ疑いをかけられたせいでね。どこかはかなげな風情のかただったけど」

わたしが意識を失って倒れたのは、駅前でバスを降りたときだった。

ぼんやり周囲を見まわしたとき、いつの間にこんな街並みになってしまったのだろう——そんな思いが突き上げてきたのだ。動悸《どうき》がしてきた。人々の服装が軽薄そのものに見えた。早くアトリエに戻りたいと思った。つぎの瞬間、手足が震えだした。

——千草に、わたしが乗っ取られる！

直感だった。恐怖がわたしの胸ぐらをつかんだ。頭から血が引き、呼吸ができない。視界がかすんできたとき、耳の奥から声がした。

「寂しい子……空っぽなからだ、私にちょうだい」

消えていく蠟燭《ろうそく》の焰のように、わたしは自分が細くなっていく。叫びは声になったかどうかわからない。

わたしは崩れるように倒れたらしかった。あわてた誰かが救急車を呼んでくれた。全身を弓なりに痙攣《けいれん》させていたそうだが、憶えていない。

診断結果は、ヒステリーだった。

そのことを最初にママから伝えられたとき、からかわれているのかと思った。が、純然たる医学用語らしい。精神科医の説明によれば、抱えこんでいる不安や葛藤《かっとう》が、身体や精神の症状となってあらわれる病気だという。ものごとを憶えていないことも特徴的な症状だ。

わたしは、べつに不安も葛藤もないと医師に答えた。それなのに、週に一回ママとカウンセリングに通うことになった。幽霊を見るだけだと話したのが、まずかったにちがいない。精神安定剤も処方された。

家に帰りたがらないわたしのために、ママは伊豆の温泉旅行に連れていってくれた。一週間も仕事を休んでくれたのである。

その間、山岸千草について八重から聞き知ったことを話した。途中で何度か声が詰まった。ママは、木村さんに事実を調べてくれるようたのんだ。二日後、温泉のホテルにかかってきた電話によれば、千草は木村耕吉の妾などではなかった。妻のほうの遠い親戚《しんせき》だという。昭和二年に二十六歳で亡くなったが、死因は自殺ではない。肺炎だった。

八重の記憶はどうなっているのだろう。

そのことを木村さんに言ってみた。いい加減な噂はいつの世にも流されると笑っていた。もしかしたら、長い歳月のなかで八重が、記憶を無意識におもしろく作りかえたのかもしれない。

安定剤のおかげなのか、これまでの寝不足のせいなのか、旅行の間、わたしはママのかたわらで眠ってばかりいた。夢もみなかった。そして朝になるたびに、自分が健康になっていく気がした。奇っ怪な妄想は、ばかばかしい夢となって白けていき、家に帰ることも怖くなくなった。山岸千草に、怨《うら》まれる理由はない。

浴室の前の、無花果の実が熟していた。

旅行から戻った翌日の昼下がり、わたしとママは、肥大した無花果を大きな竹ざるいっぱいに収穫した。なにしろひと枝に十個も実るのである。マンション住まいだった我が家では、わざわざ買ってまで生の無花果を食べる習慣はなかったが、庭で実っているとなればべつだ。

枝からへたを切るとき、乳のような液がにじんだ。紫褐《しかっしょく》色の実のいくつかは、お尻のほうが赤黒く裂けている。熟しすぎたのだ。小さな乱杭歯《らんぐいば》のような粒々がのぞき、つぼ状の奥には、真っ赤な果肉がぐずぐずと詰まっている。

「無花果ってへんな樹よね。花もないのに実だけはこんなにつけて」

庭の切り株のベンチに、わたしは腰かけた。熟しすぎた実の裂け目に親指の先を差しこみ、ふたつに割ってみる。まるで真紅の鍾乳洞《しょうにゅうどう》だった。乳白色の周囲の果肉から、血をくぐってきたような色の粒々が密生している。真ん中には空洞がある。ふと、子宮という言葉が浮かぶ。

「あら、理沙子は知らないの？　花はあるわよ。ほら、この粒々が、じつはぜんぶ花のつぼみなんだから」

「はあ？」

思わず素《す》っ頓狂《とんきょう》な声をあげていた。ママは、わたしの驚きぶりがおかしかったらしい。愉快そうに笑いながら言う。

「こんなふうに隠れているけど、花なのよ。花にもいろいろな形があるわ。あ、皮はへたのほうから剝《む》くのよ」

奇妙な気分だった。これが花なのか。そういえば、赤黒く咲いているような粒もある。

塀の向こうの道から、郵便配達員の声がかかったのはそのときだった。手渡してくれた白い封筒の宛名《あてな》はわたしである。〈写真在中〉と書かれていた。裏を返すと、田中八重の名前があった。

すっかり忘れていた。もし山岸千草の写真が見つかったら、連絡をしてほしいと住所と電話番号を置いてきたのだった。八重は、律義に憶えていて送ってくれた。

わたしは、ゆっくりと封を切った。ひと振りすると手のひらに、黄色く変色した小さな顔写真がすべり落ちてきた。

蛾《が》の触角のような眉だった。やや上目遣いの瞳がこちらを見つめている。写っているのは、妄想だったはずの千草その人だ。薄いくちびるが、いまにも微笑みかけてきそうに見える。

わたしは、無花果のかけらを口に入れた。粒々とした感触と甘みが舌にまとわりつく。うっすらと血の味がした。

あなたがいちばん欲しいもの

近藤史恵

近藤史恵《こんどうふみえ》

大阪府生まれ。大阪芸術大学文芸学科卒業。93年『凍える島』で第4回鮎川哲也賞を受賞し、作家デビュー。『ねむりねずみ』『散りしかたみに』などの歌舞伎ミステリー、『シェルター』などの整体師を探偵役にしたシリーズ物のほか、時代ミステリー『巴之丞鹿の子』、恋愛小説『アンハッピードッグズ』などがある。

　喫茶店の席に着くと同時に、彼は「コーヒーふたつ」と注文した。

　わたしがなにを飲みたいかも聞いてくれなかった。わたしはあまりコーヒーは好きじゃない。彼の部屋で、彼が淹《い》れてくれるのを飲む以外は。

　コーヒーはすぐに運ばれてきた。彼は、視線をあちこちにさまよわせた。胸のポケットの煙草を探ろうとして、切らしていることを思い出したらしく舌打ちする。

　わたしは宙ぶらりんにされたような気持ちで、椅子《いす》の上で身体《からだ》を縮めていた。

「別れよう」

　彼はいきなりそう言った。びくん、と身体が震えた。

　半ば予期していたことだった。そうして、なぜ彼が、こんな奥の席を選んだのかにも気がついた。

　わたしが泣いても、まわりに気づかれないため。

「別れてほしいんだ」

彼は重ねてそう言った。なんて返事をすればいいのかわからない。別れたくない。でも、そう言ったから、彼が思い直してくれるはずなんてない。

「里子《さとこ》には、もっとふさわしい男がいると思うよ。おれは里子に合っていない。きみを苦しめているだけだ」

目の前のコーヒーはまるで泥水のように汚らしく見えた。わたしはカップを口元まで運んで、一口飲んだ。

苦かった。砂糖もミルクも入れずにコーヒーを飲んだのははじめてだ。苦いだけではなく、ざらざらとした感覚が舌の上に広がって、気持ちが悪い。

けれども、わたしはもう一度それを口に含む。

このいやな気持ちが、苦いものを飲んでいるせいならいいのに。

返事をしないわたしから、目をそむけるようにして、和雄《かずお》は喋《しゃべ》り続けていた。口調やことばの表面は今までと同じでとても優しい。でも、その優しさは、もうわたしに注がれることはないのだ。

コーヒーカップが空になる。苦い液体は、すべてわたしの中に注がれてしまった。わたしの中は苦い液体でいっぱいになる。

彼のことばは、未だに表面上の優しさをなぞり続けている。里子と一緒で楽しかった。里子のことはずっと忘れない。もうこれ以上きみを傷つけたくない。

わたしの感覚はもう曖昧《あいまい》で、その優しいことばを聞いていたいのか、聞きたくないのかすらわからなくなっている。

言うことが尽きたのか、やっと和雄は黙った。わたしの返事を促すように、咳払《せきばら》いをする。

わたしの中の苦い液体が溢《あふ》れ出しそうだ。

やっと言う。

「わかったわ」

彼の表情が、あからさまにほっとしたものになる。その顔を見て、やっと気づいた。

わたし、嫌われたんだ。


部屋に帰り着いて、はじめて泣いた。

どうしてこんなことになったのだろう。ベッドの中に潜り込み、頭から毛布をかぶった。大事なものほど、わたしはいつもなくしてしまう。保険証や印鑑もよくなくすし、気に入った傘ほど、すぐどこかに忘れてきてしまう。

はじめて、恋人と呼べる人に出会ったというのに。彼以外を好きになるなんて、絶対できないと思っていたのに。

喉《のど》がからからになって、頬《ほお》がひりひりするくらい泣いた。この先どうしていいのか、全然わからなかった。

休みの日はなにをすればいいのだろう。普段はだれのことを考えていればいいのだろう。和雄を思う以外に、わたしになにができるのだろう。

彼が喜んでくれること、笑ってくれること。この半年くらい、それ以外を考えたことなどなかった。

和雄と出会う前、わたしはどんなことを考えて、どんなことをして生きていたのだろう。考えてみるけど、どうしても思い出せないのだ。

もう一度、涙が溢れてきた。

すでにぐしゃぐしゃに湿ったシーツに顔を押しつけて、もう一度泣く。

くたくたに疲れ切るくらい泣いて、そうして思った。

わたしには、和雄しかいない。


「彼がストーカーにつきまとわれているんです」

その女性はすがるような目で、先生を見上げながら、そう言った。

ぼくと今泉《いまいずみ》先生は、そのことばで顔を見合わせた。

彼女は、中村《なかむら》しのぶと名乗った。以前、うちで調査をした客の紹介で、今泉探偵事務所にきたという。茶色く染めた髪と、睫毛《まつげ》の濃い大きな瞳《ひとみ》、やや童顔の可愛らしい女性だった。

正直な話、うちにきたお客は十日ぶりだ。助手であり、事務所の会計と生活費の管理も任されているぼくとしては、できるだけこの客は逃がしたくない。だが、ストーカーの相談とは。

「そのストーカーとは女性ですか？」

今泉先生は、縁なしの眼鏡《めがね》を押し上げながら、確認するように尋ねた。

「はい、そうです」

「どこのだれかはわかっているんですか？」

「それは……」

中村さんは少し口ごもった。

「彼は知っているみたいなんです。でも、事を荒立てたくないからと言って、はっきりしたことは教えてくれないんです」

今泉先生は眉《まゆ》をひそめた。

「被害に遭《あ》っているのは彼なんですよね。その彼が『事を荒立てたくない』と言っているのなら、わたしたちの出番はないと思うのですが……」

彼女は半分、叫ぶように言った。

「でも、怖いんです！」

そうして、大声を出してしまったことを恥じるように、あわてて下を向く。

「その女の人、彼のことが好きで好きでたまらないんだと思います。今はまだ、なにもありませんが、そのうち、彼の恋人であるわたしまでもが恨まれないかと思うと、怖くて……」

そんなにその女性の行動は常軌を逸しているのだろうか。

先生は深く頷《うなず》いた。

「わかりました。お話を聞かせて下さい」

「わたしが彼、堂島《どうじま》和雄とつきあって、三ケ月ほどになります。きっかけは……恥ずかしいんですがナンパでした。新宿を歩いているときに声をかけられたんです。今まで、声をかけられてついていったことなんて、一度もなかったんですが、なんとなくぴんときた、というか……あ、この人だったらお話ししてみたいな、と思ったんです」

中村さんは、定期入れの中に入れた写真を見せてくれた。二枚目というわけではないが、柔らかな表情をした優しそうな男性だった。もしかしたら、本当に女性にもてるのはこういうタイプかもしれない。

「喫茶店でしばらく話して、気があったので、携帯の番号を教えました。それから毎日、電話がかかってくるようになりました。でも、全然嫌じゃなかった。元気か、とか、なんか変わったことはなかった、とか、それだけ聞いて、すぐに『じゃあ』って、切ってしまうんです。わたしが、もう少し話したかったな、と思うくらいの長さで。そのうち、食事をしたり、休みの日に会ったりするようになって……つきあいはじめたんです」

別にそんなところから、話してくれとは言っていないのに、中村さんは彼との出会いから順を追って話している。つきあいはじめて三ヶ月なら、まだ蜜月といっていいだろう。人に話したくてたまらない時期なのかもしれない。

「最初に変だな、と思ったのは、彼の部屋に行ったときです。夕食を作ってあげようと思ってキッチンに立ったんです。そしたら、流しの三角コーナーの中に、肉じゃがが捨ててあったんです。結構な量でした」

「肉じゃが？」

今泉先生は、眉をひそめた。彼女はこっくりと頷いた。肩までの茶色い髪が揺れる。

「そうです。彼はほとんど、自炊なんかしない人です。『これ、どうしたの？』って聞いたら、人からもらったんだけど、傷んでしまったから捨てたんだって。でも、別に悪くなっているようには見えなかった。それから、何日か経って、今度は屑籠《くずかご》に、あきらかに手作りみたいなクッキーが捨てられていました。わたしが拾い上げたら、彼、真っ青な顔をして、それを取り上げて、『もう古くなっているから』とかなんとか、ごまかしました」

ざっくりと編まれた白いセーターの袖《そで》を引っ張りながら、彼女は話し続けた。

「そのときまでは、まだそんなに気にしなかったんです。でも、それからまたしばらく経った日、彼の屑籠をまた覗《のぞ》いてみると……」

「なにがあったんですか？」

「クッションカバーです。ピンクのキルティング地の趣味の悪いクッションカバー。縫《ぬ》い目も汚くて、たぶん、これも手作りだと思います。このとき、はじめて昔の彼女にもらったものかもしれない、と思ったんです。でも、問いつめませんでした。使っていたのならともかく、捨てているわけだし。でも、それからもティッシュカバーとか、ノブカバーとか変なものばかり捨ててあるんです。おかしいですよね」

たしかに、昔の彼女にもらったものなら、まとめて捨てればいいわけだし、少しずつ捨ててあるのはおかしい。

「二週間ほど前の日曜日、彼と一緒に外で映画を見て、彼の部屋に行きました。で、彼が郵便受けを開けると、そこに分厚い封筒が入っていたんです。しかも速達で。彼は見られてはいけないものを見られたみたいに、慌てて隠そうとしたけど、強引にそれを取り上げました。女名前で差出人の名前が書いてありました。中は、手編みの手袋だった。『これから寒くなるから、気をつけてください』なんて手紙が添えてあって」

そのときのことを思い出したのか、彼女はわずかに鼻を啜《すす》った。

「わたし、ちょっと逆上しちゃって、泣いて騒いだんです。そうしたら、彼が話してくれました。その女性は、知り合いだけど、一方的に好かれて困っているんだって」

「じゃあ、今までのも？」

今泉先生の質問に、彼女は頷いた。

「そうです。肉じゃがも、クッキーも、クッションカバーやティッシュカバーも、全部彼女が送りつけてきたものだって。何度、彼がやめてくれって言っても、『いらなかったら捨ててくれていいから』と言って聞かないんだそうです」

なんかぞっとするような話だ。ものが手作りなだけに、怨念《おんねん》でもこもっているような気がする。

思わず、横から尋ねてみた。

「受け取り拒否とかはしなかったんですか？」

「わたしも彼にそう言ってみました。でも、『受け取り拒否したって、住所を知られているから、うちに持ってこられるだけだ。それは困るから、送りつけて気がすむのなら、それでいい』って言われたんです」

今泉先生は、机に置いたライターをいらいらとした様子で弄《もてあそ》んだ。

「失礼ですが、彼の方はそれほど深刻には受け止めていらっしゃらないようですね」

中村さんは、持っていたハンカチを絞るようにきつく握った。

「あまり、人を疑ったりとか……悪くとったりとか、そういうことをしない人なんです。いい人なんです」

ぼくは身体を引いて、まじまじと彼女を見た。

いい人というと聞こえはいいが、のんきというかあまり気が回らないように思える。

先生は、話を促した。

「その先は？」

彼女はきょとん、とした顔で聞き返した。

「その先は……というと？」

「ほかには、なにか被害に遭われたことはないんですか？」

「これだけです。でも、これだけでも充分じゃないんですか？」

先生は、少し困った顔で、ぼくを見た。たしかに、雑談レベルでは怖い話、ぞっとする話だ。

だが、これだけでストーカー呼ばわりするのには、無理がありすぎないか。はっきりと相手に迷惑をかけたというわけではない。

先生は軽く腕を組んだ。

「これくらいの被害だと、警察もなんにもしてくれないでしょう」

「ええ、それはわかっています。だから、こちらにきたんです」

先生は、眼鏡の奥から、中村さんを見据えた。

「で、あなたはどうしたいんですか？」

彼女は少し考え込んだ。自分の気持ちを確かめるように、一言、一言、区切るようにはっきりと言った。

「その女性を、これ以上、彼につきまとわないように説得して欲しいんです」

それは探偵事務所の仕事だろうか。けれども、先生は頷いた。

「わかりました。やってみます。ですが、その前に彼とお話しさせていただけませんか。その女性の話が聞きたい」


中村さんが帰った後も、先生は来客用のソファから動かず、眉間《みけん》にしわを寄せていた。思わず尋ねた。

「いいんですか？　あんな約束をして」

今泉先生は、あまり口がうまい方ではない。説得などできるのだろうか。

「どうだろうかなあ……。まあ、今は仕事がない状態だから、やってみるのも悪くないだろう。ところで山本《やまもと》くん」

「なんですか？」

「人は姿の見えないものを、それほどまでに、恐れるものかな」

茶碗を片づけていたぼくは、手を止めて、先生の顔を見た。端整な横顔に前髪が影を作っている。

「見えないからこそ、恐れるんじゃないですか？」

「もちろん、追いかけて、探しても姿が見えないものなら、それは見えるものよりも怖いだろう。そうではなくて、少し探せば見えるのに、探すこともせずに、ただ怖がるだけ、ということがあるのだろうか」

「その、ストーカーの女性のことですか？」

「ああ、中村さんは、まったくその女性について、知ろうとはしていない。怖い、怖い、と怯《おび》えるだけで。そういうことがあるものだろうか」

たしかに、彼の知り合いならば、もっとどんな人間か、調べることができるはずだ。

「それに、こういうことは、身近な人間に相談するのが自然じゃないか。わざわざ探偵事務所にくる理由がわからない」

「もめ事の専門家の方が役に立つと思われたのかもしれませんよ」

そう言いながら、たしかにぼくも不審に思っていた。わざわざ、けして安くない金を出して探偵を雇う理由が見あたらない。

「なにか理由があるのか。それとも、彼女が、度を超して臆病なだけなのか……」

先生は、つぶやきながら、ソファに深く沈み込んだ。

「まったく、お恥ずかしい限りです」

堂島和雄は、苦笑しながら頭を下げた。

今泉先生は、おしぼりの袋を破りながら、いつも通りの柔和な笑みを浮かべている。

堂島和雄とは、喫茶店で会うことになった。探偵、などと言えば驚かせてしまうだろうから、今泉先生は中村さんの、仲のいい従兄弟《いとこ》だということにしている。ぼくは、斜め後ろの席で、本を読んでいるふりをしながら、堂島のことを観察していた。

写真では若く見えたが、実際は三十代前半くらいだろうか。中村さんよりはかなり年上に見える。着ている洋服や、持っているライターは、かなり高級品だ。よほど羽振りがいいのだろう。

「しのぶちゃんが、そんなに不安だったなんて、気がつきませんでした。本当に申し訳なく思っています」

先生は、中村さんから相談を受けて、心配している従兄弟の役を演じていた。

「それで、その女性はどのような方なんですか」

先生の質問に、堂島は汗を拭《ぬぐ》いながら答えた。

「職場の近くの居酒屋で働いていた女の子なんです。大人《おとな》しい子だったんですが、どうも思いこみが激しいみたいで、勝手に住所を調べ上げられてしまったんです。いろんなものを送ってくるのも、そのうち飽きると思って放っておいたんですが……どんどんエスカレートする一方で、正直な話、ぼくも困っていたんですよ」

「きちんと、送ってこないでくれ、とは言わなかったんですか？」

彼は大げさに、両手を振った。

「言いましたよ。何度も言いました。でも、そのたびに、『いらなかったら捨ててくればいいから』と言うんですよ」

斜め後ろの席で、彼の話に耳を傾けながら、ぼくはなんとなく嫌な気分になるのを抑えられなかった。どうしてかはわからない。別に堂島が、ひどいことを言っているわけでもないのに。ただ、なんとなく神経が逆撫《さかな》でされるようだった。

先生は、笑顔が貼《は》り付いたような顔で言った。

「それで、どうされるおつもりですか？」

「どう……と？」

「その女性のことです。今のままで放っておかれるつもりなんですか？　もし、その女性がしのぶのことを逆恨みして、なにか行動に出てきたら、どうするんですか？」

彼はとたんに口ごもった。

「ま、まさか、そんなことはありえないでしょう」

「そう断言できる理由はなんですか？」

「いや、彼女はそんなことする子じゃないですよ。それに、もうすぐ飽きると思いますよ。若い女の子特有の熱病みたいなもんだと思うんですが……」

「でも、どんどんエスカレートしている、と言ったのはあなたではないですか？」

　堂島はぐっとことばに詰まった。今までの愛想のよさが、顔から消える。急に不機嫌になったように、目をそらした。

「もう一度、その女性と会ってお話ししてくれませんか？」

　先生のことばに、堂島は即答した。

「いやです。会っても、わけのわからないことを言うだけで、埒《らち》があきません」

「だからといって、このままにしておくわけにはいかないでしょう」

「このままにしておけばいいんじゃないですか。どうせ、そのうちに飽きますよ」

　投げやりな言い方に、こちらまで腹が立ってくる。

　先生も少し呆《あき》れたような口調になった。

「じゃあ、わたしがその女性とお話しさせてもらってもよろしいでしょうか。連絡先を教えてもらえますか？」

「連絡先はわかりません。居酒屋ももうやめたらしいですし」

「でも、送ってきた荷物に、リターンアドレスはなかったのですか？」

「そんなもの、すぐに捨ててしまいましたよ」

　先生は、不快そうに眉をひそめた。

「じゃあ、次の荷物がきたら、教えてもらえますか？」

彼は、少し嘲笑《あざわら》うように言った。

「きたらね」

その言い方でわかった。荷物が送られてきても、黙っておくつもりだろう。彼は、先生にその女性に会ってほしくないのだ。居酒屋をやめたというのも嘘《うそ》かもしれない。

先生もそれに気づいたらしい。

「それでは住所は結構です。名前だけを教えてください」

彼はにやにやしながら、コーヒーカップを弄ぶ。

「名前だけじゃなんにもわからないでしょう」

「ええ、でも、名前だけ聞いておきたいんです」

彼は少し迷った。だが、諦《あきら》めて口を開いた。

「斎藤《さいとう》里子という女の子です」

「わかりました。どうもありがとうございました」

立ち去る間際に、堂島は捨てぜりふのように言った。

「もし、斎藤さんと会っても、彼女の言うことは信用してはいけませんよ。虚言癖のある女性ですから」

しかし、堂島は甘い。名前さえわかれば、調べられることはたくさんあるのだ。

中村さんから、彼の勤め先を聞き、その周囲を調べた。この時点で、驚いたことに、堂島が嘘をついていたことが、発覚した。一流証券会社に勤めていると、中村さんには言っていたのに、実際は違う会社の倉庫でアルバイトをしているだけだったのだ。それも、決して勤務態度がまじめだとは言えず、いつ首を切られてもおかしくない状態らしい。

そこから、以前のバイト先を調べ上げた。その近所の居酒屋で働いている斎藤里子という女性を見つけるのも、簡単だった。

ぼくたちは、彼女に会うために、直接店へ向かった。

オーダーを取りに来た女性に、斎藤さんはと尋ねると、すぐに呼んできてくれた。

たしかに堂島の言うように、大人しそうな女性だった。長い髪を後ろでひっつめ、化粧気のない青白い顔をしている。

「あの……なにか……」

「堂島和雄さんのことで、ちょっとお話があるんです。お仕事が終わったら、少し時間をいただけませんか？」

彼女は、息を呑《の》んでひくっと身体を震わせた。

「和雄の……？」

今泉先生が頷く。彼女は何度かまばたきした。

「わかりました……。終わるの、十二時になりますけど、いいですか？」

もちろん、こちらに異論のあろうはずはない。

深夜営業のファミレスで、ぼくたちは彼女と向き合った。

居酒屋の野暮《やぼ》ったい制服を脱いでも、彼女は地味だった。洒落《しゃれ》ているわけでもない安物のトレーナーとスカート。顔立ちは、それなりに整っているのに、髪形や雰囲気がそうは見せてくれなかった。

先生が、やけに明るい声で言った。

「なにか食べますか？　もちろんなんでもおごりますよ」

彼女はメニューに一応目を通したが、小さな声で、コーヒーを、と言った。

先生は名刺を差し出した。彼女には、中村さんの従兄弟ではなく、探偵ということで話をするつもりらしい。

「探偵さん……？」

彼女は名刺を受け取りながら、うわずった声でそう言った。

「そうです。そうして、こちらが助手の山本くん」

ぼくが頭を下げると、彼女もつられたように、ぺこりとお辞儀した。

「まあ、今日は探偵というよりも、便利屋のような依頼を受けてきたんですが……」

先生は、彼女の緊張をほぐすように、優しげに微笑した。だが、彼女は怯えたように下を向くだけだった。

「あの……和雄のことって……」

「斎藤さん、あなた堂島さんにいろんなものを送っているそうですね」

彼女は、きょとんとした顔で頷いた。

「はい。それがなにか？」

「堂島さんは、あなたの恋人ですか？」

彼女は一瞬目を見開いた。だが、首を横に振る。

「違い……ます……」

「なら、おやめになった方がいいと思いますよ。堂島さんは迷惑されています」

「迷惑だなんて！」

彼女はいきなり声を張り上げた。

「あの……嫌だったら、捨ててもらってもいいんです。彼にはそう言いました……。わたしが好きでやっていることだから……なにも無理に使ってくれなくてもいいんです……」

先生は宥《なだ》めるように優しく言う。

「そういう問題でもないんですよ。送る方が、いくら気にしなくていいと言っても、もらう方にすれば、負担を感じずにはいられないんです。堂島さんから、なにか言われませんでしたか？」

「なにもいらない……送ってくるな……そう言われました。里子に迷惑をこれ以上かけたくないって……。だから、わたし、彼は遠慮しているだけだと」

「あなたはそう思いたくないだろうけど、彼は本当に嫌がっていますよ」

彼女は膝《ひざ》の上で、強く拳《こぶし》を握りしめた。

「もうそんなことは、やめられた方が賢明ですよ。よけい堂島さんに嫌われますよ」

「そんな！」

彼女は悲痛な声を上げた。

「だって、いつかわたしの送ったものが役に立つかもしれないじゃないですか。彼の本当に欲しかったものを、わたしがプレゼントできるかもしれないじゃないですか。わたし、それだけでいいんです。一度でもそんなことがあれば……ほかのものは全部捨てられたっていいんです！」

ある意味、けなげだと言えなくもない。だけど、なんとも思っていない女性から、こんなふうに思われるなんて、ほとんどの男性はぞっとするのではないだろうか。

「斎藤さん、その思いが、彼には重荷なんですよ」

先生がそう言うと、彼女はぎゅっと唇を噛《か》んだ。

「そんな……どうして気にせずにいてくれないんだろう」

そんなことを言われても、無茶と言うものだ。

彼女は名刺に目をやった。

「今泉さんとおっしゃいましたよね」

「はい」

「わたし、どうすればいいんですか？」

「もう、堂島さんのことはお忘れになった方がいいと思いますよ。彼には決まった恋人がいますからね」

ぼくも心で付け加える。それにそこまで思われる価値のある男でもない。

彼女はしばらく考え込んでいた。いきなり言う。

「今泉さん、もし、あなたがだれかにプレゼントをしたとしますよね」

「はい？」

「それで、相手が『そんなの受け取れない。気を使わなくていいのに』って言ったとしたら、そのプレゼントを引っ込めますか？」

「一度では引っ込めないでしょうね。でも、本当に嫌がっていることがわかれば、押しつけませんよ」

「本当に嫌がっているか、ただ遠慮しているだけか、なんて、どうやって区別するんですか？」

「それは……雰囲気でわかるでしょう」

彼女は深くため息をついた。

「難しいわ。はっきり決めてくれればいいのに。本当に嫌な場合は、片手を上げるとか」

「そういうわけにはいかないでしょう」

先生は苦笑した。

「そうやって、建て前と本音をきっちり分けたとしても、その先でまた建て前と本音が生まれますよ」

「そう……ね」

彼女はすっかり冷めてしまったコーヒーに口をつけた。

「小さいときから、欲しいものを欲しいって言うことは、恥ずかしいことだって言われてきたんです。だから、みんなそうだと思っていました。違うのかしら」

「それは、人それぞれでしょう」

「人それぞれ……それも難しいわ」

彼女はため息をつきながら言った。たしかに、彼女のように不器用な女性は生きていくのが大変だろうな、と少し思った。

先生は身を乗り出すようにして言った。

「どちらにせよ、もう堂島さんになにかを送るのはやめた方がいいと思います」

彼女はこくん、と頷いた。

「わかりました。つらいけど……もうやめます」

ファミレスを出て、先生とぼくは、彼女をアパートの部屋まで送っていった。

彼女は夜道を歩きながら、歌うように言った。

「人の言うことの裏になにがあるかなんて、考えたくないわ」

先生は彼女を宥めるように答える。

「考えないで生きていくのもひとつの方法ですよ。それはそれで、鈍感な人、おおざっぱな人、と言われるかもしれないけど、無駄に人のことばの裏の裏を読んで、不安になるよりもいいかもしれない」

少しだけ、彼女の顔がほころんだ。

「そうね。そういうのもいいかもしれないわね」


中村さんはその報告を聞くと、安心したように顔をほころばせた。

「すみません。無理なお願いを聞いていただいて、本当にありがとうございました」

「いえ、それはかまいません」

「これで、ゆっくり眠れます。諦めてくれて本当によかった」

先生は、少し複雑な表情をしている。堂島の勤務先の件を、彼女にどう言っていいのかわからないのだろう。

「それでは、失礼いたします」

「あ、待ってください」

立ち上がりかけた姿勢のまま、彼女は戸惑った顔をした。先生は続けた。

「お話ししようかどうしようか迷ったのですが……堂島さんはあなたに嘘をついていますよ」

事の次第を説明したが、彼女はさほど驚いたそぶりも見せなかった。

「やだ。見栄《みえ》を張っていたのかしら。困った人」

それだけ言うと、にこやかに微笑《ほほえ》みながら立ち上がった。

「教えてくれてありがとうございました。それでは、また」

彼女が帰った後、先生は顎《あご》に手を当てて、深く考え込んでいた。

「見栄を張っていた、という問題だろうかね」

テーブルを拭《ふ》いていたぼくに、先生は言った。

「彼女にとってはそう大した問題でもないんでしょうか」

普通なら男の誠実を疑うと思うけれど、惚《ほ》れた弱みで、そんなことは些細《ささい》なことだと思ってしまうのだろうか。

「やれやれ、年をとると最近の若い女性のことは、わからないよ」

先生は足を組みながら、年寄りじみた事を言った。

「ぼくだって、わかりませんよ」

「そうか、それを聞いて安心したよ」

先生はそう言うと、急に深い思考の中に沈み込んだ。

堂島和雄が死んだ、という情報が入ってきたのは、それから一週間後のことだった。

住んでいるマンションの部屋が火事になったのだ。寝ていた堂島は逃げ遅れて焼死、彼の部屋にいた中村さんもひどい火傷《やけど》を負ったらしい。堂島の寝煙草《ねたばこ》が原因だという話だ。

先生はそれを聞くと、急に上着を摑《つか》んで立ち上がった。

「少し、出かけてくる。夜までには帰る」

先生が行ってしまってから、ぼくはひとりで考えた。

この火事は、本当に事故なのだろうか。原因がはっきりわかっているのなら、放火の疑いなどは少ないということなのだろうけど。

なんとなく、不安を隠せず、ぼくはそのことについて考え続けていた。

次の日、ぼくと先生は中村さんの入院する病院に向かった。先生は、ゆうべ深夜に帰ってきてから、あまり喋らなかった。

面会は可能だということで、ぼくらは中村さんの病室に案内された。狭いが清潔な病室で、中村さんはぼんやりと外を眺めていた。

顔に火傷はなかったが、掌《てのひら》やベッドの上に投げ出された足先に包帯が巻かれていた。ほかにも何ヵ所か火傷を負っているのだろう。

ぼくたちが部屋に入っていくと、驚いた顔でこちらを向いた。

先生がいきなり言った。

「恋人が亡くなって、悲しいですか？」

中村さんは、先生の顔を睨《にら》み付けた。吐き捨てるように言った。

「悲しくなんかないわ。あんな男死んでよかったんだわ」

これには、先生も驚いたみたいだった。彼女は口の端を引きつらせるように笑った。

「本当は、わたしが殺そうと思っていたの。知ってた？」

先生はそばの椅子を引き寄せて座った。

「あなたが殺したのかと思いました。でも、そう言うからには、あなたではないんですね」

「残念ながらわたしじゃないわ。でも、よくわかったわね。わたしが彼を殺そうとしていたこと」

「あなたは、うちの事務所に証人の役を押し付けにきたように見えた。なにかあったとき、彼がほかの女性に恨まれているかもしれない、ということを、部外者にも証言させるために、ぼくにあんなことを頼んだんじゃないですか？」

「鋭いのね。やっぱり専門家ね」

「そういうわけではありませんが……人間観察はそれなりにしてきています」

ぼくにはわけがわからなかった。なぜ、中村さんが堂島を殺さなければならないのだろう。

先生は、ぼくのその疑問に答えるように話しはじめた。

「あなたには、お姉さんがいましたね。四年前に亡くなっている。結婚詐欺師《さぎし》に騙《だま》されて、貯金を全部取られた上に、勤めていた銀行の金にまで手をつけて、どうしようもなくなって、自ら命を絶ってしまった」

彼女はさびしそうに視線をそらせた。

「姉の勤めていた銀行は、信用に関わるからと言って、姉の自殺の原因をもみ消したわ。姉はただ、鬱病《うつびょう》で自殺したことになった」

ぼくは、思わず尋ねた。

「じゃ、じゃあ、その結婚詐欺師というのが？」

先生は頷いた。

「堂島だ」

彼女はくすくすと笑った。

「あの男の顔は知っていた。姉が何度も写真を見せてくれたから。姉さんは幸せそうに彼の話をしていたわ。もうすぐ結婚するんだ。少し照れ屋で要領が悪いけど、本当にいい人なんだって。そのうち、彼が勤めている証券会社の、お得意様が、彼の薦めた株を買って大損したから、その穴埋めをしなければならないと言う話になって……。わたし思わず、そんな人とつきあうのやめなさいよ、なんて言ってしまったんです。あのとき、あんなことを言わなかったら、姉さんは最後までわたしに相談してくれたかもしれないのに……。姉さんは、そのとき『そうね』なんて笑ったけど、結局彼とは別れなかった。最後の最後まで搾《しぼ》り取られて、追いつめられて死ぬしかなくなったんだわ」

彼女の手が、シーツをきつく握りしめた。

「だから、彼がわたしに声をかけてきたときには、本当に驚いた。そして、思ったの。この男に、償《つぐな》いをさせてやるって。姉さんを苦しめて、殺した償いを……」

「中村さん……」

「でも、不思議ね。わたしの手を下すまでもなかった。あんな男には天罰が下るのね。巻き添えを食いそうになったのは災難だったけど」

彼女は包帯を巻いた手で、髪をかき上げた。どこか晴れ晴れとした表情だった。

「本当にあなたが殺したんじゃないんですね」

「ええ、火事に気づいたとき、彼を起こさずに自分だけ逃げたことが、殺したことになるのなら、わたしが殺したんでしょうけど」

彼女の表情には、まったく翳《かげ》りはなかった。彼女は嘘をついていない。先生は言った。

「わかりました。それならわたしの出番はないようですね」

彼女はかすかに微笑した。

「利用しようとして、ごめんなさい」

「いえ。でも、犯罪者にならなくてよかったですね」

「ありがとう。本当にそうね」

ぼくらが部屋を出ようとしたとき、中村さんは急に言った。

「でもね。たしかにあの男、魅力的だった。なんていうか、女性が言ってほしいことを、心得ているの。女を幸せな気分にする天才なのかもしれない。わたしも何度も芝居をしていることを忘れそうになったもの。そういう男って本当にいるのね」

これで最後だ、とわたしは思った。

これを最後にして、彼を思うことはやめよう。彼と出会う前の自分に戻ろう。戻れるのかどうかはわからないけど。

彼のために、ずっとなにかをしてあげたいけど、それが彼にとって負担になるのなら、しょうがない。彼のために、彼を忘れよう。

わたしは自分に言い聞かす。

もう、彼のためにはいろんなことをしてあげられたじゃない。貯金だってもうないし、勝手に実家の土地を売ってしまったから、家にももう帰れない。親戚《しんせき》からももう相手にされないだろう。

だから、この先もう彼になにもしてあげられなくてもしょうがないのだ。少しさびしいけれども。

だから、これで本当に最後にしよう。

最後の切り札として、取っておいた合い鍵《かぎ》を手に、わたしは彼の部屋に向かった。あらかじめ電話をかけて、彼がいないことは確かめてある。

合い鍵を使って、ドアを開けた。

彼の部屋は、昔のままだった。彼女がいるという話だったけど、彼女はあまり部屋をいじったりしないのだろうか。わたしがプレゼントしたカーテンや食器、泊まるときに使っていたバスタオルまでそのままある。

シンクには食器がたまっていたし、灰皿にも吸い殻が山盛りになっていた。

もしかして、彼女がいるなんて嘘かもしれない。そう思ったとき、テレビの上に置かれた写真立てが目に入った。そこには、和雄と知らない女性が並んで写っていた。若くて、とてもきれいな人だった。

胸が張り裂けそうで、わたしは目をそらす。

こんなことをしている場合じゃない。彼が帰ってくるかもしれないのだ。わたしは腕まくりをした。エプロンをして、鞄《かばん》の中から、雑巾《ぞうきん》や洗剤を取り出す。

形のあるものを、彼に送ることができないのなら、最後に部屋をきれいに掃除してあげよう。

たぶん、彼は気づかないだろうけど、わたしの存在が彼にとって役に立ったという自己満足のために。

雑巾を絞って洗剤で窓を拭いた。雑巾が真っ黒になる。彼女は部屋を掃除してあげないのだろうか。

ちょうど天気がよかったのでベッドのマットレスも干した。叩《たた》くとびっくりするくらい埃《ほこり》が出た。

掃除機をかけて、棚や電気の傘を拭き、シンクを磨く。早く帰らなければ、という気持ちと、もう少しきれいにしよう、という気持ちが交互にやってくる。

玄関の鍵が音を立てたのは、そのときだった。

わたしは青ざめた。彼が帰ってきたのだ。ドアが開いて、入ってきた和雄は驚愕《きょうがく》の表情を浮かべた。

「里子……」

思わず叫んだ。

「ごめんなさい。ごめんなさい。これで最後にするつもりだったの。帰るし、もう二度と部屋へもこない。怒らないで。ごめんなさい」

彼はしばらく黙っていた。だが、靴を脱いで部屋に上がってくる。煙草のたくさん入ったビニール袋を持っていた。昼間からパチンコに行っていたのだろう。もう、新しい職場もクビになってしまったのだろうか。本当に頼りない人。

「なにしにきたんだ」

低く言われて身体がすくむ。

「掃除を……」

「だれがそんなことを頼んだ」

「ごめんなさい……」

視界が涙で曇る。わたしは鼻を鳴らした。和雄はため息をついた。

「なあ、里子。ぼくにはもう好きな女性がいる」

「知っているわ」

「だから、きみのことはもう幸せにできない。けれども、きみには幸せになってもらいたいんだ。ずっと笑っていてほしいんだ」

その声は、ひどく遠くから聞こえてくるみたいだった。わたしはぼんやりと彼を見上げた。

「だから、早くぼくのことなんか忘れるんだ」

わたしが幸せになること。わたしが笑っていることが、あなたの望み。

わたしは深く頷いた。

「わかったわ。そうする」

彼はほっとしたような顔になって笑った。

「じゃあ、散らかっているところだけ、片づけておくね」

「ああ、そうしてくれ」

わたしのことばで、彼はすっかり安心したみたいだった。座って煙草を吸い始める。

わたしはそのあと、お風呂とトイレを掃除した。

「彼女、今日くるの？」

そう尋ねると、彼は頷いた。

「ああ、仕事があるから夜だけど」

はじめて考える。わたしはどうしたら幸せになれるのだろう。わたしは本当はなにが欲しいんだろう。わたしはどうしたら、笑っていられるのだろう。

テレビの上の、ふたりの写真が頭の中でぐるぐるまわっていた。

「これも洗うね」

彼の目の前のたまった灰皿を取り上げる。食器をきれいに洗って、灰皿の中を捨てた。たった一本、くすぶった吸い殻だけを残して。

マットレスをとりいれて、ベッドに戻した。そうして、その間にさっきの吸い殻を押し込んだ。

わたしは、エプロンを外した。

「じゃあ、わたし帰るね。もうこない。合い鍵も返す」

「ああ」

彼はひどくそっけなく言った。

玄関を出るときに、わたしはもう一度振り向いて言った。

「わたし、幸せになるね」

メルヘン

山岡　都

山岡《やまおか》　都《みやこ》

岐阜県生まれ。名古屋大学文学部文学科卒業。地元の公立中学校に教師として勤務。01年から習作を書きはじめる。02年、虫愛ずる少女と文学青年の巡査が体験した15年前の出来事を細緻な文章力で描く「昆虫記」で第9回創元推理短編賞を受賞。03年2月、受賞第1作短編「スフィンクスが消えた夜」を発表。

油が滲《にじ》んだような日差しの下、空気も湿気を帯びて重たかった。夏、なのだ。

今繁華街の真中で開かれている「人体の不思議展」は多くの人を集めていた。理科室の人体模型の実物版、つまり展示されているのは全《すべ》て本物の人間の死体。それに樹脂を注入して固めたプラストミック製法による医学標本なのだ。容赦なくメスを入れられ切り口を見せた体が彫刻の如く立ち、剝《む》き出しの筋肉、神経、血管、骨、内臓等々がレストランの調理見本のように見事に並べられる。臓器の断面を見せるため真二つにされた胴体があり、子宮から取り出された胎児がある。満員の見物客は敬意も畏怖《いふ》も羞恥《しゅうち》も持たず、物としての赤裸の人体を眺め、休日を楽しむ。

安藤は友人の美晴に連れて来られたのだが、無味乾燥な物体でありすぎる人間の身体に既に食傷していた。美晴は彼の態度に横で非難を加える。絵を描くにはデッサンが基本よ、とりわけ人を描くには骨と肉付きを知らなければ動きは表せない、これは素晴らしい観察の機会なの、君も絵描きなのだから眼を開いて勉強しなさい、と。基礎なんて元よりない、今からじたばたしても知れている、絵で金を稼いだのは運がよかっただけだから駄目なら駄目で他に道を考えるよと、安藤は答える。全くいいかげんと、彼女は溜息《ためいき》。それにしてもここにあるのは固くて動かないが本物の死体だ、なのに見物人の反応はあっけらかんと興味だけ。今も隣で玉蜀黍《とうもろこし》のように黄色い髪をした大柄な男が女に話している。献体するのって男ばっかだな、お前アレだけ貰《もら》いたいだろ？　やあだ、萎《しな》びてるもん。二人は笑う。非難のつもりはなく、何の気なしに顔を向けた。偶然相手の男もこちらを見、声を上げた。

「もしかして安藤？　そうだ、安藤だ。俺だよ、末次だ」

覚えている。十代の頃の連れの一人だ。会いたい友達ではない。むしろ見たくない。

「久しぶりだな。そのうちどっかで飲もう」

そんなおざなりの言葉だけで早々に離れようとしたが、相手は違った。

「いいじゃねえか、せっかく会ったんだから今からみんなで飲みに行こうぜ」そして女に説明を始める。「安藤は暴走族仲間だ。五年前こいつ警察に捕まってな。追われてる時カーブきり損ねて歩道に突っ込んで転倒したどじ。あん時捕まったのこいつだけ。そっから少年院に入ったんだよな？　あ……と、彼女の前では秘密、かな？」

「六年前のことで、単なる保護観察処分だ」昔の自分やその事件はとっくに美晴に話していた。

安藤は進学校をドロップアウト後暴走行為等で憂さを晴らしながら漫然と過ごし、集団で走っている時逮捕された。そういえば仲間が来たら少年院送りになったと伝えるよう家族に頼んでいたのだ。ともかく、美晴は迷惑そうな顔だし自分だって末次なんかと付き合いたくないが、今は断る理由が見つからない。賑《にぎ》やかな街の宵の口、人々はまだ一日を楽しもうとする。夏の空はまだ明るさが残っている。末次は路地裏の小さな酒場に入りかけた。

「ここは俺達の組が仕切っていて顔が利くんだ」昔も暴力団とのつながりを自慢していたが、とうとうそちらへ行ったらしい。

「ねえ、あの子、まだついてくる」美晴の言葉に振り返ると、数メートル離れて少女が立っていた。カッターシャツに紺のスカート。学校の制服のようだ。安藤は彼女に見覚えがあるような気がした。痩《や》せた少女はこちらを見つめている。「人体の不思議展の時からいるのよ」

「俺のストーカーかな？」末次は少女の方に近寄り何やら話し始めた。「おーい安藤、お前に用だってさ。何か悪いことしたんだろ」

少女は末次をすり抜け安藤の前に出た。確かにどこかで見た、だけど思い出せない。

「……安藤清さんですね。わたしのために、わたしだけの……」声が上ずっている。「メルヘンの絵本を創ってください……」

末次は自分と連れのミキという女の子の間に少女を座らせた。子どもは帰らせろという安藤の不機嫌な言葉には当然従わない。「安藤がメルヘン？　こいつはたまげた」末次は旧友の近況について全く知らなかった。誤魔化そうとする安藤を遮って少女に話し掛ける。少女は安藤のことを新聞や週刊誌の写真で知ったと言った。先程偶然見かけて運がいいと思ってついてきたのだぞうだ。

保護観察処分の時だった。遊びで描いた絵が元美術教師の保護司に認められ、ちょうど退屈していたマスコミに目をつけられた。「更生した元非行少年」の絵として売り出される。不登校の引きこもり少年が創った童話に絵をつけて本にするまでとんとん拍子。そこそこ売れてテレビカメラまで来たが、引きこもり少年はリポーターの無神経な質問にかっとなって再び部屋を閉ざした。安藤は何を言われても気にしない。今も雑誌などに時々絵が載る。現役芸大生美晴によると、「基礎も何もないマンガ」であり、一時のマイナーな流行だそうだ。それは安藤も思っていることで、流行が消えかかっているのも認識していた。でもどうしろと言うのだ。美晴などは幼い時からお絵かき塾、高校の時もずっと美術部に絵画塾、そして今芸大の日本画科在籍だから技術もある。安藤などがいまさらどうなるわけでもない。

しかし、少女は安藤の絵に感動したと、それにしては感情がこもらない調子で話を続ける。末次とミキは笑いながら彼女に甘ったるいチューハイをむやみと勧め、つまみを押し込むように口へ運ぶ。少女がむせる。顔が赤い。お腹ふくれた？　と末次は少女のカッターの下に手を伸ばす。安藤は美晴の非難の視線を受けながら黙っている。自分が口を出したら末次を刺激してやぶへびだということを知っている。その代わり彼女にそっと伝える。

「トイレに連れ出してそのまま二人で俺のアパートへ行け」と。美晴は少女のスカートにわざとチューハイをこぼし、腕を取って連れ出した。

「すげぇよな。画家、それともイラストレーター?」末次が残った安藤に絡む。「ルックスもいけてる、テレビ向きじゃん。喧嘩《けんか》も強かったんでしょ。彼女に妬《や》けちゃうな。乗り換えよーかな」ミキも相当酔っているようだった。格好は派手だし化粧もしているが年齢は幼そうだ。「芸術家だって。末ちゃんとは大違い」

「黙ってろよ」末次はミキの腹を小突いた。彼女は体を折る。かなり痛いはずだ。漸《ようや》く本性が出てきたかと安藤は心の用意をする。「さっきからずいぶん帰りたそうじゃねえか。あのお高く留まったお前の女もあからさまに俺を嫌がってる。やくざふぜいとは付き合っていられねえって顔だ。なあ今思ったけどよ、族を抜けるなら制裁受ける覚悟が要ったよな? けどお前はずっと抜けたがっていた。ひょっとしてお前が事故って警察に捕まったのって俺達から逃げるため、つまりわざとじゃないか?」

なかなか頭が働く。当時暴走グループを抜けようとするとリンチにかけられた。死人こそ出なかったものの重傷を負った者、中には重体に近い者も出た。

「族はなくなったんだろ、つまりみんな抜けたってことだ。今更どうでもいいだろうが」

「じゃ、お前はその疑いを否定しないんだな」

「一応否定しとく。でも暴力団のひも付きグループとはいつだって別れたかった」

「俺のこと言っているのか!」

末次が立ち上がる。その時ミキがぼやいた。「ねえ彼女達遅いよー」安藤はトイレの方を振り返った末次の足を払うとテーブルを飛び越えて逃げ出した。

美晴は、あの子十八未満だと思う、手を出したら淫行《いんこう》条例で捕まるからね、と駄目を押して自宅へ帰った。スケッチブックとパステルや水彩絵の具が散らばった部屋にぺたんと座ったまま寝ていた少女は、揺り動かして起こしても住所も名前も答えない。安藤さんの絵が好きです、わたしのために童話の絵を描いてくださいと繰り返す。俺は童話なんか読まないよと正直に話す。童話向きの優しく素直で純真な人間じゃない。たまたま童話っぽい挿絵《さしえ》をよく描いているのはそれが受けたから。まともな絵が描けないからそういう題材しか回ってこないんだろうな。お前の望む絵は描けない。それよりもう家に帰りな、タクシー呼ぶぜ。——でも気持ち悪くて……すみません、と蚊《か》の鳴くような声。彼はトイレを指差す。時間は零時近いが、本人の携帯から自宅の電話を出して連絡すればいいさと気楽に考える。美晴が親切にも人体の不思議展のカタログを置いていってくれたが、眺める気にもなれない。

末次は昔と変わっていなかった。弱い者いじめを楽しみ、強い者の前では卑屈、そして妙に鋭い。安藤が自分を嫌っていること、六年前の事故が故意であったことに気づいている。その通り、安藤はバイクで自由に走りたかっただけ。自分達を予備軍にする暴力団や、その手引きをする末次達や、暴力やクスリに犯されていくグループが、厭《いや》でたまらなかった。このアパートを知られるとしつこい嫌がらせをされるはず。厄介な相手に会ったものだ。それにしても少女は遅い。トイレに倒れているのではないかと不安になる。呼びかけようとした。ドアが開いた。すっかり服を脱ぎ捨てた少女が立っていた。そのまま安藤の胸に倒れこむ。「ここにおいてください」

骨ばった細い肩、痩せてあばらが見える胸、震える脚、頼りない生き物……。「全然色気がない。飲みすぎで腹だけ出ているぜ。みっともない」強《し》いて振り切るようにそう言った瞬間、Tシャツを通して彼女の胸の浅く速い鼓動を感じた。触れてはいけないものに触れた——乱暴に身体を離す。本当はその棒のような腕を捻《ひね》り上げたかった。畏《おそ》れ？　怒り？　急に湧き上がった凶暴な衝動に自分で戸惑う。彼女をどこで見たか思い出せない焦燥がより神経を苛立《いらだ》たせる。「家に帰れ！」

少女は泣きそうに顔を歪《ゆが》め、部屋の隅に放り出してあった安藤の赤いマジックペンを取った。自分の身体に描き始める。三段腹に見えるような曲線を、垂れた乳房を、顔にも垂れ下がった頬《ほお》を。不必要に力をこめたペンがきゅっと鳴る。あっけに取られていたがやっと我に返った安藤は少女の赤ペンをもぎ取った。

「馬鹿野郎、油性マジックだから落ちないぞ！」赤い線で彩った少女は滑稽《こっけい》で醜かった。

「抱かないのなら、この豚の絵を描いて。滑稽でしょ、笑えるでしょ？　とても立派な脂肪と蛋白質でできたフランドン農学校の豚です」

酔った少女は間もなく眠ってしまう。クーラーがないため窓を開けているのだが、部屋の中にアルコールと酸っぱい汗の臭《にお》いが充満する。裸のまま小さないびきを立て眠る少女。短く黒い髪が汗で頬に張り付いている。後ろめたさを感じながら安藤はスケッチブックに少女の姿を描く。がりがりででぶでぶで。少女で豚。清潔で淫猥《いんわい》。目が離せなかった。

描き終わって少女から逃げるように台所へ行き、ぬるい水道水を何杯も飲んだ。流しの下で眠る。そこが少女から一番遠いところ。悪い夢を見た。末次が鉄パイプを持って仲間を引き連れている。疲れた。腹の中に不完全燃焼の黒焦げた煤《すす》が溜《た》まる。

一夜明けて美晴から電話。二日酔いの少女は現在本当にトイレで吐いている。「宮沢賢治のややマイナーな童話」文学の類《たぐい》にも詳しい美晴は『フランドン農学校の豚』についてもすぐ教えてくれた。「大事に育てられ幸福を感じていた豚だけど自分が食用に殺されるのに気付いてしまった。怖くて悲しくて、でも先生達に脅されて、力ずくでホースで餌《えさ》を腹に流し込まれて太らされて、そして殺された。最後はとってもきれいな雪の夜、金の星に銀の月が冴《さ》え冴えとした夜に豚は解体されたっていう、何か不条理で気持ちよくない話。もしかして今度の絵、それを題材にするの？ ちょっと、そりゃあ……面白いの考えたじゃない」電話の美晴の声は心なしか悔しさが滲んでいた。「ところで昨日の女の子どうした？ 家出らしいって、ちょっと、やばくない？ 早く帰しなさいよ」

安藤もそう思うが彼女の服を探しても携帯電話は持っていないし名前の手掛かりもない。

安藤は雑誌に頼まれていた「童話を題材にした絵」に、豚を描いた。——死にたくないって馬鹿な豚。生きているから辛《つら》いだけ、死んだら楽になれるのに——少女は呟《つぶや》いている。人間の細い手足をして腹が膨れ上がった豚。無理やり漏斗で食べ物を流し込まれる醜い豚。そして八つに解体された少女。水銀のひかりを注ぐ月。膠《にかわ》を溶かした厭な臭いが充満した部屋で日本画を描いていた美晴を思い出す。あの美しい砂の絵の具と技法があれば満足できる月が描けるものを。

少女とどこで会ったのか、それが知りたくて更に彼女の素描を続けた。稚拙な似顔絵——自分で判ってやや絶望。部屋には以前美晴が描いた安藤の横顔のスケッチ。はっきり力量が違う。やはりデッサン教室で習わないと駄目なのだろうか。安藤は少女の表情の謎を表したかった。

少女は安藤のアパートに居続けた。学校が始まっただろうに帰ることを拒む。十代の頃自分自身が半家出状態だっただけに、無理に帰す気が起こらない。後で返して貰うからと少女に着替えを買わせ、モデル代とアドバイス料で食費居住費をチャラにするということで置いてやる。

金の余裕はない。絵で稼げる状態ではなく、画材や書籍代で足が出る。主たる収入はアルバイト。でも、少女も電気炊飯器で飯を炊き目玉焼きとインスタント味噌汁《みそしる》程度を作るので、外食代は浮く。それほど損でもないだろう。

名前を教えてくれない少女は、自分の読んだ本のことならとても饒舌《じようぜつ》になった。——昔話には人食い鬼がよく出てくる。やっぱり人を食べる人がいたのだと思う。狼男《おおかみおとこ》とか吸血鬼とか山姥《やまんば》とか。そして人を食べていなくても、山に住んで汚い格好していたらそういう人にされちゃう。嫌われたり怖がられたり、村の人に殺されたり――怖いね、と鉛筆を動かしながら生返事。スケッチブックの少女の顔はまるでロボット。頬なんてもっと繊細なんだけど。――こぶとり爺《じい》さんでも花咲か爺さんでも隣のお爺さんは主人公のまねをしたから落ちぶれる。まねをする爺さんってきっと村の中でも要領よくって得をしている人だと思う。そんな人って陰口を利かれますね。それで彼が不幸になるとみんな喜ぶ――この少女の線の細さはどうやったら表現できるのだろう。デッサン第一と美晴は常に言っていた。写実的に描かなければ駄目ということではなく自分の手を心にしろと言ってるの。想うだけでは絵も詩も音楽もできない。単なる夢想。想いを色や線にする。そのための技術、そのための訓練が必要なのよ。煩《うるさ》い話だったが、今少女を描くためにその力が欲しかった。――アンデルセンは俗物嫌い。かがり針やえんどう豆や裸の王様みたいな見栄っ張りは馬鹿にする。でも、豆の上に寝た王女様は王子様と結婚できる。どうしてかしら。滑稽に思える話なのに――結婚相手に本当の高貴な王女を捜す王子様がいた。何十枚もの布団の下のたった一粒の豆が身体に当たって眠れなかった神経質な王女を本物だと認めて結婚した。少女はそう粗筋を話す。お前のことだろう、と安藤は思う。傷だらけの肌から血が滴り、苦痛にあえぐ少女を描く。あらわな背中の椎骨《ついこつ》が棘《とげ》のように突き出ている。繊細過ぎる王女様、普通の人間なら彼女を敬遠するところだ。

傷ついた裸の少女の絵、絵、絵……。俺は変態か、と思う。こんなポルノ描いてたら干されるよな。ほとんど刑事犯罪。少女が覗《のぞ》き込む。――いやらしい絵。牢屋《ろうや》に閉じ込められますよ。きれいな声で歌ったひばりのように。けどわたしがひなぎくになれたら——少女が想うのはアンデルセン童話の『ひなぎく』。美しい声でみんなを魅惑し子ども達に捕らえられたひばり。その慰めのために一緒に閉じ込められたひなぎく。少女は憧《あこが》れを込めて、渇きで死んでいくひばりとひなぎくの死の物語を話す。ひなぎくに頭を持たせかけるひばり。——空を飛びたいひばりには不幸な死。でも、憧れの小鳥と一緒に死ねる小さな花は最高に幸せ——心中話だと安藤は思う。死んだら全て終わりなのに。でも、もしこいつに誘われたら？　二人だけで閉じこもって死んでと言われたら断れるか？　時に背中に鬱陶《うっとう》しいくらいの身体の熱さを感じる。匂いと肌のふるえを感じる。それでも自分の衝動を抑える。相手は子どもなのだと。白い紙に彼女の身体の線を描いていくと、抑制の苦痛が痺《しび》れるように快いとさえ思える。全く、ろくでもない妄想だ。このごろ美晴が誘いをかけてこない。このままだとやばいかなと考えたりもする。

物語のことしか話さない少女に安藤は将来のことを話す。美晴には言えなかったこと。——看板屋になりたいんだ。ペンキで店の宣伝を描くやつ。まず見習で入っていろんなこと習って。ど素人《しろうと》の見習でも雇ってくれるかな？

「絵はどうするの」少女は訊《き》いてくる。「あんなどべたな絵、しかも美晴に言わせると、つまりあいつの言うことが本当なんだけど、情熱のない絵、人に金払わせて見せるの、ずうずうしいな。絵を描くのは嫌いじゃないが趣味で描く。誰にも見せない」——お前の絵を描く、俺とお前以外誰にも見せない絵を、と自分に呟く。

深夜コンビニのバイトをしている。もっと実入りのいい仕事口はあるが、真夜中客もいなくなって一人荷降ろしや掃除をするのが好きだった。誰もいない静かな空間、他の人間と話す必要はない。ただ心の中で少女と向き合っている……。

秋が深まっていった。空気が冷たい朝、バイトから戻った時部屋に少女はいなかった。代わりに末次がいた。

「よう、安藤。それとも安藤先生かな？　このあいだは出世したこと知らなくて失礼したな。俺は世間知らずでなあ」こいつが静かな調子で話す時は必ず腹にたくらみがある。少女の失踪《しっそう》がこの男と関わりがあるのは確かなので不安になる。「もうスターだよな。俺達街のダニとは顔を合わせたくないだろうな。このあいだなんて逃げちゃうものなー」

「言っとくけど警察にこっぴどく叱《しか》られたのは本当だ。だから保護観察中はおとなしくしてたし、その後だって何かやったらただじゃおかないぞって脅されていたから。しかも二十歳になったら完全に親に見捨てられて一人暮らしだ。俺程度の絵では絵の具代も出ない。だからバイクも車も買えないし、アルバイトしなくちゃ飯も食えない。遊ぶ閑《ひま》もなくてお前らに無沙汰《ぶさた》していたんだよ」相手を怒らせてはいけない。

「そうか？　そういやあお前はパクられた時も仲間の名前を出さなかったし、裏切ったわけじゃないかもな……。でもな、お前が有名になってお高くとまっているって言う奴らもいるんだぜ。

お前の女だって言ってたが……」

「どの女だって？」

「女？」美晴ではないよな？　もしかしてあの女の子のことか？

「ここでお前と同棲《どうせい》しているガキだよ。そいつが言うにはお前に童話の絵を描いてもらうって。『みにくいアヒルの子』だろ。その話ならいくら頭の悪い俺でも知ってる。素直で可愛らしい幼稚園児の時に聞いたからな。みんなに苛《いじ》められていたアヒルの子は実は白鳥でしたってやつ。つまりそれがお前なんだろ、一人だけご立派な才能ある白鳥。俺達はゴミみたいなアヒルだけどよ」末次は喉《のど》の奥で下手《へた》なアヒルの鳴きまねをして笑った。聞いてないぞ、そんな絵の依頼。

「あいつは女なんかじゃない。ほんの子どもだ。まさか何かしたんじゃないだろうな？」

その時安藤の携帯が鳴った。反射的に電話を優先する。「もしもし、『ドリーム・メルヘン』の村山ですけど、安藤先生ですか？」このあいだ『フランドン農学校の豚』の絵を送った雑誌の編集者だ。「夜通しバイトだと聞いていたものでこんな朝にお電話したのですが、実はですね、今回は安藤さんの絵は雑誌に採用しないということに決まりまして。こちらからお願いしたのに何だと思われるかもしれませんが、複雑な事情がありまして。……もしもーし」

飽きられたら絵はやめる、どうせ素人だから、と普段言っていた。でも自分の絵が拒否された話は結構な衝撃だった。「実はそのことで、もしもし、だめかな。電話じゃ埒《らち》があきませんね。今日会って重大なお話を……」電話が続きそうなので肩をすくめた末次が、また連絡するよとバイバイする。

「すみません、後で話す!」村山の電話を切る。そして階段を下りる末次を追おうとした時、再び電話が鳴った。

「後で!」走りながら叫んで切ろうとした時聞こえたのは美晴の声だった。

「あの女の子についての大事な話だから聞きなさいよ。彼女のお兄さんは片桐勇樹って元暴走族。昔の記事を調べたのだけど、確か安藤君の入っていたグループと同じはずよ」その名を聞いた途端安藤の足が止まった。確かに片桐勇樹も昔の仲間だ。なぜその妹がここに? そして末次との関係は?

昔の片桐はいつも怖がっていた。仲間と一緒の時自分も加わってしまう凶暴な行為にも、仲間はずれになることも。親父もお袋も自分を見捨てている、妹は小学生だがすごく優等生のいい子ちゃんで可愛がられていて俺は居場所がない……そう愚痴るぐずだった。弱い者には仲間と一緒になって暴行を加え強い者にはへつらう。彼は安藤にごまをする。あんどっちゃんはいいよ、喧嘩が強いしクールだし頭もいいから。でも俺は皆と同じにしなけりゃはじき出される。そうなりゃどこへも行けない。つつき殺されるだけだ。中学の時からずっといじめられてた。奴らは教師にばれるようなことしないさ。無視して仲間はずれにして嫌がらせしてしつこく俺を笑う。生まれてこなかったらよかったのにと何度も思ったよ。あんどっちゃんみたいにやくざにも負けないように強くなれたらいいのにな。

卑屈でくどくてうんざりする男。でも、あまりにも惨《みじ》めな奴だから族を抜ける気はないかと声をかけたことがある。末次や暴力団を怖がっていたのか安藤を信用してなかったのか居場所を失いたくなかったのか。族が警察に追われた時故意にカーブをきり損ねた安藤の姿を見ていたのにそのまま走り去った。片桐にはわかったはずだ、安藤が仲間を抜ける計画を実行したことが。

「でね、お兄さんが死んでから彼女は……」

「片桐が死んだって？」

「知らなかったの？　ああそうね、テレビも新聞もないんだ」

片桐勇樹は二年前、当時十五歳の少年に自宅で殺された。恐るべき少年犯罪ということで有名になったが、動機がわかっていよいよ週刊誌が騒いだ。少年のガールフレンドが片桐勇樹にレイプされた仕返しだったのだ。真面目《まじめ》な中学生の少年少女、小さな恋人の仇《あだ》を討ついじらしい少年。一方片桐は元不登校の暴走族、二十歳を越えても仕事がなくて親のすねかじり。暴力等の旧悪も続々と報道された。そんな息子を野放しにした親も悪いということで世論の勝負はあった。いったんは同情したマスコミが片桐家の教育に注目し残った家族を追い掛け回した。勇樹の父親は職場を辞めるはめになって娘を連れて住所も変わり、親戚《しんせき》の家を転々としているとか。

何であの弱虫の勇樹が……。

「もう少し詳しく事件がわからないのか？」

「あの当時の新聞のコピーはあるけど。えーとね……」

犯人の少年はガールフレンドから告白されて家にも帰らず盛り場を彷徨《さまよ》っていた。復讐《ふくしゅう》したかったものの考えはまとまらず、そんな時外国人らしい髭《ひげ》の男から覚醒剤を買った。単なる気分の明るくなるクスリと思ったと彼は主張する。クスリの効き目か彼は決心する、なぜ邪悪な男がのうのうと遊び、悪をなしていない自分や恋人が苦しむ？　正義は果たされるべきだ、自分が正義を貫くべきだ、と。悪魔が犯行を唆《そそのか》す言葉を囁《ささや》いた。そして彼は片桐勇樹の家へ行った。朝の八時過ぎ、家には片桐の母親が一人いた。無理やり押し入って包丁を摑《つか》む。それを振り回したのは危害を加えるためではなく、おとなしく引っ込んでいて欲しいと思ったから。母親も無駄な抵抗などはせず、奥に入ってくれたらしい。普段家出同然の勇樹が珍しく、そして運悪く九時頃家に戻った。そこで少年は切りつけた。母は息子を守ろうとして飛び出したが間に合わなかった……。

「ありがと。調べてくれて」そう言いながら安藤の頭が回転を始める。少年はどうして片桐がレイプの犯人だとわかった？　家をどうやって突き止めた？　単に運のおかげで片桐に会えたのか？　警察は調べたのだろうけど、少年で、しかも覚醒剤で朦朧《もうろう》としていたのなら、そして被害者が唾棄《だき》すべき者なら、解明しきれただろうか。

「わたしはただあの子がちょっと変わりすぎているから制服で学校を調べただけで。ま、彼女の高校へ行って噂話《うわさばなし》も聞いたんだけどさ。わたしの動機はやきもちかな？　これは推測だけどお父さんもお母さんも自分たちのことで手一杯であの子を探せないのじゃないかな。警察に頼んだりしたらまたマスコミに嗅《か》ぎつけられて騒がれるかもしれないって怖がっているんじゃないかな？　そういう可哀想な子だから付け入って淫行しないでねってことがわたしの一番言いたいことだったりして。安藤君、ちょっと、聞いているの？」

「さっき、『ドリーム・メルヘン』から絵が不採用になったたって電話があった。それで落ち込んでいる。後で直接話があるらしいけど、その時ついてきてくれないかな？　つまり三者懇談の保護者役。時間と場所は後で伝える。それから片桐の妹の名前は？　あ、いや、やっぱいい。俺が直接本人から聞くから」

電話を切った。部屋に座り込む。片桐は自分から悪事をたくらむ奴じゃない。誘われたか唆されたかしたのだ。それとも他の奴の性の相手を供給するために使われたか。そんな時片桐は断れない。拒否すれば自分がどんな目に遭うか知っているから弱い女の子を生贄《いけにえ》に差し出す。どちらにしてもどうしようもない奴。確かにずるくて酷《むご》くて悪い奴。だけど妹はどうして俺のところへ来た？　片桐を見捨てて一人きれいにすましている俺を末次に会わせてごみの中に叩《たた》き込むためか？　あの子を初めて見た時見覚えがあるような気がしたが、片桐と仲間だった時小学生のあの子を見たのか？

何にしろあの子を助けるのは安藤の責任だ。さっき末次を逃がしたのは自分の絵のことを考えていたからだ。自分の失策だ。

「絵が売れなくなったら普通のフリーターになるって言ってたけど、あんな売れ筋だけ考えている雑誌に断られたからって気にしないでよ」

あれから村山と打合せ、約束のホテルの喫茶室まで美晴の車で送ってきてもらったところだった。美晴はなぜか髪形を変えていた。香水も新しい。

「絵が描きたくなった」安藤は正直に告白した。「よかったら美晴にデッサンを習いたい」

「わたしー？　うーん、ひよこ前の卵よ」

その時、笑顔を浮かべながら村山が小走りに来た。

「すいません安藤先生、お待たせせして。それにどうも誤解させてご心配をおかけしてしまったようで。こちらフィアンセの方ですか？　おきれいな方で」

美晴は笑って誤解を解く。

「へえ、絵のご友人ですか。あの大学の日本画？　凄《すご》いですね、僕あそこすべったんですよ。入った大学は第四志望くらいですね。仕事が見つかりやすいかもしれないと思って僕はデザインを専攻したんですけど、本当は油絵が描きたくって。恥ずかしいけど高校の時エゴン・シーレに参りましてね、あんな存在の不安と焦燥をエロティシズムに融合させた絵が描けたらと。批評家によってはエロティックではないって言うのですけど、やっぱり官能的ですよね」

美晴と村山は意気投合し、しばらく生命とか存在の不条理について話をする。安藤は場違いだった。

「すいませんね安藤先生、脱線してしまって」やっと村山が仕事の話に入る。先の豚の絵を載せなかったのは強烈過ぎて雑誌の企画に合わなかったからで、編集部の者は皆少なからずショックを受けたとのこと。「肯定的にも否定的にも凄いってことです」それで編集長が親しくしてくださっている某大家の先生に見せると、この感覚は貴重だ、これはぜひとも大切に育てたい才能だと……。村山は話を続ける。この作風でもっと描いてほしいこと、軽いファンタジーイラスト系の『ドリ・メル』では駄目だから売り出すために新しい企画を考えていること、やがて個展を開いてもらうこと……。

安藤は末次と対決する前に心を決めようと、売り物の絵と決別しようとここに来たのだ。ずいぶん思惑が違ってしまった。どっか狂っている。自分は絵が天職とかそういう立派な人間などではなくって単なるマンガ描きだ。本当に描きたいと思って真面目に取り組んだのは——あの少女の不思議な表情だけ。これからも絵を描きたいと思っているのはあの少女がいたからだ。

「嫉妬《しっと》されてるの、知ってた?」帰りの車で美晴は言った。「わたし前からずっと妬いてた。どべたのくせに全然絵の勉強をしない。練習しない。それなのに変な発想と面白い構図と印象的な色使いで、人に認められちゃう。私なんか小さな時からずいぶん努力もしたのに何か不公平。安藤君って自分勝手だし、すぐ投げ出すし性格も悪い。あの女の子拾った時でもいいかげん。今もわたしのこと忘れていたくせにこうして勝手に声かけて。どうせタクシー代わりに使うつもりだったのでしょう。同情してやろうと思ったのに損した」

図星だ。美晴を便利屋にしている。地下鉄やバスより車が都合いいから使っている。

「本当にすまない。俺、変だから」車は繁華街に入った。駐車場を見つける。

「わかっているわよ。だからせめて今夜おごりなさいよ。あの子も一緒でいいから」

「ごめん。また今度。実は重大な頼みがある。車を駐車場に止めて待っていて欲しい。片桐の妹が走ってきたら美晴の家まで連れて行ってかくまってくれ」末次に会うなら何が起きるかわからない。自分だけなら何とかなるが、少女の安全のために、美晴と彼女の車を使いたかった。

別れる時の美晴の顔は見られなかった。あまりにもないがしろにした扱いだったから。

末次が今どこに住んでいるか知らない。手掛かりは人体の不思議展で会った後に行った店。彼の属する暴力団がみかじめ料を取っているはず。そろそろ店員が出始める時間だ。

開店前の準備中だったがミキという女の子がいた。化粧は濃いが彼女もおそらく十八未満。末次の居所を訊くと不機嫌に唇を曲げた。

「彼忙しいの、知ってるでしょ？　だからわたしは放っておかれてヒマ。暇人同士どっか連れってくれない？　ね、やろうよ！　末ちゃんにやきもち妬かせよ！　安藤さん相手ならきっと末ちゃん狂ったみたいに荒れ狂うよ。対立グループのボスを素手で叩きのめしたとか、やくざを追い払ったとか、安藤伝説有名じゃん。自分より上等な人間だって、とてもかなわないって、末ちゃん思ってるもん。あの女の子だって安藤さんのものだからあんなにご執心なんだから。わざわざアパート探し回ってさらってきて、S使ってやってる。末ちゃんの可愛がるってのは相手をむちゃくちゃにすることだからあの子も……」

「俺は末次に話がある」八つ当たりに安藤を傷つけようとする女は無視した。

「もしもし、俺。何だ、安藤、どうしてこの番号知ったんだ？　ま、いいや、お前昔から何でもできたもんな。そろそろあのスケ欲しくなって疼《うず》いてきたか？　へへん、お前でも女でうろたえることがあるんだ。片桐？　何でいまさら片桐の名が出てくる？　片桐の妹！　お、おい冗談はよせよ。何でお前んとこに片桐の妹がいるんだよ？　俺は関係ないぞ！」

完全におろおろしている末次。安藤は安堵《あんど》する。少女が片桐の妹だと聞いた時から気にかかっていたのは、彼女が末次とつるんで自分に何か企《たくら》んでいることだった。末次は少女と無関係だった。ほっとしたが手を緩めてはいけない。攻めのチャンスだ。今の末次は安藤が堅気になったと思ってなめてかかっている。昔の自分に戻らなくてはならない。かつては安藤が怒り出すと、仲間は皆首をすくめてへつらったものだ。プライドが高い末次でさえ。

「片桐の妹なら怖いだろ。寝首をかかれないかと当然思うよな」

「安藤！　何考えてる！　お前、俺をどうしようって言うんだ！」

相手を追い詰めたのはO．K．でもあの子の安全を確保しなくては……。

「片桐の妹は何の関係もない。偶然あの嬢ちゃんを見つけた時、ロリコンのお前に見せたくないと思っただけだ。あの子は何も知らない。さて、と、これは単に俺の考えだけど」安藤はわざとゆっくり間を取って話す。「片桐が殺された事件、妙だなと思って調べていたんだ」

「ガキの事件だな。怖いよな、素人がラリッてるのは」

「そうだ。たきつけるのは容易《たやす》いが、ブレーキがきかない。お前はうまくやったけどよ」

「何言うつもりだよ！」

「単なる子供用のお話創ったんだけど聞いてくれるか。片桐は臆病だ、バックがいなくちゃ女に突っ込めない。あいつは悪いことをやってきたんだけど、同じような悪いお仲間がいなけりゃ縮んじゃうんだよな。さてここに一人の利口な男がいる。そいつは考えた。恋人の暴行犯人を捜してるガキが煩くってしょうがない。自分の相棒も馬鹿だし信用置けない。両方始末して静かにしたいよな？　二匹を闘わせれば、それで終わり。女の子の嘘《うそ》の証言とシャブを使って、ついでに馬鹿なガキに正義感を目覚めさせて犯行の仕方を忠告——悪魔の囁きってやつだ。それからお前はガキと犠牲者の出会う場所と時間をセットする。ガキが片桐んち行った時、偶然あいつも帰っていったっていうのは出来過ぎだよな。誰かが片桐を家に帰らせたんじゃないのか？　それにレイプされて片桐が犯人だと証言した女の子ってミキって子と同じくらいの歳だよな。誰かの好みの年齢層だ」

「俺が片桐を殺させたって言うのか！」

「いつになくわかりが速いな」脅しが効いたのをみるとこれが真相かもしれない。でもそんなことどうでもいい。安藤には片桐の敵討ちも正義も関係ない。少女に戻ってきて欲しいだけ。「けどさっきも言ったようにこれは空想、メルヘンだ。俺がその利口な男なら、馬鹿なガキがどうしくじるかわからない賭《か》けには出ないけどよ」犯人の少年が失敗して片桐が生き残れば、警察にばれて自分まで睨《にら》まれるのが予測できないとは、いかにも末次らしいずさんな乱暴さだ。昔の安藤の優越性を仲間に触れ回っていて腹が立つ片桐と、いい子で正義面した少年を、単に痛めつけたかっただけだろう。ま、真相はわからなくていいか。末次を追い詰め過ぎると却《かえ》ってよくない。こちらの予想は半分ぐらいずれた方が奴に余裕ができて過激なことをしなくなる——安藤は黙った。

「相変わらずおっそろしい想像する男だな」しばらくしてかすれた声で末次が言った。「お前は族にいた時、手を汚さなかった。いつも正しくてクール。でも皆お前を怖がっていた。本当のワルになれるのはお前だってよ」

「くだらないこと言うなよ。今んとここんな馬鹿話、警察に話そうとは思わない。お前も忘れろ。ただ片桐の妹の顔が見えないと俺が何やるかわかんないことは承知しといてくれ」

店の奥の汚いソファの部屋で待っていると末次が来た。少女を両脇《りょうわき》から挟んだ暴力団見習らしい若い二人の男。少女は安藤と目を合わせない。左頬が腫《は》れているのは殴られたせいか？　安藤はこぶしを握り締める。末次は警戒しながら虚勢の笑み。

「何か用かな？　彼女と絡み合う役ならモデルやってもいいぜ。つきあいでこいつらも脱がせるから」連れの男達が笑う。

「この子を連れて帰る。それだけだ」安藤が立ち上がる。男達は身構えた。

「そんな無理言っちゃ困るな。このかわいこちゃんは俺んとこにいるって言ったんだ。お前のぼろアパートには帰らないって今自分で言ったんだ」

「何が欲しい？」

「おいおい、俺は友達に物売りつける気はないよ。ただ彼女の希望を聞いて連れて行っただけで……」

「俺も買う金なんてない。ただ、昔からお前は俺が嫌いだった。それに俺は勝手にグループを抜けた。下手な絵を描いて有名になった。癪《しゃく》に障る男だろう？　なら、この辺で憂さ晴らしして忘れちまえよ、お前のやり方で」

「たとえば、やくざで言えば指を詰める、とか」末次がごくりと唾《つば》を飲み込む。

「譬《たと》え話はいいよ。お前実際やくざだろう？　俺の絵に腹が立つなら右手取っていってもいい。ただしその子にはもう絶対近づくな」

　電話では高圧的に脅したくせに一変して下手に出ている安藤に、末次は戸惑っている。安藤の作戦通りだった。昔の序列を思い出させ恐れさせてから、仲間内で顔が立つ方法を提供すれば末次は満足するはずだ。「そうだな、そんなにお前が言うなら指一本くらいでけりつけてやっても

「……」

「わたしは帰りません。末次さんのところにいます」ほとんど意識のなかったような少女が言った。真っ直ぐ安藤の顔を見ていた。意外な答えに末次も驚いた。

「すまないが、二人にしてくれ」そう言った安藤の言葉に素直に部屋を出た。

「何でだ？」安藤は混乱した。「何言ってるんだ？　今なら助かる。奴が脅したのか？　そんなら心配ない、俺が守る。奴は昔から俺を憎んでいた。俺にかなわないと思っていたからだ。そうだ、俺は奴に負けない。変な写真撮られたとしても気にするな。俺がずっとお前の傍《そば》にいる。今度は守りきる。それよりも聞いてくれ。いい知らせがある。絵が認められた。来年の春には小さいけど個展を開く。お前を描きたい、お前のアドバイスが欲しい。だから俺を助けてくれ」

「おめでとう」少女はぎこちなく微笑《ほほえ》んだ。何でこいつの笑いはこんなに醜い？「安藤さんはやっぱり強い。つまらないわたしに頭を下げることができる。きっと成功します」

「行くな。お前の兄貴が死んだのだって末次が原因かも知れない。あいつは弱い奴に無理なことをさせて喜んでいた。やくざと繋《つな》がっていて、組の兄貴とやらに女を貢《みつ》いだり女に稼がせた金を上納したりした。そのために使われた片桐が恨みを買った」

「わかったのですね、わたしのこと……。兄が末次さん達を怖がっていたことは知っています。そして安藤さんを羨《うらや》ましがっていたことも聞きました。あんどっちゃん、と兄は呼んでいたでしょう？　皆が一番怖がっていて一番憧れていて一番妬《ねた》んでいるって。末次さんが暴力団の人を連れてきても平気で無視するし、弱い者いじめはしないし、威張らないし、時にはかばってくれるって。兄はわたしを嫌っていたけど、安藤さんのことだけは自慢するみたいに話していた」

「失望しただろう。喧嘩で末次に勝つ自信はある。本気で自分を賭ければやくざを締め出すこともできたと思う。でも、何もやらなかった。クスリや女やらで奴らが滅茶苦茶やってるのを知って俺が採ったのは自分ひとり後腐れなく逃げ出すことだけだった。卑劣でわがままな臆病者だ。美晴も言ってたよ。絵に対する姿勢がその通りだって」

「でもわたしを助けるために自分を賭けた。そうでしょう？　絵も、本気で描きたいと思えばきっと成功します」

「それなのになぜお前は行く？　そうだ、『みにくいアヒルの子』の絵を描いて欲しいのだろう？　お前だけの絵本をプレゼントする約束だ。だから待ってくれ」

「いいの、安藤さんにはもうその絵本は創れないってわかったから」少女は言い放ったが、理由がわからないと訴えかける安藤の表情を見て言葉を続けた。「わたしは昔から童話をよく読んだけど、何故かわかるでしょう？　童話ってほんと厭らしくて残酷。主人公の姿が美しいほど、それを取り巻く運命が、自然が、人々が、残酷で意地が悪いってことでしょ。『銀河鉄道の夜』や『赤いろうそくと人魚』や『幸福な王子』等の美しい話でも主人公はいじめられたり馬鹿にされたりしている。いつだって世間はとっても酷い。そして最後まで世間は変わらず意地悪。童話作家って世間の人を馬鹿にして嫌っているの。わたしも同じ」少女は当然のことのように無表情に話す。『みにくいアヒルの子』の話は特にそう。アヒルの子は醜いと言われていじめられて、ただただ逃げ回った。隠れているうちに白鳥の姿になったら途端に皆に美しさを誉《ほ》められた。そして人間にパンを投げてもらって幸せになった。それが童話のハッピーエンド。何て身勝手な世間と軽薄な主人公。とても醜い世界の物語。世の中の人はわたしたちの家を悪いって言った。兄が殺されたのは正しいって満足した。自分の好きなお話を信じ、可哀想な登場人物に同情して涙を流し、自分が優しくて正しい人間であることを疑いもせず、悪者を非難することで自分が立派だと満足する善良な人々の集まりが世間。誉められるといい気になって偉い人にはぺこぺこする見栄っ張りのヒーローと、不愉快な人を抹殺《まっさつ》して気に入った人だけかわいがる身勝手な世間はとてもお似合い。『みにくいアヒルの子』と同じでしょ」それはお前だけの解釈だ。虐《しいた》げられた者に希望を与える童話のはずだ。安藤はそう言いたかったが、なぜか言葉が出なかった。

「安藤さんには絵を描いてもらいたかったわけじゃない。この話を自分で再現して欲しかった。その姿を見ていれば、私のメルヘンは完成する。そう思って近づいたんです。安藤さんは世間のお気に入りの人。だからちやほやされる。世の中ってそれだけ薄っぺらくて、わたし達が苦しむ価値がない。ヒーローってそれだけで憧れ慕う価値もない。わたしが駄目で生きる価値がないって、悩む必要もない。そう確認できるはずだったんです。

でもあなたは違っていた。だから、『みにくいアヒルの子』の世界に住んでいない安藤さんの傍にいる必要がないんです。傍にいてはいけないの。いられないの、惨め過ぎるから。末次さんが好きです。卑劣で見栄っ張りで弱い者いじめをして嫉妬深くていじけていて、わたしにそっくり。弱い女の子を体の下に押えつけて、震えているのを見て自分の力に得意になって興奮した兄にそっくり。わたしの仲間なのです。世間の人と違うのは、少なくとも自分が正義でないことを知っているわ。わたしはわたしの仲間に帰るの。わたしは自分の『みにくいアヒルの子』の世界を創って読みます」

「俺は、自分の絵のことで心配になっているとお前を放っていた。族を抜けなけりゃお前の兄貴が潰《つぶ》れてしまうと知っていたのに指一本動かさなかった。絵を誉められると有頂天になって自分は強いといい気になった。同じだ。弱いんだよ。だからいてくれ。もちろんモデルになって欲しい。お前を描きたいから。お前の全てを知って俺の手で残したいんだ」

少女は再び引きつったように微笑む。別れの表情だということがわかった。少女は社会の残酷さと自分の家族に加えられた不当を自らの体験で再び確認しに行く。何か言わなくては。少女の心に残る言葉、安藤のところにいたくなるような言葉、思い出して帰って来たくなる言葉。

「末次はお前を抱くとき覚醒剤を使っただろう？　あれ、身体に悪いってこと知ってるだろ。ぼろぼろになったら俺のとこ来い。俺が付き合えば治る。慈善事業じゃない、絵のモデル料だ。治らなかったら……万一治らなくても、お前の傍にいる」こんな言葉じゃない。他に言いたいことがある。少女はもう部屋を出ようとしていた。もっと何か言って引き止めたい。しかし言葉を思いつかなかった。ただ最後に……。「名前を教えてくれ。まだ聞いていないんだ」

「ともこ。ともは人倫の倫、そして子どもの子。倫子」

片桐倫子はいなくなった。彼女の消えたアパートで安藤はやっと何故彼女に見覚えがあったか、思い出した。人体の不思議展で美晴が買ったカタログを探す。樹脂で固定された「人」という生き物、その生き物の破片の写真の数々……。震える手でページをめくり、やがて見つける、少女の似姿の写真。

圧倒的に男性の献体が多い中、右半身、左半身と、体の中央で切って展示されたそれは全体の華奢《きゃしゃ》な印象で何か違うなと感じさせた。理由はすぐわかった。皮膚のない身体や毛のない顔からはわからなかったけれど、女性性器が剝き出しになっていたのだ。若いのか歳なのか女性の年齢はわからない。あきらめきったように閉じた目が印象的だった。諦観《ていかん》の表情のわけもわかる。からっぽなのだ。眼球のついた脳、脊髄《せきずい》、心臓、肺、腎臓、全て骨と筋から取り出されて左右の半身の間の空間に浮いている。そして肝臓を右手に胃と腸を左手に捧げ持っていた。自分の全てをさらけ出して人々の好奇の目に晒《さら》された生贄。

片桐倫子は残酷な童話と社会への悪意とでこの空虚を埋めたかったのだ。

少女は自分の身体の他に武器を持たない。自ら傷つくことが闘うことであり、滅びることが勝利となるテロリスト。自分達を裁いた社会を、自分が堕落し不幸になることによって反対に裁こうとしている。――幸せになったら負け。社会が正しく美しく慈悲深かったら、彼女が救われてハッピーエンドになったら、彼女の負け。生きていけない。彼女の気持ちを傷つけるのが怖くて安藤は手放した。

今、安藤は後悔している。少女の意志を尊重した。でも――、あの子は本当は末次から安藤を守りたいために自分を犠牲にしたのではないか？　自分が安藤のところに帰ればあの男はまたしつこく狙《ねら》ってくるに違いないから。彼女はひばりのことだけを考え続けるひなぎく、王子の幸せを思う人魚姫。安藤は無理にでも彼女をさらってくるべきではなかったか？　何よりも自分は一番大切な言葉を言い忘れたのではないか？

それともこんなことを思うのが安藤の自分勝手なメルヘンに過ぎないのだろうか。

冬の間、安藤はバイトの時間を減らし乏しい蓄えを使い、絵を学び描き続けた。助けてくれるのは美晴。最近また髪型を変えた彼女は新しいボーイフレンドを見つけデートを楽しんでいるらしい。それは安藤にとって一抹《いちまつ》の寂しさを感じさせるが、心の慰めになる。そう思わせるのが美晴の優しさと気遣いか。または誇り高さか？

ところで絵が一段落ついたら安藤は倫子に会いに行くつもりである。今度こそ言わなければならない言葉がある。男が女に、女が男に、昔から囁き呼び掛けてきたあの言い古された陳腐な言葉を。

やがて凍りついた空気も融け春がやってくる。アンデルセン童話の『みにくいアヒルの子』では暖かい地方で冬越しした美しい白鳥達が帰ってきた。日本ではその鳥が翼を広げ北の国に去っていく季節である。

鮮やかなあの色を

菅 浩江

菅《すが》 浩江《ひろえ》

京都府生まれ。私立大学中退。高校在学中の81年、SF専門誌に発表した「ブルー・フライト」で作家デビュー。89年『ゆらぎの森のシエラ』刊行。92年『メルサスの少年』で第23回星雲賞日本長編部門、93年「そばかすのフィギュア」で第24回星雲賞日本短編部門、01年『永遠の森 博物館惑星』で第54回日本推理作家協会賞受賞。

仕事をする時間よりも、昼休みのほうが疲れる。

食事から戻った箕浦佑加子《みのうらゆかこ》は、自分の事務椅子《いす》にぐったりと腰をおろした。

視界がぼんやりしていた。いつものことだ。ランチから戻った直後が一番ひどい。

パーティションやデスクの島、スチール棚やラック、もそもそと蠢《うごめ》く社員たち、オフィスのすべてがブルーグレイのセロファンを通して眺めているかのようにのっぺりと沈んで見えた。

島ふたつぶん離れた男性社員のデスクへ向けて、物品搬送シューターのチューブが下りてきたが、注意を促すその毒々しい黄色ですら古裂《ふるぎれ》の辛子《からし》色くらいにしか感じられない。

そこにいる、という感覚が痺《しび》れている。まるで、膜のようなものを透かして、触れられない別世界を覗《のぞ》き見ているような……。

佑加子は、マスカラをつけた睫毛《まつげ》に触らないように気をつけながら、ゆっくりと眼窩《がんか》を揉《も》む。

自嘲《じちょう》の笑みが漏れた。昼食を摂《と》りつつ空疎《くうそ》な相鎚《あいづち》を打たなければならないことが、これほどまでに神経にこたえるとは。でも、そうしていなければ社内ではたちまち孤立するのだ。

毎日毎日、昼休みになると繰り広げられる女性の同僚との会話は、その実、会話ではなく過剰なシンパシー合戦に他ならない。

パスタをつつきながらひとりが愚痴《ぐち》を言う。佑加子は大袈裟《おおげさ》に反応する。「判《わか》ります判ります」「そりゃあひどいですね」「あなたは悪くなんかないじゃないですか」

ひとりがのろける。「いいなあ」「幸せ一杯なんですねえ」「とっても羨《うらや》ましいです」

ひとりが極論を吐く。「すごい」「頭、いいんですね」「それって真理ですよ」「なんだか私、今の言葉を聞いてすっきりしました」

ひとりがブランドショップの話をする。「あ、あそこのは洒落《しゃれ》てていいですよね」「高くて私にはなかなか手が出ませんけど」「今度、連れて行ってください」

ひとりがダイエットの告白をする。「ええっ。減量中だなんて気がつきませんでした」「そういえば最近、綺麗《きれい》になったなあって。いえ、ホントです」「お薬のカタログ、こっそり見せてくださいよ」

全肯定、お追従《ついしょう》、深々とした首肯。それだけだと「ウンウン聞いてるばっかりのつまらない子」と思われてしまうので、たまには自分から話題を振らなければならない。

「この前、無人コンビニで商品パネルの操作を間違っちゃって」「入社して八ヵ月も経つんだからそろそろしっかりしないといけないんですけど」「あのテレビドラマ、どうなんですか。私、うっかりしていつも録画を忘れちゃうんです」

話題を提供するタイミングは、頷《うなず》きよりも数段むつかしい。相手の瞳が受けない芸人を見るそれのようだったらますますテンションを上げてサービスに腐心し、パスタをつつくフォークの先がつまらなそうだったらすぐに話を引っ込め、眉間《みけん》のあたりに意見の相違をうっすらと浮かべているようならナンチャッテ的に取り下げておかなければならない。

顔色を見て頷き、顔色を見て持ち上げ、顔色を見て話題を振り、顔色を見て「私はまだ爪弾《つまはじ》きにされていない」と確認する毎日のお昼時。神経をとがらせていると、注視する語り手の顔が妙に間近に迫っているように感じだし、次には相手以外の世界が急激に色褪《いろあ》せてしまったように思え、しまいには集中している自分とぼんやりしている自分がふたりに分かれてしまったかのように、しっかり見ている自覚と何も目に入っていない自覚が奇妙に混じり合ってくる。

そうですね。判ります。すごいですね。羨ましいです。

まるで自動応答だ。

何も目に入っていないほうの自分は、それでも確かに相手の表情の変化を察知し、喋《しゃべ》るつもりはないけれど口が勝手に動いている。ほんとうの自分は、分厚い膜の中に押し込められ、なんだか周りがよく見えないなあ、とぼんやり感じているだけ。

誰とも関わらず事務仕事だけをこなせるなら、どんなにいいか。

もうすぐクリスマスシーズンだ。これからは、ちっとも面白くない恋人の話題やちっとも興味がないブランドアイテム争奪体験が、いよいよ勢いを増して噴出するだろう。そして自分は感覚を鈍くする厚い膜に包まれながら、何も見ていない目で声だけは元気に応えるのだ。

そうですね。判ります。すごいですね。羨ましいです——。

佑加子は、月給とは仕事の報酬ではなく人間関係を円滑にする努力へのお駄賃として支給されているような気になることがあった。

軽く頭を振ってから、佑加子はパソコンのスクリーンセーバーを解除する。

ぱっと目の前が鮮烈に輝いた。

ああ、世界が戻った。

佑加子はそう思う。

沖縄の海辺を映したデスクトップ壁紙が視界一杯に広がっている。夏の終わりにネットで拾い、こっそりとインストールしておいた画像。

エメラルドグリーンとペパーミントブルー、それにうっすらとコバルト色が綯《な》い混ざった海。白亜の砂浜と折り紙のごとき真っ青な空。鮮明な風景は矢のように視野へ切り込んでくる。心に爽《さわ》やかな風の通る穴が開き、思わず深呼吸をしてしまう。

この晴れ晴れとした光景を眺めていると、冬枯れの寂しい街路も、賑《にぎ》やかなだけで内実は息詰まるような交友関係も、つまらないものすべてが吹き飛んでいく気がする。

来年の夏こそこの海へ行ってみたい。そうすれば、何もかも忘れて爽やかに生きていける気がする。

さて、と。

佑加子は心の中で掛け声をかけて姿勢を正した。念願の沖縄行きのためにも、まずは仕事、メールのチェックだ。

人間関係への配慮はランチ仲間に対してだけではなく仕事中にも続くのだが、社内ネットワークのお陰で顔を合わせる機会が減っているぶん、メールの語尾や言葉遣いに多少深読みを利かせておけばよい程度には軽減されている。

大量のメールを取り込み終わったソフトウェアが自動で立ち上がり、せっかくの壁紙の上にべったりと貼り付いた。

まだ大丈夫、と佑加子は自分に言い聞かせる。メールソフトの面積を小さくすれば、ほら、光り輝く緑の海が。

まだ大丈夫。まだ、色がビビッドに見える。少なくともパソコンの画面は膜の向こうのようには感じない。

佑加子は渾身《こんしん》の気力でもって沖縄の海から視線をはがし、そっけない白黒の文字に意識を集中するために、刹那《せつな》、ぎゅっと目を閉じた。

「へえ、じゃあ会社では一生懸命無難にやってるんだ」

暗橙《あんとうしょく》色のペンダントライトの下、豊島《とよしま》詢《じゅん》は手際よくソーダ割りを作りながらくすくす笑う。

大学で同級生だった詢に会いに来るのは、初夏以来のことだった。彼女のカウンター嬢ぶりは、学生時代からアルバイトを続けてきたとはいえ、少し見ないうちにすっかり堂々たるものになっている。

卒業時には彼女のことを、夜の仕事を本業に据えたりしないでどこでもいいからまともな会社にもぐりこめばいいのに、などと呆《あき》れたりしたものだが、佑加子自身がもぐりこんだまともな会社で疲労困憊《こんぱい》している今となっては、飲み物を作る詢の手元の確かさが少し羨ましかった。

ボックス席ふたつと五人しか並べないカウンターを備えた小体《こてい》なバーは、詢の雇い主であるママさんの人柄もあって女性客も多い。ママさんは、ボックス席に陣取ったキャリアウーマンふうの三人と一緒に底抜けに明るい笑い声を上げている最中だった。佑加子は、ボックス席の照明のほうが暗いにもかかわらず、あそこには沖縄の海の色がある、と唐突に思い、しんと悲しくなった。

マホガニーのカウンターにコツンとソーダ割りを置いて、詢は佑加子に優しい笑顔を投げかける。

「人の顔色を見るっていうのは、確かにシンドイことだわよね。エメラルドの海が唯一の憩いの場っていう佑加子の気持ち、判る気がするなあ」

佑加子はグラスに口を付けてから、詢の聞き上手に甘えることに決めた。

「なんだかねえ、私、何やってるんだろう、って。自分で馬鹿馬鹿しいと知ってるもんだから、みんなの話は聞こえてるし受け答えも抜かりなくやってるんだけど、妙に聞こえない感じがする時があるのよ。そのうちに、目の前のケバい化粧がすうっと薄くなるように思えてきて、ああ表情を読まなきゃって焦るのに、相手との間に目に見えない壁がそそり立ったような気持ちになってきて。声も遠い、世界の色も褪せていく、そうなったらもう必死。まともな応えを続けるために、髪の毛を耳にかけてみたり、目を眇《すが》めてみたり」

詢はひらひらと手を振って軽い言い方をした。

「ああ、鬱《うつ》ね。そりゃあ鬱だよ」

「そんな簡単に。いくら素人精神分析が流行《はや》ってるからって、詢まで……」

「別に流行の尻馬《しりうま》に乗ろうってんじゃないわよ。経験から言ってるだけ」

「経験？」

詢は人差し指で自分の鼻をさした。

「私、鬱だったの。正真正銘のお医者さんがそう言ったから、本当」

佑加子はぽかんと口を開けてしまった。

医者にもかからないままに自分のことを鬱病だと言い張っていろいろと言い訳をする人は周囲にもたくさんいた。が、まさか、客商売に就いている快活な旧友が診断名としてのそれを実際に持っていたとは予想だにしていなかった。

詢は、指で自分をさしたまま、

「私も一杯、いい？」

と、訊《き》く。

まだ目瞬《まばた》きを繰り返す佑加子がようやく頷くと、詢は自分用に濃い水割りを作りはじめた。

「私さあ、この仕事が好きなんです、とか、この店の落ち着いた雰囲気が好き、とかなんとか、人にはにっこりして言うわけだけど、やっぱりお客さん相手のつらさっていうのもあるワケ。お客さんが全員、私と気の合う人ってわけじゃないしね。冗談にしても今のは聞き捨てならないって時、笑って見せるか釘《くぎ》を刺すかの最終判断は、言葉以外で決定せざるを得ないんだよね。佑加子とおんなじ。相手の顔色を見て、こっちが合わせていくの。でね、私にはママさんみたいな器なんかないから……ちょこっと疲れちゃったみたいなんだよねぇ」

ほとんどロックに近い水割りを景気よく呷《あお》ってから、詢は佑加子に照れ笑いを見せる。

「嫌な客ににこにこ笑いかけたり、そうなんですかあ、なんて可愛い声で感心してみせたりしてるとさ、ほんと、私はいったいここで何やってんだろうって思うわね」

詢は二口目で、もうグラスを空《あ》けてしまった。

「今から考えると、私は何やってんだろうと自問自答しながら、それでも自動的に処世術を繰り出せてしまうっていう段階が、一番アブナイと思うよ。笑顔は絶やさないけど相手の話の半分も聞いてない、相手の顔に視線は向けてるんだけど当然のことながら焦点はぼかしてる、甘えたようなことを言いながら胸の中では、早く帰れよヒヒ爺《じじ》い、なんて思ったりもする。さっき佑加子が言った、周りの色が薄くなったように感じたり、自分の周りに膜が張っているような感じがしたりもしたなあ。精神科の先生は、そういう感覚のことを、離人感、なんて言ってたわ」

「リジンカン……」

「人と離れてしまった感じってことよね。学術用語にしては判りやすいネーミングでしょ」

「そうね」

佑加子は頷いてから、慎重に切り出す。

「じゃあ詢は、いわゆる離人感の自覚があって、精神科へ行ったってこと？」

詢は意味もなく右の首筋をさすりつつ、ふざけた伝法口調で答える。

「そういう漠然とした不安くらいで動く私じゃござんせん。でもある時、はっとするようなことがあってね。例によって例の如く、嫌なお客さんにさんざんお愛想をしている時、ソーダと氷を取るためにカウンターの中へしゃがみこんだと思いねえ。冷蔵庫の白や床の薄緑色、そこについた傷の汚い色なんかが、突き刺さるがごとき鮮やかさで目に飛び込んでくるのに驚いた。佑加子の沖縄の海と冷蔵庫や床を一緒にするってのもナンだけど、たぶん同じ感覚じゃないかな」

佑加子は無言のままで頷く。

詢はそれを確認すると、しんみりと続けた。

「世界が鮮烈な色で一気に手元へと戻ってきて初めて、私、立ち上がってご接待申し上げている時の世界が自分にとっていかに息苦しかったかに気がついたんだよね。冷蔵庫の把手《とって》に手をかけたまま扉を開くこともできず、自分は自分に嘘《うそ》をついてるって心底から思い知るってのは、なかなか衝撃的な体験だったよ。うまく伝わってるかどうか判らないけど、私がその翌日に精神科へ出かけたんだからその時のショックの大きさは察してちょうだい」

　ボックス席の声がひときわ高くなった。

　濃紺のスーツを着た女性が立ち上がってポーズをつけている。何をしているのかは佑加子には判らなかったが、ママさんと仲間は彼女にやんややんやの大声援を送っている。

　佑加子は楽しげな笑い声が悲しくて、我知らず瞳を閉じた。

「鬱なのかなあ、私」

　言う気はなかったのに言葉が転げ出る。

　すると、目蓋《まぶた》の裏の心地よく暗い世界に、友人の声がひそやかに侵入した。

「佑加子、クリスマス商戦が本格化する前に病院へ行ったほうがいいよ」

「クリスマス商戦？」

　唐突な詢の言葉に思わず目を開くと、彼女は予想外に真剣な表情をしていた。

「ほら、もうすぐ世の中は、赤と緑と金と銀であふれかえるでしょうが。どこへ行ってもジングルベルがかかってるし、見る人見る人みんな浮き足立っちゃってるように思えるし。この雰囲気の中で幸福感を得られない人は人にあらず、みたいなのって、落ち込んでる時にはけっこう厳しいわよ。こんなに楽しそうなのにどうして私は、って思って、ますます鬱々としちゃうからさ」

佑加子はソーダ割りを丸く揺すりながら小さく笑った。

「うん。それだったらすでに兆《きざ》しはあるよ。会社の近くのイベントスペース、もう巨大サンタの飾り付けがしてあるの。ある先輩は、そのサンタの服のことを、すごくパッとして目立つ赤だ、って言うんだけど、私にはそうは思えないのよね。目立つ赤ってあんなものじゃないでしょう、って感じで。それも、私の心がくすんでるせいなのかな」

詢は、うーん、と唸《うな》ってまた水割りを作りはじめる。

「それはなんとも言えないわね。もともと、赤なんて人によって見え方が違うから」

佑加子はてっきり、それは確かに鬱の症状だ、とでも言われると思っていたので、虚を衝《つ》かれてしまった。

「鬱じゃないってこと？」

おずおずと訊くと、詢は呆れた顔をする。

「ああもう、どうしてそう結論を急ぐんだか。心がくすんでるから色もくすんで見える症状と、赤の印象が他の人と違うというのは別問題。私、何もかも鬱のせいにして言い訳するのが嫌いなのよ。離人感は鬱の一端。だけど赤の問題はみんなが抱えている科学的な現象」

詢はちびりと二杯目を舐《な》める。

「昔は赤緑色盲って言ったっけ。赤と緑が見分けにくい人のことを。あれ、圧倒的に男性が多いでしょ。色に関する遺伝子は性染色体の上にも乗っかってるらしいわよ。で、一般的に女性のほうが色に関しては鋭敏なんだってさ。どうしてそうなったかというと、母親は赤ん坊の皮膚の微妙な変化を察知できたほうが、病気を早い段階で見抜けて種の保存に役立つから。進化論絡みってワケね。色彩の遺伝子の持ち具合はたとえ同性でも人それぞれで、特に赤い色の感じ方は個人差が大きいってさ」

「初耳だわ」

「まあ当然ね。日常生活に不自由はないし。赤と緑が見分けにくい人だって、その人なりの赤と緑を見分けてて本人も周囲も病気になかなか気が付かないって言うわよ。サンプルを引っ張ってきて、私が見ている原色の赤はこの色だ、といくら主張しても、他の人も経験的にそのサンプルの色を原色の赤と呼び習わしているワケだから、比較対照しようとしてもダメ。光の波長で定義しようとしても同じことで、そうそうその周波数こそ原色の赤ですよ、なんて言われてお終いになっちゃう。感度のピークの差なら測定で出るかもしれないけど、結局、他人が見ている赤が自分とどう違うのかってことは、目玉をとっかえでもしない限りは判りようがないのよねえ」

佑加子は自然に、

「すごい。詳しいんだ……」

と、言ってしまっていた。

詢は、ちっちっち、と芝居がかった舌打ちをして、

「佑加子ったら、人を持ち上げるのが板についてるわね。自慢してるわけじゃないから気楽に聞

いて。ちょこちょこっと調べたことを、同じ悩みを持つ友人に語ってるだけ」

と、笑った。

友人、とあからさまに言われて、佑加子はふっと肩の力が抜けた。

「ありがとう」

と、小声で言い、軽く頭を下げる。

詢は「どういたしまして」とふざけて、さらに続けた。

「視覚って繊細なのよ。心が乱れたら見え方がおかしくなるのは当然だわ。でも、反対に考えると、見え方がすっきりすると心まで晴れるかもしれないってこと。佑加子が沖縄の海の色で自分を取り戻す気がするのはその証拠ね。もしかしたら、あなた、ネットサーフィンしている時も気分が少しよくなったりしない？」

また唐突な発言。クリスマス商戦の次はネットサーフィン。

佑加子は苦笑を噛《か》み殺しながら、それでも篤《あつ》い友情に応えようと真摯《しんし》に言った。

「最近はもうそんな気力もない感じだけど……。確かにネットを眺めてる時は多少気が晴れてるかもしれないわね。明るくて綺麗な色遣いのページなんか、沖縄の海と同じような効果があるように思うし」

「今でも、ネットに入ってそういう綺麗なページや写真を見たら、ビビッドに心へ響くと思う？」

「たぶん」

詢は、ふん、と力強く頷いた。

「だったら、これ、効くわよ」

カウンター裏の棚を開いて自分のハンドバッグを取り出す。中をまさぐって乳白色の小さなピルケースを摘まみ上げ、それを佑加子の前へ置いた。

「なにこれ」

「薬。あ、安心して。ちゃんとお医者さんからもらったヤツ」

「精神安定剤とかそんなもの？」

「うーん、どうだろう。効用はそれっぽいんだけど、単純に視覚の彩度を上げるものだから。飲めば、現実もネットの中みたいにハッとする感じになるよ。ネットで使う色や画像は、人目を引くために実際よりも鮮やかに加工していることが多いの。現実の光景が沈んで見えて、彩度アップした画像なら元気が出そうっていうのなら、きっと効果があるわ」

「彩度アップ……。だからネットの写真ってあんなに綺麗だったのね」

「やだ、知らなかった？　ネットに限らず普通に目にするコマーシャル・ポスターや映像関係も全部いじくってあるわよ。こっちが意識的に見ようとしているぶん、ネットに置いてあるもののほうがより一層印象深く感じるでしょうけどね」

「じゃあ、あの沖縄の海も」

「それはノーコメント。佑加子の唯一の依りどころを取りあげるつもりはないからさ。とにかく、この薬を飲めば、つらいつらーい現実社会も華やかに鮮やかにわくわくして見えるんだから。ね、試してみれば？」

佑加子はピルケースをおそるおそる手に取った。蓋を開くと中には艶《つや》やかな真珠色をした錠剤が三つ入っていた。

「いきなり薬を使うのって、ちょっと怖いわね」

「大丈夫大丈夫。佑加子が精神科へ行っても、自分の離人感を訴えたらコレが出ること間違いなし。脳内物質をアレコレして不具合を抑え込むより、視覚を変化させることで自然に気分を変え、心の自然治癒《ちゆ》を待つっていうのが、最近のトレンドだって。私もこれで元気が出たんだよ。わくわくする気持ちっていうのを思い出せたから、もう要らなくなった。効果は実証済み、しかもタダ。これで世の中明るくて素敵って思えるようになるんだったらしめたものじゃないの」

「そうだけど……」

ぐずぐずした様子に、詢の眉《まゆ》のあたりがいらりと持ち上がった。

佑加子はそれを読み取って慌てて言い添える。

「じゃ、遠慮なくいただいておくわ」

詢は満足気に笑い、

「お守りみたいに使いなさいな。もしかしたら、持っているってだけで安心して、飲まずにすむかもしれないしさ」

と、言いながら、佑加子の肩をぽんぽん叩《たた》いた。

背後で、ドッとボックス席が盛り上がる。

佑加子はピルケースを握り締め、あの賑やかな輪の中で心の底から大笑いする自分の姿を想像してみた。


曇天の下、街路が灰色に凝《こご》っていた。すっかり枝を落とした樹々の梢《こずえ》は死んだ蜘蛛《くも》の足のような乾いた焦茶。帰宅時間ともなると街は重たい闇《やみ》の気配に押し潰《つぶ》され、店頭を飾る柊《ひいらぎ》のリースについた金色のリボンの煌《きら》めきや点滅するイルミネーションでさえ、疲れ果てた佑加子には華麗に輝くというよりかは無意味に白いぼんやりと滲《にじ》んだ染みにしか見えなかった。

冬は確実な足取りで近付いてくる。色を奪いつつ攻めてくる。

目に見える色彩が人によって違うということは、時間が経つにつれてだんだんと佑加子の心の中で大きな比重を占めるようになってきた。

本屋で心の病と色彩についての本を何冊か選び、少しずつ読み進めた。

意外だったのは、離人感や離人症といってもいろいろなパターンが存在するという事実だった。

自分がロボットになったかのように感じる身体についての離人症。自分の行動や感情が他人のそれを察しているかのごとく夢見心地にかすんでしまう自己感覚についての離人症。

佑加子に一番ぴったりくるのは、現実喪失感とも呼ばれる外界に対する離人症の説明だった。薄いベールを通して別世界を見ているかのような、周囲からとてもとても遠くなった気分。自分を不安に陥れていたこの症状にも疎隔体験という立派な名前がついていた。名前がつくくらいによくあることでけして自分だけの経験ではないという安心を得、佑加子は久しぶりに安堵《あんど》する。

色彩や視覚の本は思ったよりも手強《てごわ》かった。眼の仕組みは佑加子が理解するには精緻《せいち》すぎて、明度を感じる視細胞は桿体《かんたい》、色彩を感じるのは錐体《すいたい》、という名称を覚えるのが精一杯。ただ一ヵ所、色彩はカラーセラピーに代表されるように心理面に大きな影響を与える、という一文だけは暗記するまでもなく胸に直接響いてきた。

イベントスペースの巨大サンタを見上げるたびに、他の人はこれをどんな鮮やかさで見ているんだろうと考え込んでしまう。

サンタの足元で立ち止まる佑加子を、人々はどんどん追い抜いていった。

誰も彼もが楽しいことへと向かう急ぎ足で、ひとりとして佑加子を気に留めない。

イベントスペースを取り巻く店々からはクリスマスソングが幾重にも重なって流れ出しているが、それは雑踏のざわめきと溶け合って、佑加子にとって早瀬の音のようなノイズにしか感じられなくなっている。

周囲を過ぎる人々の輪郭はしだいしだいに流れ溶け、そのうちに佑加子は、巨大サンタと自分だけがその速い流れのようなものの中州に取り残されている気持ちになっていく。

もしかしたら、落ち込みやすいタイプの人は、自分に似た赤の感覚を持っているのかもしれない、と、佑加子はサンタの服を凝視しながら思った。

赤の感度が鈍い目を持つ者は、自分の周りに常に存在する赤の力、つまり、情熱的で華やかで強い、色彩の放つ励ましも受け止めそこねているのだ。だからこんな心の病にかかってしまう。鬱の気質を持つ人は、きっと自分と同じ特性の目を持っている……。

ランチ仲間の同僚たちは、自分とは別の赤を見ているのだろう。だから赤の力を十全に受け止めて、あんなに楽しく過ごせているのだろう。

佑加子は、彼女たちの見る赤はどんな色なのかを夢想する。

彼女たちが「これが原色の赤」だと言い、自分が「まさしくそのとおりですね」と応じる色彩は、果たして彼女たちの瞳にどのように映っているのだろうか。

もしも彼女たちと視覚を交換したならば、その見たこともない強い赤は、自分の目を瞬時に焼き尽くし、心までをも射貫いてしまうほどの力を持っているのではないか。

感度のいい彼女たちの瞳は、わざわざウェブに頼らなくても、沖縄の海に思いを馳《は》せなくても、世の中に輝きを見いだすことができるのだろう。華やぎと強さが眩《まぶ》しい光の粉となって見るものすべてに降りかかっていて、だからこそあんなにもビビッドに生きていけるのだ。

なのに私は……。

佑加子はサンタから視線をはずし、自分の服装に目を落とした。一張羅のコートはカシミヤの柔らかな黒。下に着込んだセーターは上品な薔薇《ばら》色。スカートはこっくりとしたグレイのスエード。

自慢のコーディネートだが、彼女たちにはこの色合いはどう見えているのだろう。野暮ったく思われているのではないか。汚い色目に思われているのではないか。垢抜《あかぬ》けない服装の鬱陶《うっとう》しい子、いい調子で返事はするけれどどうも話が嚙み合わない、何をするにもちょっとズレた感覚の子、と、陰口を叩かれているのではないか。

いや、むしろ彼女たちの鋭敏な視覚はこちらの顔色などとっくに見抜いていて、初手から、こちらの努力をからかうつもりで付き合ってきたのではないか。

渦巻くノイズ、流れゆく人々。その中で佑加子は再びサンタを見上げる。

彼女たちのように鮮やかに笑いたい。苦もなく話題についていきたい。彼女たちが見るものを同じように見、彼女たちが楽しいと思うものを同じように楽しみたい。

せめて、自分が占有するエメラルドの海を、彼女たちがそれを盗み見るより先に、彼女たち並みの鮮やかさで見てみたい。

佑加子の祈りは巨大サンタに向けられていたが、指先はコートのポケットに忍ばせたあのピルケースを爪繰《つまぐ》っていた。

「いいですね、それ」「なるほど」「すてき」「判ります判ります」「そうなんですよ」——。

ランチから戻った佑加子は、深々と吐息をついた。

賑やかな囀《さえず》りのように喋っていた彼女たちの声は少しも思い出せず、頭の中にはさきほどの自分の返事ばかりが谺《こだま》している。

見渡すオフィスはどんよりとくぐもって見えた。ラックやデスクは澱《よど》んだ水に沈む廃材のようで、人々はゆらめく幽鬼そっくりだ。

海を見なければ。

佑加子はスクリーンセーバーを解除する。

その時、ランチを一緒に摂った一年先輩の女性が佑加子のパソコンを覗き込んできた。

あら、この壁紙。沖縄ね。

遠くで彼女の声が響く。

「そうなんです」佑加子は、自分でない自分がにこやかに答えるのを聞いた。

私、今年行ったのよ。海、こんなふうに綺麗だったわ。

「こんなふうに、ですか？　この画像はちょっと加工してあるそうなんですけど」

いいえ、もっとすごかったわ。だってこれは本物じゃないもの。あの輝き、あの透明感、あの奥行きは、実際にその場で見なければ伝わってこないわ。

先輩はにっこり笑って、来年は一緒に行きましょうか、と誘ってくれた。

「うわあ、いいですね」

答えながら佑加子は泣きたくなる。

このままの自分では、実際に沖縄へ行ったとしても彼女ほどには光景を受け止められない。憧《あこが》れの鮮やかな浜辺で、色褪《いろざ》めた姿の先輩に自動応答を繰り返し、やがて先輩から滲み出すくすみが海の色までを曇らせて見せ、自分は切望し続けてきたはずの実際の風景に向けて、こんなのが本物であるはずがない、と必死になって叫ぶしかなくなり……唯一残された現実との繋《つな》がりまで失ってしまうのだ。

佑加子はロッカールームでコートのポケットからピルケースを取り出し、水も使わずに真珠色の錠剤をひとつ飲み下した。


仕事用のソフトウェアをいくつも立ち上げての作業が夕方まで続いた。

佑加子の期待に反して、視覚は劇的な変化をすることもなく、気分も急に昂揚《こうよう》したりはしなかった。メールを打ち、文書をまとめ、映話《でんわ》のカメラに向かって作り笑顔で応対する。常と変わらず、ただそれだけだった。

急を要する連絡文書を打ち込むうちに、はや退社時間が迫っているのに気付く。

あの薬は効かないのではないだろうか、と佑加子が落胆を覚えた瞬間、ピッ、と鋭い音がして物品搬送シューターが荷物受け取りの許可を求めてきた。

作りかけの文書から目を離さないまま、佑加子は許可を示すボタンを押し込む。

頭上で軽い作動音がしはじめたのを、箇条書きの順番に悩みながら聞いた。

突然、視界の隅に何かがぬうっと出現した。

佑加子は思わず驚きの声をあげてしまいそうになった。

ゆっくりと下りてきた搬送用チューブは、息を呑《の》むほど鮮明な黄色を呈していたのだ。

これは辛子色に見えていたはず。心が疲れてしまう前ですら、ほんの僅《わず》かな黒を感じる毒々しい鬱金《うこん》色だったはず。

チューブからは、注文をかけていた事務用品のパックがころんと出てきた。佑加子はビニールに包まれた文房具から目を離せない。震える指先で梱包《こんぽう》を破り、そして、ゆっくりと目瞬きをした。

音声メモの替えチップは臙脂《えんじ》色のパッケージ。けれどそれが咲き誇る牡丹《ぼたん》の色に見えるのだ。携帯複写機のボディは岩陰の海松《みる》の色。けれどそれが陽のもとで常緑の力を誇示する深緑に映えるのだ。もとよりカラフルだった半透明クリップなど、まるで蛍光を放っているのかと思えるほど。

「先に帰ります」「お疲れさん」

男性社員たちの声が確実な固さで耳に届く。

目を上げると、彼らの服装の色は生気を奪う灰色でも鉄紺でもなく、すべてが気高い紺青《こんじよう》の眷族《けんぞく》だった。

パーティションの横から現われたランチ仲間の頬《ほお》はうっすらと薔薇色。白だとばかり思っていた彼女のブラウスはほんのわずかに甕覗《かめのぞ》きの色。

目にするものがみんな、鮮烈だった。

ああ、世界が戻った。

佑加子はそう感じた。

終業時間を迎えてのざわめきが耳に届く。会話の内容までは判らないが、単語が、語尾が、衣《きぬ》擦《ず》れが、ひとつひとつ粒立って聞こえるかのようだった。

薬を使っても聴覚の変化はないはずだから、これはきっと自分の気の持ちようが変わったせいだろう。

あれほど遠く隔てられていた現実が、確実な色合いでこちらへアピールしている。くっきりとリアルになった周囲の物や人に、佑加子はいちいち触ってまわりたい衝動を覚えた。

文房具を散らかしたまま、佑加子はパソコンの事務ソフトをことごとく終了させ、デスクトップを露出する。

自然に、深い吐息が漏れ出した。

明度は変わっていないはずなのに、この眩しさは何だろう。

沖縄の空は嘘みたいなセルリアンブルー。その下に広がる海岸は、白い砂浜に目も眩《くら》む光をばらまき、エメラルドの液体を輝かせ、確かにそこにあった。

思わず伸ばした指先が、コツンと画面に当たる。

佑加子は自分の馬鹿らしい行動に苦笑し、それでも潮の香が漂うような気がしてならずに思い切り息を吸い込んだ。


街は全身全霊で「見て見て」と訴えかけてくる。

巨大サンタは燃え立つ赤で。冬枯れの樹々は老獪《ろうかい》な焦茶で。店の看板やショウウィンドウは、まさしく目に飛び込んでくるかのように。

血色のいい人々はイルミネーションの海を活《い》き活きと泳ぎ抜け、今にもこちらへ向けて語りかけてきそうだった。闇に沈んでいるはずの遠景が、螺鈿《らでん》細工めいて七色の煌めきを放っていた。

佑加子は、ランチ仲間が噂《うわさ》をしていたブランドショップへ行ってみた。これまで興味が湧かなかったのが不思議なくらいに、どの商品も魅力的だった。こんなところへ足を運ぶ気力があるのにも我ながら驚いたが、愛想のいい店員にそそのかされてかなり高額のスカートを簡単に購入してしまったのにはさらに驚いた。

商品を包んでもらう間、佑加子はゆっくりと首を巡らせて店の中を眺める。

そして、薬が切れて視覚が元に戻っても、このわくわくした気持ちを忘れないだろうと確信した。

家から出られなくなった病人や老人も、過去の思い出を楽しく語ることができる。心の中にビビッドに刻まれたものは、けして色褪せることなく記憶として残るのだ。

これからは、ランチの会話に困ったりしないだろう。このブランドはこんなに素敵なのだ。正直に、心の底から、「ああ、あそこのは洒落てていいですよね」と頷ける。

佑加子は、話題になった店を次々に渡り歩き、自分でも信じられないくらいたくさんのものをおいしく食べ、見たくなるとは思えなかった喜劇映画を鑑賞して笑い転げた。

そして、空を抱きしめたくなるほどの朝焼けを見ながら、夜明けまで薬の効き目が続いたことに深い感謝を捧げた。


佑加子を取り巻く膜はもう存在しなかった。色彩によって磨き抜かれた鋭敏な皮膚があからさまに露出し、世間との急激な接触によってひりつくようにさえ感じる。

周囲からは鬱どころか躁《そう》的に見られかねないことを佑加子は重々知っていた。なので、自分の言動にこれまでとはまったく逆のベクトルで気をつけなければならず、そしてそれはとても滑稽《こっけい》なことだった。

どんなに注意を払っても、ランチ仲間は変化に気付く。

「今日のランチはどこにしましょう」「あの店に行ってきたんですよ」「前にお話しした大学で私と一緒だった男の子、今度は本当に引き合わせますね」

佑加子が積極的なことを言うたびに、同僚はわずかに目を見開き、次に目を眇めて佑加子の顔色を察しようとし、「何かあったの？　妙に明るいけど」などと訊いた。佑加子は、明るくなったんじゃなくて鮮やかになったんです、と答えそうになったが、詳細を追及されるのも嫌だったからただ頬笑むにとどめた。

佑加子は、薬効の持続時間がやけに長いのが不思議だった。もしかしたら、たった一度の投薬ですっかり体質改善されたのではないかとすら考えた。けれど、どうであれ不都合はない。ウェブの色彩に取り囲まれ、テーマパークにいるかのような華やぎを永遠に続けられるのなら、それはそれでよかった。

薬効が続いているのではなく、体質が改善されたのでもなく、むしろ効果が昂進《こうしん》しているのではないか、と疑いはじめたのは、服用から四日目のこと。

いつの間にか、人間の顔が異様に赤く感じられるようになっていた。沖縄の海は微妙な濃淡を失い、青と緑のガラスを溶かし混ぜたようにしか見えなかった。

佑加子は、前に読んだ視覚の本の内容を思い出す。確かそこには、視覚に限らず人間の感覚はしだいに刺激に慣れていくのが定説で、刺激が二倍になったと感じるためには実際のそれを十倍与えてやらなければならない、と……。

佑加子は自覚するのが遅すぎたのだ。色は鰻《うなぎ》登りに彩度を高めている、それになかなか気付けなかったのだ。

ベージュも茶色も輝かんばかりのオレンジ色となり、群青も縹《はなだ》もポスターカラーの青となり、オリーブや枯れ草はとびきり強いレモン色に、緑青《ろくしょう》や抹茶は蛍光ペンの緑色に、薄桃がぎょっとするショッキングピンクになるまで、そう時間はかからなかった。

最高彩度の色相環のみで編まれた世界は、物のディテールを塗り潰してしまった。明度が保持されているためにモノクロのアクセントが残っているのが信じられないくらい、サイケデリックな光景が広がる。

佑加子は抽《ひ》き出しの中からペンを出すのにも厳しく目を細めて影を探さなければならなくなり、パーティションに寄りかかる人の頭部を髪と目鼻だけが黒く浮かんでいるように錯覚して小さく悲鳴を上げた。せっかくうまく溶け込めるようになった楽しいランチタイムも、食物の形をした原色を口に運ぶ勇気が持てなかった。

六日目のお昼前ともなると、目が疲れ、頭痛がし、足元がふらついてきた。

もう限界。

そう感じた時、顔をルビー色に塗りつぶされたランチ仲間の誰かが、

「調子悪そうだから早退したら？」

と、言ってくれた。

色彩感覚に聴覚が引きずられて、その声も高音部の立ったザキザキしたものに聞こえ、佑加子はあまりのノイズに耳が痛くて返事もできなかった。

かろうじて頷くと、ピルケースを握り締めて席を立つ。詢へ連絡を取り、薬を出した精神科医を教えてもらわなくては。

佑加子は、床と区別がつかないデスクにぶつからないように気をつけながら、原色のオフィスを進む。

シャッ、と鋭い音がした。

それが誰かの叫びだと判るまで、一瞬の間があった。

「上！」

言われて見上げると、のっぺりしたレモン色の天井。

佑加子は、右側頭部に強い衝撃を受けるまで、注意を促す黄色だったはずの物品搬送用チューブが見分けられなかった。

アイマスクで目を覆われていても、目蓋の裏に極彩色の斑点が飛び交っている。

ベッドに横たわる佑加子の枕元で、

「処置が効いてくれれば、じきに収まると思うんですが」

と、まだ顔も知らない担当医は気弱な声で言った。

「箕浦さんは、オーダーメイド医療、というのを知っていますか？」

「……いいえ」

でしょうね、と担当医は小声で呟《つぶや》く。

「科学はいろいろなことを詳《つまび》らかにしてきました。病気の原因や治療法だけでなく、患者の体質もね。最近開発された病院薬のほとんどは、患者ひとりひとりの遺伝子に合わせた最適な処方をすることで最大限の効果を上げられるよう設計されています。何年か前までは錠剤と言えば薬効成分が定量で、似たような症状の患者には同じ薬が処方されたものですが、現在は薬剤部にある小型マシンでその患者独自の錠剤を直接生産できます。それを他人が飲むなんて、もってのほかなんですよ」

「知らなかったんです、そんなデリケートな薬だったなんて」

佑加子はしょんぼりと言い訳し、慌てて言い添えた。

「譲ってくれた人も知らないと思います」

「ええ、そのようですね」

担当医はさらりと答える。

「先生、詢に……豊島さんにもう連絡を取られたんですか」

「当然ですよ。頭の怪我《けが》の治療のためにも、あなたが持っていた錠剤の正体を大急ぎで知らなければなりませんでしたからね。錠剤の固有IDが解析されたと同時に、映話《でんわ》で事情をうかがいました。彼女を受け持っていた精神科医の第一次審議ももう終わっています。まあ、豊島さんは大丈夫でしょう。罪を問われることはないと思います。審議会の委員が、彼女に譲渡不可を伝え忘れていた精神科医に責任があると言っていましたから」

佑加子は少しほっとした。

吐息をつくと、右耳の上がずきんと痛んだ。

「私、いつ退院できるんですか」

患者としてごく当たり前の質問をすると、担当医は微妙な沈黙ののちにようやく口を開く。

「頭部の裂傷はたいしたことはありません。けれど、薬剤でやられた視細胞錐体と視神経がどう回復するかは未知数ですから……」

「失明するってことでしょうか」

「いや。明暗を感じる桿体には異常がないようですから、失明とまではいかないでしょう。ただ、色に関しては残念ながら今のところどうなるか予測がつきません。平常感覚に戻るかもしれないし、彩度が高いままかもしれない」

「まったく色を感じなくなる可能性もあるんですね？」

「ええ、まあそうです」

「そうなったら私はモノクロでしか物を見られなくなる……」

担当医はそれを聞いてかすかに身じろいだ様子だった。

「まだ判りませんよ。今からあまり悲観しないように」

とってつけたような慰めに、佑加子は笑ってしまった。

「私、悲観なんかしてません。多少は不便になるけれど、彩度に振り回されて目がじんじん痛んだり危険物を見誤ったりするよりは、モノクロのほうがよほどましです」

担当医がまた衣擦れの音を立てる。困惑している証拠だろう。

佑加子はくすくす笑った。

「先生、鬱になったことがないんでしょうね」

「は？」

「いいんです。忘れてください」

「じゃ、なにかありましたらまた」

言い置いて、担当医が部屋を出て行く気配。

佑加子は傷を庇《かば》いながら伸びをした。

そして、アイマスクと闇と原色の斑点に隔てられた、あの海の色を思い出そうとしてみる。

元の目に戻るのもモノクロに生きるのも、自分にとってさほど大きな違いはないのだということを、他の人にどうやって理解してもらおうか。

以前の視覚を取り戻しても、あの鮮やかな世界を知ってしまった私は、きっと落胆する。刺激に慣れてしまった感覚に何を映し込もうとて、色のくすみを感じてしまう。

反対に、本によると、確か、錐体がないとされる犬にも色覚が存在するというレポートがあるそうな。きっと赤と緑が見分けにくい人がそうであるように、経験で見抜いているのだろう。

実際の色に対して「こんなんじゃない」と思ってしまうのと、色のない世界に自分の信じる色を冠するのと、いったいどちらが幸せなのか佑加子には判らなかった。判らないなりに、自分の信じる色を一から塗り直すモノクロ世界の住人になったほうが素直に生きられる気がした。

私はもう落ち込まない。

私はもう迷わない。

だって、自分の信じる赤と他人の赤はもともと違うものなのだから。色の名前や波長の数値を、調子のいい合いの手ですり合わせなければならないとしても、心でしっかり〈その色〉を抱いていられるなら、それでいい。

いっそ、蝶々《ちょうちょう》みたいに紫外線が見られるようになると面白いのに。紫外線で見るランチ仲間の表情は、おそらくこれまで目にしたことのない複雑な顔色を浮かべて見えるに違いない。彼女たちがこの目にどんなふうに見えても、もう自分を取り巻く分厚い膜は出現しないだろう。仲間として扱ってくれると嬉《うれ》しいし、仲間になれなくても所詮《しょせん》はそれぞれ違うものを見ているのだから、もはや惜しくはない。自分を曲げて擦り寄ることさえしなければ、あの夜のわくわくの記憶を引き出して、楽しく会話に加われる。

心の中へとビビッドに刻まれたわくわくは、けして色褪せることなく死ぬまで記憶として残るのだから――。

佑加子はあくびを嚙み殺しながら、上掛けを引き上げた。

色を語るのはむつかしい。誰もが自分の色を信じ、けれどそれを他の誰にも伝えることができず、「そうそう、そうね、そんな色よね」と心にもない相鎚を打つしかないのだ。

でも、もう私は自分を信じてやれる。あの沖縄の海の色、誰がどう言おうとも、私にとってはあの画像が真実。

たとえ視界が喪の色に服しても、たとえすべてが色褪せて見えても、自分の理想さえ確かならばそれを世界に映しこみ、現実を凌駕《りょうが》する幸せ色に補完されるだろう。

それは、何もできない何もしたくない鬱状態を乗り越えてこそ得られた、世間と自分との付き合い方なのだ。

世の中をビビッドに見られる心持ちさえあれば、心の中も彩度が上がる。そうしたら、自分はもっともっと鮮やかに、周囲と共存する自分自身が見えるようになる。

「ちょっと楽しみかも……」

明確な小声で独りごち、佑加子はとろとろとした眠りに包まれる。

「言わなくちゃ、詢に。ありがとう、って。親身になってくれて嬉しかったわ、って。そしてあの華やかなランチ仲間と次の昼食の約束を……」

眠気はあたたかく分厚い膜の中のように心地よかった。まるで、陽光あふれる沖縄の、あの豊かな海に抱かれているかのごとくに。

だから、これから見る夢の彩りも、きっと……。

想ひ出すなよ

皆川博子

皆川博子《みながわひろこ》

京城生まれ。東京女子大学外国語科中退。72年『海と十字架』を発表し、作家デビュー。73年「アルカディアの夏」で第20回小説現代新人賞、85年『壁——旅芝居殺人事件』で第38回日本推理作家協会賞、86年『恋紅』で第95回直木賞、91年『薔薇忌』で第3回柴田錬三郎賞、98年『死の泉』で第32回吉川英治文学賞受賞。

……かう云つてかれは再びその古い曲を吹きはじめた。その間にも、罌粟のねむたげな葩をゆする風は「想ひ出すなよ」「想ひ出すなよ」と呟いてゐた。

――ロオド・ダンセイニ「巨きな罌粟」（西條八十訳）――

棲《す》む人なく数百年も放置されたかのように、家は、なり果てた。そもそもが建売で見場《みば》はよくとも手抜きが多かった。周囲の家々は、代がかわると敷地を切り売りし、あるいは敷地内に小さいアパートを建て、すっかり様変わりした。莫大な相続税が、昔ながらの暮らしを維持するのを許さなかったのだ。

後に、土建屋なる呼び名は侮蔑《ぶべつ》の気配ありとて廃《すた》れたらしいが、小柄ではあるけれど背に刺青《いれずみ》のある、金壺眼《かなつぼまなこ》に狡賢《ずるがしこ》さがのぞく建て主を、父はそのころ、土建屋のダニ公と悪《あ》しざまに呼んでいた。姓を谷といった。

外壁は横並べの幅広の下見板に細い縦桟《たてざん》をうちつけ屋根は黒瓦《くろがわら》のありきたりの日本家屋が多いなかに、釉薬《ゆうやく》をかけた青や赤の洋瓦、車寄せを持った堂々たる大玄関、張り出したバルコニー、応接間の窓にはステンドグラスという派手な洋館が目についたら、それは、谷が手掛けた建売と思って間違いないのだった。

目白、本郷、小石川といった山の手よりもずっと西にはずれた郊外の新興の住宅地で、谷の建売は、結構な高値で売れていたらしい。

見かけは洋館でも、内部は南に二間続きの座敷、奥に茶の間と、純然たる和風、裏の屋根の上に白木の物干し台が外観に不似合いに作り付けられ、餡《あん》入りの饅頭《まんじゆう》の外側をボール紙でケーキのように飾ったというふうな代物《しろもの》ばかりで、我が家は移り住んでほどなく階段室の二階の床が傾いた。傾斜地に盛土をしたので地盤がゆるいが、他の部屋はなにごともないのだから、梁《はり》の渡し方に問題があったのだろう。

父は谷に激しく苦情を言ったが、既に金を払い登記も済んでいる。相手はのらりくらりと言い抜けるばかりで、弁護士をたてて裁判沙汰《さいばんざた》にするには父は忙しすぎ、そのままになった。

この建売の家を父が気に入ったのは、五、六百坪はあろうという隣家の庭を借景にできるからであった。

通りに面した塀は大谷石だが、低い四つ目垣で仕切った隣は、すなわち、谷の家である。唐草模様の鉄の扉が常に閉ざされた門の脇《わき》に建つ、半地下の車庫を持った、大きさでいえば十畳間を積み重ねたほどの、真四角な石造りの二階建てが住まいで、高低差のある広大な庭は、巨大な岩石が水こそなけれ滝になぞらえられ、低地にはせせらぎを模した、水の干上がった小川といったていの溝が走り、花木から常緑樹、喬木《きようぼく》、灌木《かんぼく》と、さまざまな植え込みが深山幽谷のよう……

といっても今思えば枯山水のなんのといった流儀にのっとった庭園ではなく、植木屋の溜《たまり》のように雑然としていたのだったが。そのほかに、庭木にさえぎられてこちらからは目に入らない隅に、小さい離れがあった。

谷にはわたしと同い年の女の子がいた。近所の小学校の同じ学級に転校したわたしと祥子は、毎朝誘いあって登校することになった。車庫のある石造りの二階建ては祥子の兄二人が使っており、祥子は母親といっしょに離れのほうにいることが多かった。

離れは六畳と八畳の二間、土間に研ぎ出しの流しがあり、それに並んで据えられたブリキ張りの台の上に七輪が置かれていた。入口の片開きの扉だけは、菱形の切子硝子《きりこがらす》を嵌《は》めた洋風で、子供の目にもずいぶんちぐはぐに感じられた。手前の六畳間には出窓があり、わたしは出窓の外から「たァにィさん」と声をかけるのだった。

誘いあう級友はほかに二人いた。一人は、一軒おいて隣の、父親が士族で軍人という宮子、もう一人は、坂を下りきって小さい川にかけられた橋をわたった向こうの低地に住む、冬美。冬美の家の竹垣には、〈産婆〉と記した看板が結びつけてあった。父親がおらず、母親が産婆で生計をたてていた。

転校生のわたしは、前から仲のいい三人のあいだに、二年生の春に割り込んだわけだ。四人で誘いあって登校し、学校がひけてからは、また誘いあって、遊んだ。ほかのグループが仲間に入ることもあり、多いときには七、八人になったが、四人の中のだれかが欠けることはめったになかった。

といっても、わたしは、そのだれとも、心からの親しみをおぼえることはできなかった。

冬美にわたしは一目置いた好意を持ち、宮子を徹底的に嫌い、祥子を少し見下していた。いま思い返すと、なぜ宮子を嫌い祥子を見下したか、好悪の理由がわかり、四人のなかでわたし自身が一番嫌な奴だったと認めないわけにはいかない。

宮子と冬美とわたしは小学校のペーパー・テスト程度なら、百点をとれて当たり前、というところだったが、祥子は赤点に近かった。

冬美は容姿がよく、運動神経にすぐれ、手先が器用だった。——つまり、わたしに欠けたものをすべて持っていた。しかし、それを冬美は自覚しておらず、優越感も劣等感もなく、だれとも同じようにつきあっていた。冬美が器用なのは母親の遺伝らしく、肌寒い季節になると、いつも母親の手編みである七分丈のカーディガンを着ていた。草色の、複雑な模様編みのそれを、わたしは羨《うらや》ましく感じた。編んでくれるお母さんがいるということが羨ましかったのだ。わたしの母は、手仕事は女中まかせで、子供にまつわりつかれるのを嫌った。

宮子は醜く、運動神経が鈍かった。わたしも醜く、運動神経は鈍かった。だから、よけいにわたしは宮子を嫌った。むこうも、わたしを嫌っていたと思う。一つだけ、わたしが宮子を畏敬したのは、あらわにはしないが宮子が大変な努力家であったことだ。音楽の時間、一人ずつ独唱させられることがある。題名は忘れたが、音符の読み方すら教わっていない小学生にはかなり難解な長い曲を、宮子は楽譜を見ずに、棒暗記した音符名で歌いとおした。ひどい音痴を自覚している宮子の意地であった。とんでもなく音がはずれてたが、必死な表情と気迫にわたしたちは圧倒され、だれも笑わなかった。

祥子は色白の丸顔、くりっと大きい眼、かわいい顔だちであった。とろかった。とろい相手を、わたしは内心馬鹿にしていた。それと同時に、愛らしい顔だちをねたみ、憎んでいた。祥子もそれを漠然と感じていたと思う。

冬美の家に集まって遊ぶことが多かった。他の三人にくらべれば、冬美の家は貧しかったはずだが、小さい庭はいつも和やかに草花でみち、こぢんまりした家の隅々まで陽がさし込み、居心地がよかった。知り合いのタイル職人から冬美がもらったという十数枚の小さいタイルは、どんな玩具より魅力があった。冬美の父親はアカで憲兵に引っ張られ、獄死したのだと、だれに聞いたのだったか。アカというのは、子供には意味がよくわからないながら、なにやら恐ろしいものとして語られていたので、和やかな家の裏にあるわずかな翳《かげ》を感じたが、子供たちの遊びには何の影響もなかった。

冬美の家の居心地のよさはだれしも感じるとみえて、三人のほかの子供たちも、冬美の家に遊びにきた。家の中なら、お手玉、おはじき、道路に蠟石《ろうせき》で輪を描いて石蹴《いしけ》り、毬《まり》つき、ゴム縄跳び、野原に簀《す》の子や茣蓙《ござ》をもちだしてのままごと、といった遊びは、わたしには退屈で、苦痛ですらあった。無理して、楽しんでいるふりをした。冬美が中心にいなかったら、わたしは、たぶん、宮子とも祥子とも遊びはしなかっただろうし、二人もわたしをあからさまに嫌っただろう。

宮子を嫌いながら、宮子の家に行くのは好きだった。純和風の大きい家は外の光が奥までとどかず、陰気で湿っぽいのだが、子供が入って遊んではいけないとされている応接間の書棚にぎっしりと並んでいる蔵書を、外に持ち出さなければ読んでいいと、宮子の母親から許可がでていた。「宮子と同じね」と、宮子の母親は言った。「宮子も本が好きでね、ここにあるのをほとんど読んでしまったわ」わたしも自分の家にある本は読みつくしていたから、宮子の家の応接間は、足を踏み入れるたびに、わたしをわくわくさせた。一冊の書物のなかで、わたしは何十年、ときには何百年を過ごし、恋を知り、闘争を知り、復讐《ふくしゅう》を、苦悩を、裏切りを、知った。

そのくせ、わたしは、現実の大人の世界のことは、何もわかっていなかった。

谷の家の大工仕事がはじまった。石造りの真四角な二階建てにつづけて、わたしの家との境に沿って、木造の細長い平屋を建てはじめたのだ。ダニがまた嘘《うそ》をついたと、父は苦々しげに罵《ののし》った。借景ができなくなったからだ。谷の敷地内に目障りになるものを建てないというのが建売を買い取るときの条件だったそうだが、証文をかわしたわけでも念書をとったわけでもない口約束だけだ。法律にさえ違反していなければ、隣家が自分の敷地にどんな家を建てようと、父が苦情をいえる筋合いではないのだった。

石造りの部分は、譬《たと》えれば壮麗な獅子《しし》の頭であり、それに長すぎる蛇の胴体がついたような、珍妙な家が、じきに完成した。

三年生になった夏の、お祭りの宵宮に、わたしは絽《ろ》の浴衣《ゆかた》に兵児帯《へこおび》で、素足に新しい下駄《げた》を履き、母から与えられた五十銭玉を一枚握り、祥子を誘いに行った。四人でお祭りに行く約束をしていた。

鉄の門の前で待っていたがこないので、潜り戸から中に入り、庭にまわった。

建売の家には人目を惹《ひ》く意匠をこらすのに、谷が自分の住まいとして増築した木造の部分は物置みたいな粗末な造作で、床の間もない畳の部屋が幾つか、殺風景に並んでいた。

戸障子を開け放した六畳間に、谷が下帯一つの裸で、肩に濡《ぬ》れ手拭《てぬぐ》いを掛け、大あぐらで扇風機にあたっていた。その脇に祥子の母が膝《ひざ》を崩し、けだるく団扇《うちわ》を使っていた。どちらもとっつきにくい仏頂面だ。素焼きの豚の胴中にたてた蚊取線香の細い煙が、扇風機が首を振るたびに、乱れていた……ように思うけれど、あまり確かではない。夏だから蚊やりを焚《た》いていただろうという、後からの知識がつくりあげた情景かもしれない。

谷がコップでビールをあおっていたのは確かだ。おぼえている。脂ぎった体臭とアルコールのにおいがいっしょになって、扇風機の風にのってわたしの鼻孔にとどいた。

「さっちゃんは？」わたしは少し緊張して訊《き》いた。

谷はわたしを見向きもせず、祥子の母親もすぐに反応しなかった。もう一度声をかけたら谷に怒鳴りつけられそうで、そうかといって約束を破ってひとりで行くこともならず、立ちすくんでいると、母親が団扇を離れのほうに向けて顎《あご》をしゃくった。

渓流を模した水のない溝を飛び石づたいに越え、出窓の前で「たァにィさん」と呼ぶと、「ちょっと待って」祥子の声、そうして、「お友達?」と、聞きなれない若い女の声がつづいた。

「そう」

出窓があき、「おあがんなさい」と、若い女の人が顔をのぞかせて言った。

扉を開けて土間に入ったら、初めての家にきたような気がした。

化粧品の香料のにおいと、華やかな彩りのせいだ。いや、さして華麗な色があったわけではなかった。思い返してみよう。祥子は白地に赤で金魚の模様を描いた浴衣、扱《しご》きも赤。祭りの宵の子供の、ごく平凡なよそおいだ。エダ——その時はまだ名前も知らなかった——は、たぶん、十六、七だったのだろう、女学校の最上級生といったふうで、藍《あい》の地に白抜きの、模様は何だったかおぼえていない。わたしたちみたいな扱きの蝶結びではなく、細幅の帯を貝の口かなんかに結んだのが、すばらしく大人にみえた。

祥子の母の脱ぎ捨てた着物がかかっていた衣桁《いこう》は〈蛇〉のほうに移され、かわりに、衣紋掛《えもんかけ》にかけた半袖《はんそで》のワンピースが、長押《なげし》に吊《つ》り下げられていた。

姫鏡台の前に祥子はちんまり座り、化粧を終え、髪に大きなリボンを飾ってもらっているところだった。この姫鏡台は、以前にはなかったものだ。

「七五三みたい」わたしは呟いていた。感じたとたんに言葉になって口をついていたのだ。さぞ憎体《にくてい》に聞こえたにちがいないのだが、わたしの言葉の意地悪さに、後にエダと名前を知ったお姉さんはまるで気づかず、「ごめんね、すぐ支度がすむから、少し待っていてね」と、そう言った。

「早く行かないと、ふうちゃんが待ってるわよ」わたしは祥子を咎《とが》めた。

「先に行ってて」祥子は言った。「あたし、後からお姉さんと行くから」

「そうね、あんまり待たせると悪いから、先に行っててくれる?」と、お姉さんも言葉を添えた。

「待ってます」とわたしが反射的に答えたとき、祥子が不愉快そうな顔になったのを、わたしは見逃さなかった。

お姉さんのほうは、小さい女の子二人の瞬時の葛藤《かっとう》には何も気づかず、

「じゃ、ちょっとあがって」と土間に突っ立ったままのわたしを手招いた。

「はい、さっちゃんは、これでできあがり。あなたは、何ちゃん?」

答えようとすると、脇から祥子が、「お隣の＊＊ちゃん」と、わたしの名前を教えた。

「＊＊ちゃん、ここに座って」

姫鏡台の前におかれた水色の麻の夏座布団には、祥子の体温のぬくもりが残っていた。

お姉さんが鏡台の抽斗《ひきだし》をあけると、化粧品のにおいがいっそう強まった。化粧をしてくれるつ

もりなのだろうか。わたしは困った。父も母も、いくらお祭りでも子供が化粧するなど許さないのはわかっている。

しかし、お姉さんが出したのは、青に銀糸の縞《しま》が入った細いリボンで、わたしの髪に結んでくれようというのだった。

「ほら、かわいくなった」

リボンぐらいで、醜い顔が愛らしくなりようもない。

わたしの目は、鏡のなかの自分の顔ではなく、出窓におかれた青い小型の本に吸い寄せられていた。わたしの家にはなく、宮子の家でもみかけたことのない本だ。手をのばした。

頁《ページ》をめくった。戯曲であった。デンマークの王子は、暗雲の渦巻く塔で、父の亡霊を探し求める。読みはじめたら、止まらなくなった。

「さあ、行こうよ」祥子が鼻声で催促するのを、聞き流した。

祭りの楽しみなど、たかが知れている。夜店に並ぶのは、セルロイドのお面だの、塗り絵だの、すぐに壊れるキューピー人形だの、山吹鉄砲だの、アセチレン・ランプの下ではなにか禍々《まがまが》しい力をもった秘儀の具めいて見えるのだけれど、この日だけ特別にもらう小遣いをはたいて手に入れても、家に帰って眺めると、どうしてこんなものに惹かれたのかと、しらけてしまうような安っぽいものばかりだ。

一冊の青い小型の本の奥は、昏《くら》みを帯びた果てしない世界であった。

「本、好きなの？」お姉さんの声に、顔も上げずうなずいた。

「明日、読みにいらっしゃい。今日はお祭りに行きましょう」小さい子をなだめすかすようにお姉さんは言い、「まだ沢山あるのよ」と壁際の本棚をさした。

宵宮を、どのように過ごしたか、記憶に残っていない。翌日から、放課後、お姉さん――エダ――の離れに通うのが日課になった。祥子はエダを従姉《いとこ》だと言っていた。

ランドセルを部屋におき、遊びにいってきますと母に声をかけ、隣家の離れを目指す。デンマークの王子が卑怯《ひきょう》な毒の剣に傷つけられて死んだ次には、妖精《ようせい》の集《つど》う森に迷い込んだ人々の話が繰り広げられ、驢馬《ろば》の頭をかぶせられた男に妖精の女王は恋し、その戯曲が幕となるや、イングランドの佝僂《くる》の王の残虐ぶりがわたしをとらえた。

わたしが沙翁の戯曲に読みふけり、アントニオは強欲な金貸しに躰《からだ》の肉を一ポンド切り割《さ》かれるのかどうか、はらはらしているあいだ、エダはかたわらで静かに、別の本を読んでいた。

「おやつあげるわね」と、蓋《ふた》に綺麗《きれい》な絵のついたハイカラな缶からチョコレートを出してくれることもあった。色とりどりの銀紙に包まれたチョコレートは、たいそう贅沢《ぜいたく》な香りを放っていた。わたしは紙の皺《しわ》を丁寧にのばして、とっておいた。手工の貼《は》り絵の宿題に、綺麗な包み紙や銀紙は役に立つ。

祭りの宵のあと、祥子をエダの離れでみかけることはなくなっていた。

「あとで、遊ぼうね」学校の帰りに、いつも冬美たちは言いあうのだけれど、わたしは言葉を濁した。

ブラウスの上にカーディガンを羽織るようになったころ、わたしはエダの持物である沙翁全集の半ばを読み終えていた。

「＊＊ちゃん、どうして、このごろ、わたしたちと遊ばないの」

そう宮子に詰《なじ》られたとき、わたしはどうして、喋《しゃべ》ってしまったのか。

いまなら、わたしの意識下のねじくれた思考の経路がわかる。

担任の教師はいつも、「みんな、仲好く遊びなさい」と諭していた。年老いた貧相な、魅力のかけらもない女教師を、わたしは内心軽んじてはいたが、友達と遊ばないのを、〈悪いこと〉とうしろめたく思う程度には、〈師の教え〉にこだわっていた。修身の授業には、いつも掛け図が用いられた。古臭い絵のなかには、紙芝居みたいにどぎついのもあって、子守の少女に狼《おおかみ》が襲いかかる場面が、なにより怖かった。主家の赤ん坊を護るために、子守が身を犠牲にした美談なのであった。教えにそむくことには、なにかしら血のにおいのする罪の感覚が裏に貼りついていた。

応接間の本を読み尽くしたという宮子は、わたしと同様に、子供っぽい遊びよりは本を読むほうが好きなたちなのだ。仲間外れになるのが嫌だから、嫌われていると感じたくないから、少しも楽しくはないのに遊んでいると、わたしは察していた。

「さっちゃんのお姉さんのところに、面白い本が一杯あるのよ」

「嘘。さっちゃんはお兄さんだけでしょ。お姉さんはいないわ」

「従姉だって。離れに住んでいるの。知らなかった?」ささやかな優越感とともに、わたしは教えた。

わたしも行きたい、と宮子が言ったとき、わたしは、ことわるうまい言葉をとっさに思いつけなかった。

「お姉さんにきいてみなくては」

「どうして」

「だって……」

「＊＊ちゃんはいいのに、なぜ、わたしはいけないの」

「いけないって言ってない」

「わたし、ひとりでだって行くもの」

家に帰ってほどなく、「＊＊さん、遊びましょ」と、宮子が誘いにきた。よほど特別な事情がないかぎり、「遊びましょ」を「後で」と断るのは、子供同士の仁義に欠けるしきたりだ。

「お友達がみえましたよ」ねえやに促され、外に出た。

「行くんでしょ」ときめつけられ、渋々うなずいた。

「あたしもいっしょに行くわ」

宮子と共に訪れたわたしに、エダはほんのわずかだが、招じ入れるのをためらった。わたしひとりなら、いつも笑顔で迎え入れてくれていた。いっしょなのが冬美であれば、エダは嫌な顔はしなかったのではないか。そう、わたしは思った。冬美はだれにでも好感を持たれる。宮子は好かれない。わたしはこのとき、宮子を気の毒だと感じた。優越感は含まれていなかったと思う。可愛げのなさでは、わたしと宮子は、似ていた。

わたしは最初に読み終えていた『ハムレット』を宮子にすすめ、『タイタス・アンドロニカス』にとりかかった。

それからというもの、始終、宮子はわたしについてくるようになった。一人で勝手に行かないのは、宮子なりにわたしをたてているつもりか。いや、わたしが本気で怒るのを避けたのかもしれない。

エダも一緒にいるときは、宮子の存在がかくべつ気にならずにすんだ。宮子より、いろいろな点で、ほんの少しずつ上位に自分がいることを自認し、気分がよかったのだ。エダは、わたしの思い上がりにも身勝手さにも気づかないようだった。——気づかれたら、わたしはエダに会えなくなってしまう——。自分が嫌な奴であることを十分に自覚していながら、エダにはいい子と思われていたかった。

宮子は、わたしの嫌らしさに気づいていた。しかし、自分がわたしより劣るとは認めていないから、互いに、悪意と反撥《はんぱつ》を隠し持って、エダの前では仲がいいようなふりをしつづけていた。

たまに、二人を留守番において、エダが買物かなにか外出することがあった。二人だけになると、宮子の呼吸の音から、身動きの気配まで、わたしは一々癇に触った。

宮子とわたしは、共通の話題を持った。学校で、昼の休みなどに、宮子はわたしに近寄り、秘密めかして「イヤーゴーって」などと話しかけてくる。冬美も祥子もくわわることのできない話題である。わたしは学校ではできるだけ宮子を避けた。

校庭で、冬美は無邪気にボール投げや縄跳びをリードしていた。学校にいるときは、わたしは、これまでどおり、冬美をリーダーとする翳りのない遊び仲間のひとりでいたかったし、エダの化粧品の匂いがかすかにただよい、居ながらにして北の暗い海辺の城や、不思議な森や、中世の騎士たちが闘う戦場になるエダの離れは、学校の生活と完全に切り離しておきたかった。

「あたし、なにか悪いことした？」

学校が早く引けた土曜日の帰り道、いつものように四人で家への道を歩いているとき、冬美が突然わたしに訊いた。真剣な顔つきであった。わたしはうろたえて、否定した。

「だって、このごろ、放課後ちっともいっしょに遊ばないじゃない」

言い訳を考えつけなかった。

「うちのお母さんも、このごろ＊＊ちゃんと宮子さん遊びにこないのねって。さっちゃんはくるのに。喧嘩《けんか》したのって聞かれた。喧嘩なんかしていない、って言ったら、訊いてごらんなさいって。自分では気がつかなくても、なにか＊＊ちゃんや宮子さんが気を悪くするようなことを、冬美のほうでしたのかもしれないよって言われたの」

「それはね」と宮子が口にし、わたしは止めようとしたが、間にあわなかった。

「さっちゃんのお姉さんのところで、本を読んでいるからよ」

「ちがう。従姉だって。ねえ、そうね、さっちゃん」

祥子はちょっと口ごもった。そうして、強すぎるほど強くうなずいた。

「でも、さっちゃんは本が嫌いだから、こないのよね。ねえ、＊＊ちゃん」

宮子の目交《めま》ぜは、わたしをこの上なく不愉快にした。顔色にださないように気をつけたが、返事はしなかった。

「お姉さんのところにあるのは、大人の本ばっかりだもの。あんなの読んだらいけないのよ」祥子は言い返した。「お母さん言ったもの。大人の本読んだら不良になるって」

「不良になんてならないわよ」宮子が小鼻を怒らせた。「＊＊ちゃんもわたしも、大人の本をたくさん読んでいるけれど、不良じゃないわ。ねえ、＊＊ちゃん」

宮子に一々同意を求められるのは、わたしには迷惑なことだった。不快感はいっそう募った。冬美は、わたしと宮子のように本に淫《いん》してはいない。宮子の言葉は、四人を本好きの二人と本嫌いの二人にわけてしまいそうだった。

わたしは冬美と仲違《なかたが》いする気は毛ほどもない。

「ごめんなさいね。明後日から遊ぶから」

青い小さい全集本は、あと三巻残っていた。土曜の午後と日曜丸一日あれば、読み尽くせると計算したのだった。

ランドセルを家におくとすぐに、母に「遊びに行ってきます」と告げて家を出、エダの離れに走った。

氷雨《ひさめ》もよいの肌寒い日で、エダは矢絣《やがすり》の銘仙の袷《あわせ》に、ついの羽織を着て、小さい手焙《てあぶ》りを脇に、鴇《とき》色の縮緬《ちりめん》の座布団に横座りになり文庫本を読んでいた。

「寒いわね。お当たりなさい」

本棚から未読の一冊を選びだしたわたしに、エダはそう言って手焙りをおしやった。そうして、押入れの襖《ふすま》を開けた。下の段には、これも縮緬の敷布団や掛け布団がおさまっていた。光沢のある鴇色だった。

上の段から濃い紫の縮緬の厚い座布団を出し、「冷えるから、敷くといいわ」とエダはすすめてくれた。紫の座布団は、少し不愉快な脂っこいにおいがした。

大人の本を片端から読んでいたくせに、わたしは、現実にたいしては、年相応に無知であった。ちょっと顔をしかめたのは、においが嫌だったからだ。しかし、断るのはエダに悪いと思い、我慢して敷こうとすると、エダは、あ、と思い当たる顔になり、座布団を裏返した。「これなら、いい？　ほかにないの。暖かいほうがいいでしょ。嫌だったら、はずして」

裏返すと脂っこい臭いは気にならなくなった。三人の魔女が、「綺麗は穢《きた》な」と歌いながら大《おお》鍋《なべ》をかきまわす場面を読み進んでいたら、ページのあいだから紙片が落ちた。菫《すみれ》色のインクで文章が記されてあった。

私は自分が覚えのある丘へ戻つて行つた夢を見た。そこから晴れた日にはイリオンの城壁やロンスワレスの野原が………併し、私が戻つて行つて見ると、そこにはもう森が無かつた。……………ただ一本の巨きな罌粟《けし》が風で……傍には牧童のやうな身なりをしたひとりの詩人が坐つてゐて、古い曲を静かに笛で………

「ああ、それ、ずっと前にわたしが友達からもらったの」ちょっと覗《のぞ》いて、エダは終わりのほうを諳《そら》んじた。

動かぬはずの森が進んできて、マクベスは殺され、わたしは満足して、「また明日ね」とエダと指切りし、帰宅した。

母に仏間に呼ばれた。黒い大きい仏壇の前に座らされるのは、叱《しか》られるときと決まっている。火の気のない部屋は、寒さが下から背筋に這《は》い上った。

「今日はどこで遊んでいたの」

「ふうちゃんのところ」

「嘘をおっしゃい」

母の目に射すくめられ、わたしは少し震えた。

「宮子さんがみえたのよ。隣の離れに入り浸りだったんですってね。宮子さんはお母さんに、あそこは悪いところだからと、止められたそうよ。あなたにも行かないようにと、知らせにきてくれたんですよ。その後、宮子さんのお母さんもうちにきて、詳しく話してくださったわ。もう、あそこに、決して行ってはいけません。わかりましたね」

「悪いところって……どうしてですか」おずおず、わたしは訊いた。親に口答えをしてはいけない。親がいけないと言ったら、いけないのだ。そう厳しく躾《しつ》けられてきた。

「子供は知らなくていいの。大人になればわかります」案の定、決まり文句できめつけられた。その言葉が母の口から出たら、もう何も質問できなくなる。子供が踏み込むことを許されない領域なのだ。

次の日、小雨のなかを、宮子が「＊＊さん、遊びましょ」と誘いにきた。

わたしより先に、母が応対した。「宮子さん、昨日はありがとう。今日は、あそこに行くんじゃないわね」

「行きません。ふうちゃんのところに行きます」

それなら、と母は許可した。

内玄関から出ようとして傘をひろげたら、骨が折れていた。父が使わなくなった古傘か、書生のか、黒い大きいのがあったので、それをさした。宮子は臙脂色《えんじいろ》の子供傘をさしていた。

祥子の門の前を通りすぎた。

「さっちゃんを誘わないの」わたしは訊いた。

「先にふうちゃんのところに行っているはずよ」

「悪いところって、何なの」橋の上まできたとき、わたしは声をひそめて訊いた。歩みが遅くなっていた。

「さっちゃんのお父さんが囲っているんだって」

妾《めかけ》という言葉もわたしの知識にはあったが、その意味するところはまるでわかっていなかった。

「同じ家の庭でしょう。とんでもない悪いことなんだって。非国民のすることだって」

「どうして、宮子さんは知っているの、あのお姉さんがそうだって」

「近所の大人で、知っている人は多いんですって。うちの母はさっちゃんのお向かいの小母さんから教えられて知っていたの。でも、お父さんが悪い人だからって、さっちゃんが仲間外れになるのは気の毒だから、あたしたちには黙っていたんですって。昨日、母に、あのお姉さんのところに本がたくさんあるので毎日行っているって話したら、止められたの。二度と行ってはいけないって。だから、＊＊ちゃんにも教えてあげなくてはと思って」

「うちの母に告げ口したのね」

「告げ口じゃないわ。本当のことを教えてあげただけじゃない。空気が物凄《ものすご》く悪いんですってよ、ああいううち」

「空気、悪くないわ。自動車の中みたいに気持ち悪くならないもの」

「黴菌《ばいきん》がいっぱいいるってことみたい。いっしょにいたら、こっちも汚れるって」

橋の欄干にもたれて、わたしと宮子は話していた。小雨はあがり、わたしは傘を閉じた。

「うちの母ね、今日、＊＊ちゃんのお母さんといっしょに、さっちゃんのお母さんに会いに行くはずよ。子供たちを離れには絶対あげないようにって言うんだって。わたし、さっちゃんが可哀相だと思って、昨日、ふうちゃんのところに行って、さっちゃんともいっしょに遊んだのよ。ふうちゃんには内緒にしておいてあげたけれど、帰り道、さっちゃんに聞いたら、知ってたって、エダってひと、ほんとは従姉じゃないってこと。さっちゃんのお母さん、最初は我慢していたけれど、このごろは、さっちゃんに、絶対離れには行かせないんだって。うちの母がね、さっちゃんのうちのこと、けがらわしい、魑魅魍魎《ちみもうりょう》だって言っていたわ」

男物の黒い傘の石突《いしづき》は、槍《やり》のように細く、鋭い。

「想ひ出すなよ」石突の先端が柔らかいものを突き刺した手応えを感じたような気もするのだが、わたしは思い出さない。傘を抜いたら、血と一緒にどろりとしたものがささっていたような気がするのだが、わたしは思い出さない。

家が茅屋《ぼうおく》と成り果てるまでの長い歳月が過ぎたような気がするのだが、エダはどうなったのか、冬美や祥子がどうしているのか、知っているような気もするのだが、わたしはどこかに閉じ込められていたような気もするのだが、戦争があって空襲があったのかもしれないが、もしかしたら、わたしは骨になったのかもしれないが、わたしは思い出さない。わたしの耳によみがえるのは、エダが散文詩を諳んじた声だけだ。罌粟のねむたげな葩《はな》をゆする風は「想ひ出すなよ」「想ひ出すなよ」と呟いて……

〈初出誌・収録書一覧〉

水　球　「小説新潮」（98・4）、『家鳴り』（99・3　『青らむ空のうつろのなかに』　新潮社、02・6　新潮文庫）
返しそびれて　「小説宝石」（03・1）
牢の家のアリス　「オール讀物」（01・10）、『虹の家のアリス』（02・10　文藝春秋）
ドールハウス　書き下ろし
増　殖　「問題小説」（02・10）
いちじくの花　「ジェイ・ノベル」（03・7）
あなたがいちばん欲しいもの　「小説NON」（00・11）
メルヘン　書き下ろし
鮮やかなあの色を　「小説現代」（02・12）
想ひ出すなよ　「オール讀物」（03・2）

解説

結城《ゆうき》信孝《のぶたか》
（文芸評論家）

十年ほど前におこなわれた短編小説に関する座談会のなかに、こんな一節がある。

――ゴーゴリは、「テーマをくれ、そうしたらすぐにでも小説を書いてやる」って言ったらしいけど、テーマのない人だったみたいね。でも、テーマをもらうと一気に書いちゃうんだって。短編小説って、そういうものなんじゃない。チェーホフも「物を差し出してくれ、そうしたら十分後に小説を一つ書いて見せる」と言ってたらしいけど、そういうゲームの規則みたいなところが短編にはある。なにしろ、「芸」がないと書けないというモラルがあったわけでしょう。いい悪いは別にしても。（後略）

「テーマ」と「芸」が期せずして一体となった時こそが、短編小説のひとつの理想形といえるのではないだろうか。

本文庫『ミステリア』は二〇〇一年十二月に刊行された『緋迷宮』を皮切りに、『蒼迷宮』『紅迷宮』『紫迷宮』『翠迷宮』と続く〈女性作家ミステリー・アンソロジー〉の六冊目にあたる。既刊同様に、斬新な「テーマ」と練達の「芸」を満喫していただければと思う。

「水　球」篠田節子

今年は長編小説『コンタクト・ゾーン』（毎日新聞社）と、短編集『天窓のある家』（実業之日本社）が相ついで刊行され、篠田ファンにとっては至福の年だったに違いない。特に後者は前年に出版された『静かな黄昏の国』（角川書店）に続く作品集で、凄みのあるショート・ストーリーが九作収められている。昨年文庫化された『家鳴り』所収の本編も、それらの短編群と遜色《そんしょく》がない。高卒ながら幹部社員として最前線に立つ証券マンの栄光と挫折《ざせつ》。瞬時のうちに底なし沼に呑《の》み込まれていくくだりの恐ろしさには、総毛立つ。「水球」以外にも、一組の夫婦の救いのない不毛の日々を描いた表題作「家鳴り」。巨大地震によって深刻な食糧危機を迎える冒頭の「幻の穀物危機」から巻末の「青らむ空のうつろのなかに」までの七編に圧倒される。

「返しそびれて」新津きよみ

人から金品を借りたまま、返さずにいることがある。最初から返すつもりがない、という極端な例は別にして、たいていの場合は返却するタイミングを逸するケースか、すっかり忘れている場合が圧倒的に多い。単行本未収録の本作に登場する女性も、借りたままになっていた一冊の本の存在をすっかり忘れていた。なぜ思い出したのかといえば、彼女に本を貸してくれた人物が殺されたことをニュースで知ったからであった。じつはその書物のなかに、ちょっとした秘密が隠されていた……。日常的なテーマをミステリアスなストーリーに作り上げていく手腕は、相変らず非凡なものがある。最新刊『決めかねて』(祥伝社文庫)は、西銀座にある有名な占い師のもとで知りあった三十代半ばの女性三人に訪れる転機を描いた書き下ろしサスペンス長編。

「牢の家のアリス」加納朋子

中短編や連作主体の作家活動が続いているが、今秋はじめての長編ミステリー『コッペリア』(講談社)を上梓《じょうし》した。加納朋子といえば、まず鮎川哲也賞を受賞した『ななつのこ』があげられる。二作目の『魔法飛行』(ともに創元推理文庫)とともに〈駒子シリーズ〉と呼ばれていて、〈虹シリーズ〉の『月曜日の水玉模様』(集英社文庫)、〈サヤ・シリーズ〉『ささら さや』(幻冬舎)と連作シリーズが数多い。『虹の家のアリス』所収の本編も〈アリス・シリーズ〉中の一編。ルイス・キャロルの名作『不思議の国のアリス』をモチーフにしながら、P・D・ジェイムズの『女には向かない職業』における女性探偵のテイストを効かせたところがミソになっている。産婦人科医院で起きた赤ちゃん誘拐事件と、密室のナゾが鮮やかに解明される。

「ドールハウス」牧村 泉

『邪光』(幻冬舎)により、第3回ホラーサスペンス大賞特別賞を受賞。選考委員からは「ヒロインと少女との間の描写には卓越したものがあり、それが特別賞につながった」という賛辞を得た。他の委員にも「教祖の娘の人物造型に輝きがあり、話の展開は作者の膂力《りょりょく》を感じさせた」と強く支持されている。関西の土俗的な一面を際立たせた筆力は、次回作に期待を抱かせるに十分なものがあった。作者自身も「受賞が決まって以来ずっと、どうにも冷めない微熱のようなものを、身体の奥に抱えています」と語っていたとおり、強い熱気が書き手を動かしたのであろうか。本アンソロジー用に書き下ろされた「ドールハウス」も、著者の高い資質を感じさせる。模型の部屋作りに没頭し続ける一女性。亡き息子への妄執《もうしゅう》が生み出す狂気に身がすくむ。

「増　殖」明野照葉

二〇〇〇年に『輪（RINKAI）廻』（文春文庫）で松本清張賞を受賞して以降、コンスタントに書き下ろしの活動が続く。著作も、そろそろ二ケタに到達しようという勢いにある。ここ一年間に三冊の長編を書き下ろした。封印した過去の扉が、不気味な海鳴りの音とともに開かれてゆく『海鳴（uminari）』（双葉社）。脳細胞を汚染し、まとわりついてくる黒い靄《もや》に戦慄《せんりつ》させられる『感染夢』（Carrier）』（実業之日本社）。人生の勝ち組になることだけに執着する三十代女性の狂気を綴《つづ》った『汝の名（WOMAN）』（中央公論新社）。短編執筆にも意欲的で、単行本未収録の本作は、いわゆる〈隣人〉テーマに属する。夢にまで見た小さな喫茶店経営が、日ごと奇妙な客たちによって占領されるさまを描くブラックな味わいのある一編。

「いちじくの花」桐生典子

サスペンスとエロティシズムを微妙に融合させていくところが、この作家の特質のひとつになっている。昨夏、三年ぶりに書き下ろされた長編『裸の桜』（講談社）にも、そんな個性がいかんなく発揮されている。地下室に幽閉された男女三人。それぞれ心に傷を抱えた彼らが密室内で繰り広げる濃密な時間。良質なエロティシズムを一転して緊迫したサスペンスに変質させていく手腕は著者の独壇場で、それは連作集『わたしのからだ』（祥伝社文庫）からもうかがえる。肉体と精神のせめぎ合いを、エロティックに紡いでみせている。単行本未収録の本編も、風呂場の床に敷きつめられたモザイク状のタイルと、浴室に出没する女の幽霊との対比が異彩を放っており、細眉を持つ女性像にエロスを感じずにはいられない。

「あなたがいちばん欲しいもの」近藤史恵

単行本未収録作品。シリーズ物ではなく単発短編のため一冊にまとめられていないが、三年前の作品とは思えないほど語り口が熟練している。わたしの彼に食品や生活用品などを一方的に送りつける、奇妙な女が存在している。彼女にストーカー行為をやめさせてほしい、という依頼を受けた探偵事務所。さっそく調査を開始したところ、次々に意外な事実が……。著者の短編小説の成果は今春刊行された『天使はモップを持って』（ジョイ・ノベルス）に集約されているが、長編ミステリーの収穫は書き下ろしの『シェルター』（祥伝社）に尽きよう。『カナリヤは眠れない』『茨姫《いばらひめ》はたたかう』（いずれも祥伝社文庫）に続く整体師〈合田力《ごうだりき》シリーズ〉の三作目で、前二作は文庫刊行だったが今回は単行本で出版。シリーズの集大成的な作品となった。

「メルヘン」山岡　都

「昆虫記」（東京創元社『創元推理21　2002年秋号』所収）により、第9回創元推理短編賞を受賞。選考委員会では満場一致で受賞が決定したように、他の候補作に大きく水をあけた。「細かなところまで実によく考えられ、周到な計算をもって書かれた作品であることが、容易に確かめられた」「生命という儚《はかな》いものを持った昆虫のイメージを全編に鏤《ちりば》めて作品世界を創り上げた手腕とセンス」「数多く出てくる昆虫たちの生態が、後できちんと意味を持ってくるあたりは実に秀逸です」――というように破格の評価を得た。本文庫用に書き下ろされた「メルヘン」は、表面上のいものの、得がたい才能の持ち主である。主婦業の合い間に執筆するため多作は望めな美しさとは対照的に残酷な童話の世界に魅せられていく少女の孤独な造型がみごとである。

「鮮やかなあの色を」菅　浩江

SFとミステリー。ここ数年、両ジャンルにまたがった創作スタイルを維持している。今年の収穫は、コンピュータによって日常のすべてが組み立てられるという近未来の日々をテーマにしたSF長編『プレシャス・ライアー』（カッパ・ノベルス）と、連作短編集『歌の翼に』（ノン・

ノベル〉。後者は〈ピアノ教室は謎だらけ〉という副題がつけられており、「音楽は感情表現の道具」と言い切る著者ならではの心躍る楽しい音楽ミステリーである。「英雄と皇帝」「トロイメライ」などクラシックのほかにも、「マイ・ウェイ」「いつか王子様が」など洋楽を幅広く題材に取り入れている。全九話、一枚のCDを聴くような気分に浸れる。離人感をテーマにした「鮮やかなあの色を」は、単行本未収録作品。色彩が有する不思議議感を、巧みに照射する。

「想ひ出すなよ」皆川博子

今秋発売後たちまち大きな話題を呼んだ超大作『総統の子ら』(集英社)。『小説すばる』に連載された作品に大幅に加筆され、六〇〇ページを超す大長編になった。質量ともに同じ歴史ミステリーの『死の泉』(ハヤカワ文庫)や、『冬の旅人』(講談社)に匹敵する。舞台は一九三〇年代のドイツ。ヒトラーの時代に生まれ育った少年たちの苛酷《かこく》な運命を、圧倒的な筆力で描いた。三〇年生まれの著者の衰えることのない作家魂に敬服する。また、『冬の旅人』が昨年刊行されたばかりという点も、見のがせない。その反面、皆川博子の短編小説ファンにはやや物足りない数年ではあったが、本作は今春小説誌に発表されたばかりの単行本未収録作。書物に淫《いん》する少女がひそかに憧《あこが》れる隣家の女性……象徴的なタイトルが心にくい。

二〇〇三年十一月

ミステリア

一〇〇字書評

切り取り線

購買動機（新聞、雑誌名を記入するか、あるいは○をつけてください）	
□（　　　　　　　　　　　）の広告を見て	
□（　　　　　　　　　　　）の書評を見て	
□ 知人のすすめで	□ タイトルに惹かれて
□ カバーがよかったから	□ 内容が面白そうだから
□ 好きな作家だから	□ 好きな分野の本だから

●本書で最も面白かった作品名をお書きください

●あなたのお好きな作家名をお書きください

●その他、ご要望がありましたらお書きください

住所	〒				
氏名		職業		年齢	
Eメール		新刊情報等のメール配信を 希望する・しない			

あなたにお願い

この本をお読みになって、どんな感想をお持ちでしょうか。

この「一〇〇字書評」を私までいただけたらありがたく存じます。今後の企画の参考にさせていただきます。

あなたの「一〇〇字書評」は新聞・雑誌などを通じて紹介させていただくことがあります。そして、その場合はお礼として、特製図書カードを差し上げます。

前頁の原稿用紙に書評をお書きのうえ、このページを切りとり、左記へお送りください。Eメールでもお受けいたします。

〒一〇一-八七〇一
東京都千代田区神田神保町三-六-五
九段尚学ビル　祥伝社
祥伝社文庫編集長　加藤　淳
☎〇三（三二六五）二〇八〇
bunko@shodensha.co.jp

祥伝社文庫

上質のエンターテインメントを！　珠玉のエスプリを！

祥伝社文庫は創刊15周年を迎える2000年を機に、ここに新たな宣言をいたします。いつの世にも変わらない価値観、つまり「豊かな心」「深い知恵」「大きな楽しみ」に満ちた作品を厳選し、次代を拓く書下ろし作品を大胆に起用し、読者の皆様の心に響く文庫を目指します。どうぞご意見、ご希望を編集部までお寄せくださるよう、お願いいたします。

2000年1月1日　　祥伝社文庫編集部

ミステリア　女性作家アンソロジー

平成15年12月20日　初版第1刷発行

編者　結《ゆう》城《き》信《のぶ》孝《たか》

発行者　渡辺起知夫

発行所　祥《しょう》伝《でん》社《しゃ》

東京都千代田区神田神保町3-6-5
九段尚学ビル　〒101-8701
☎03(3265)2081(販売部)
☎03(3265)2080(編集部)
☎03(3265)3622(業務部)

印刷所　堀内印刷

製本所　明泉堂

ISBN4-396-33137-1 C0193

祥伝社のホームページ・http://www.shodensha.co.jp/